D'une enfance heureuse à la campagne, ***Annie Plait*** *a gardé un goût prononcé pour la nature, le merveilleux, les contes et légendes. Passionnée par l'histoire et le terroir et après avoir été professeur de lettres, elle partage aujourd'hui son temps entre l'écriture, la lecture et la promenade.*

Le Serment d'Agnès

Du même auteur

Aux éditions De Borée

Les Longues Saisons
Une si longue absence
Un si long chemin

Autres éditeurs

La Mémoire effacée
Le Dormeur de Boyard
Sous les châtaigniers en fleur
Une femme partagée

De Borée

45, rue du Clos-Four - 63056 Clermont-Ferrand Cedex 2

ANNIE PLAIT

LE SERMENT D'AGNÈS

De Borée

« Comme un souffle fragile
Ta parole se donne
Comme un vase d'argile
Ton amour nous façonne. »

Cantique catholique

Livre I

I

Un rêve envolé

Du plus loin qu'elle se souvienne, Agnieszka a toujours contemplé cette plaine monotone au sud de Varsovie, où ses parents habitent, mais qui s'anime au rythme des saisons : en hiver blanche et muette, en été les champs blonds de blé et d'avoine cernés à l'horizon par les taches sombres des forêts de pins, où en automne, avec Irena et le petit Antoni, elle trouve des cèpes et des girolles qui foisonnent dès les premières pluies, constituant un repas gratuit. Son père, mécanicien agricole, et sa mère, lingère, ont du mal à joindre les deux bouts avec leur nombreuse famille ; chaque soir à table on mange des pommes de terre, c'est normal, c'est habituel. Agnieszka, ne sachant pas qu'ailleurs les menus sont variés, aime ces pommes de terre agrémentées d'une sauce blanche piquante.

– La région est riche, ne cesse de répéter son père, grand, blond, originaire de Poznań. Cette partie de notre patrie a été annexée par l'Allemagne pendant cent ans : de 1815, après la chute de Napoléon, qui, lui, nous avait compris, jusqu'à la défaite prussienne de 1918. Cent ans, c'est long !

Agnieszka ressemble à son père, dont elle a les cheveux blonds et les yeux bleus, alors que sa mère est une brune comme il y en a aussi en Pologne, avec un visage austère que la vie rude n'a pas trop abîmé et des yeux sombres comme cette vierge de Czestochowa, ce sanctuaire vénéré de la Pologne entière, lieu d'une icône miraculeuse…

Quand sa mère va au « château » voisin, Agnieszka l'accompagne, l'aide à porter de lourds sacs remplis de fines lingeries juste repassées et amidonnées. Ce n'est pas vraiment un château, plutôt une longue maison de campagne que le baron Piotr Lewinski a fait aménager. On y entre sur la pointe des pieds tant tout y est propre et précieux, un parquet sur lequel de nombreux tapis font ressortir des meubles comme Agnieszka n'en a jamais vu ailleurs mais que sa mère, qui a servi dans des maisons bourgeoises, lui énumère :

– Un semainier avec sept tiroirs, un bonheur-du-jour.

« Quel joli nom ! » se dit Agnieszka.

– Là-haut, des lits à baldaquin, et partout des miroirs aux lourds cadres dorés et des tableaux représentant de belles dames en robe à paniers ou des portraits sombres de personnages portant cape et épée. Les ancêtres de madame la baronne, murmure sa mère.

Madame la baronne est une personne souriante, aimable, courtoise qui accueille invariablement la mère d'Agnieszka en l'accompagnant jusqu'à l'étage où une pièce spéciale, la lingerie, sert à entreposer les draps, chemises, nappes sur des rayonnages en bois clair laqué de gris. Cette pièce sent l'intimité d'un logis, le propre, un vague parfum de violette y persiste, parce que la mère rince le linge avec un nouet d'essence de violette.

Ensuite, madame la baronne les invite à passer aux cuisines, où on leur sert une collation, une tasse de thé à sa mère et à Agnieszka un verre de lait ou parfois, gâterie suprême, une tasse de chocolat.

– Maria, lui dit madame la baronne, je suis ravie de vous revoir, le linge est parfait, comme d'habitude.

Sa mère prend un air confus. La baronne continue, elle s'est assise sur une des chaises de la cuisine :

– J'aurais un travail délicat à vous confier…

Maria relève la tête, ce sera des doubles rideaux en tulle, pense-t-elle, ou une nappe brodée…

– Mademoiselle Ludmila va se marier, je ne confierai à personne d'autre, ma chère Maria, le soin de préparer son voile ! Un voile en dentelle qui se transmet de génération en génération.

La mère est flattée qu'on lui confie semblable responsabilité ! Madame la baronne lui sert une seconde tasse de thé.

– Alors, vous reviendrez dans deux jours, je vous montrerai ce voile. Faudra-t-il le laver, le blanchir ou le laisser en état ?

Maria, qui comprend qu'on l'interroge dans un domaine de sa compétence, répond timidement :

– Il faut que je le voie, madame la baronne, avant de… me prononcer.

Comme la mère parle bien quand elle le veut ! Des mots inhabituels, des mots choisis tout exprès pour honorer madame la baronne Lewinska, fille d'un hobereau de Pologne ouvert aux idées européennes.

Puis madame la baronne se tourne vers Agnieszka :

– Et toi, ma petite, tu as l'air bien sage !

– Oh ! Elle l'est ! dit la mère.

La baronne Wanda Lewinska pense que c'est la plus jolie des filles de Maria ; beaucoup d'enfants, beaucoup de filles surtout, et peu d'argent dans ce foyer !

– Tu aimerais t'occuper du linge de maison comme ta maman ?

– Je ne sais pas, madame la baronne, répond Agnieszka en faisant une petite révérence.

« Et bien élevée, en plus », pense Wanda Lewinska.

À force d'aller au château, Agnieszka s'est habituée à toutes ces belles choses qu'elle n'envie pas mais qu'elle admire et à évoluer avec timidité mais aisance dans ces vastes salons, et, lorsqu'il faut essayer le voile sur mademoiselle Ludmila, Agnieszka sait s'y prendre avec légèreté et adresse.

Agnieszka est minutieuse, mais c'est Irena la plus joyeuse, même un peu comédienne, qui invente les gens, invente des scènes amusantes et entraîne Agnieszka dans ses jeux.

Aujourd'hui dimanche, on a le droit de se reposer et même le devoir de ne rien faire. C'est le jour du Seigneur. Après la messe où se rend toute la famille, après le déjeuner dominical, dans l'après-midi, les deux sœurs sont libres, elles inventent des jeux, c'est encore un peu de leur âge ! Irena est grande elle aussi mais aussi brune qu'Agnieszka est blonde, parce qu'Irena tient de sa mère, des cheveux et des yeux foncés, des membres longs et musclés et une inaltérable bonne humeur.

– Raconte, Agnieszka, la fille qui va se marier, comment est-elle ?

– Euh... très gentille.

– Oui, mais son air, sa tête, son corps ? Il y a longtemps que je ne l'ai pas vue, moi !

Agnieszka réfléchit.

– Elle est mince, elle parle peu.

– Elle a l'air heureuse ?

– Oh ! L'autre jour, lorsque son fiancé s'est encadré dans la porte du salon, elle a rougi puis est devenue toute blanche d'émotion, elle en est folle !

– Ah bon ! Tant mieux..., répond Irena. Tiens ! On va jouer à elle, tu vas être la mariée, je vais te mettre un voile sur la tête.

Irena s'empare sans permission d'un reste de rideau, l'assemble et le dispose sur la tête de sa petite sœur.

– Attends ! J'ai une idée, on va te relever les cheveux en chignon !

Agnieszka défait ses nattes et Irena brosse longuement ses cheveux blonds, puis, avec des peignes à longues dents, réussit un chignon haut et bombé où elle ajuste le pan de rideau.

– Oh, comme tu es belle ! s'exclame Irena. Il te manque juste un peu de fard...

Agnieszka se sent encore plus belle et distinguée lorsque le père et la mère viennent l'admirer.

« Mon Dieu, songe Maria, elle ressemble à la sœur de Stanislas, c'est son vivant portrait ! Pourvu qu'elle ne suive pas son destin ! Car Anastasia, jolie, impétueuse et passionnée, a... mal tourné, mariée trop tôt, veuve trop jeune, elle mène une vie libre, elle vit dans le péché, donc il faut que je surveille Agnieszka. Avec sa jolie mine, elle serait capable de suivre l'exemple de sa tante qu'heureusement on ne voit guère, mais c'est égal ! Je vais devoir faire attention, parce que c'est Irena qu'il faut caser d'abord. »

Mais Irena ne sera pas en peine de se caser. Peu après le mariage au château, elle est entrée comme apprentie coiffeuse et a épousé son patron, veuf et sans enfants. Irena, avec entrain, prend cette vie à bras-le-corps, coiffe, farde ses clientes, vend aussi colifichets et rubans, entretient avec entrain la maisonnée, égaye le mari et ne tarde pas à avoir des enfants, Piotr puis Cyril.

Agnieszka voudrait bien savoir ce qui l'attend, elle. Irena a toujours été rieuse et espiègle avec les garçons, alors qu'elle elle est timide...

Pourtant, un garçon d'une ferme à quelques kilomètres de chez eux lui plaît bien, il est grand, maigre, brun avec de beaux yeux sombres, elle sait aussi qu'elle ne lui est pas indifférente parce qu'au mariage d'Irena il lui avait causé et l'avait invitée à danser !

Depuis, quand elle va au château, elle passe devant la ferme et, lorsqu'il est là, Ivan s'arrête aussitôt de travailler pour la rejoindre et lui faire un brin de causette.

Ils marchent côte à côte. Aujourd'hui, le vent s'est levé et souffle face à eux. Ivan déclare :

– C'est le vent des steppes ! Froid et fort, mais bientôt le printemps arrivera.

– Comment le sais-tu ? demande Agnieszka.

– Parce que les oies remontent vers le nord, c'est signe de beau !

– Ah oui, c'est vrai !

– Et parce que les pommes de terre commencent à germer, c'est la pousse du printemps.

Ivan lui tient le bras, le vent a soulevé le foulard d'Agnieszka, faisant virevolter une mèche blonde hors du tissu qu'elle essaie de renouer. Ivan s'arrête, lui remet gentiment la mèche sous le fichu en rougissant un peu. Il a effleuré sa joue et Agnieszka en tremble d'émoi. Il s'enhardit devant les yeux éblouis de cette jolie voisine.

– Tu viendras à l'assemblée dimanche ?

– Oh, non.

– Et chez les Janiak ? Ils font une fête.

– Oh, non.

– Pourquoi ?

– Mes parents ne m'autorisent pas à sortir.

– Moi, je te sortirais bien, tu sais ! dit-il en la regardant longtemps.

Elle sourit.

– Oui, moi aussi j'aimerais bien sortir, murmure-t-elle.

Ivan lui proposerait bien qu'ils se rencontrent quelque part, rien que tous les deux, mais Agnieszka est une jeune fille bien élevée, bien tenue, et lui-même, fils d'une nombreuse famille, sait qu'il lui faut travailler longtemps encore pour envisager dans un lointain futur de fonder un foyer…

En rentrant chez elle, Agnieszka enlève son foulard et regarde cette mèche folle qu'Ivan a touchée, a tenue dans sa longue main, cette main maigre qui lui a effleuré la joue. Elle pose sa main sur sa joue à son tour.

Irena, tout sourires, la détend lorsqu'elle vient chez ses parents et qu'elle bavarde librement avec sa petite sœur. Entre-temps, la mère a eu un autre bébé et, trop occupée avec cette nouvelle maternité, a laissé Agnieszka la remplacer comme lingère au château, où la jeune fille se rend une fois par semaine à présent, et chaque fois regarde en direction de la ferme d'Ivan.

– Je rencontre Ivan parfois, finit-elle par confier à Irena.

– Ah oui, le garçon de la ferme juste avant chez la baronne. (Et Irena pouffe de rire.) Le château de madame la baronne, ce n'est pas un château, c'est une belle maison bourgeoise, c'est tout !

– Oui, sans doute, répond Agnieszka, mais madame la baronne est très gentille. Tiens, sa fille a des enfants elle aussi, comme toi !

Irena regarde sa petite sœur.

– T'as pas envie d'en faire autant ? Avoir des enfants ?

– Oh oui, bien sûr, beaucoup comme maman.

– Beaucoup ou pas… T'as pas envie de… d'avoir un amoureux ?

C'est là qu'Agnieszka avait osé parler d'Ivan.

– Et toi, ton mari ?

– Oh, je l'aime bien, il est très gentil, et puis il fallait bien que je me case, on était trop nombreux !

Une autre fois, un autre jour, il faisait beau, Ivan fauchait un champ à côté de chez eux, il a posé sa faux et l'a rejointe dès qu'il l'a aperçue. Le ciel est d'un bleu intense aujourd'hui, il fait tellement beau, Ivan est torse nu, sa peau est hâlée, propre et saine, ses yeux brillent de vitalité.

– Viens, Agnieszka, repose-toi une minute, laisse-moi t'aider.

Tout en rajustant sa chemise, il lui montre un coin à l'ombre où le talus retient quelques bouleaux. Ivan s'empare du fardeau de linge et le pose tout doucement dans l'herbe, puis il l'aide à s'asseoir. Tous les deux sont là, jambes pendantes sur le talus, adossés au tronc du plus gros arbre. Ah, qu'il fait bon souffler un instant ! Agnieszka soupire d'aise. À travers les feuilles légères des bouleaux, elle distingue le bleu infini du ciel au-dessus d'eux ; Ivan a posé sa main hâlée sur son genou à elle qui frémit sous ce contact malgré l'épaisseur de sa jupe et de son jupon... Elle est bien avec Ivan, elle est heureuse... Elle se tait.

– Tu ne dis rien, Agnieszka !

– Parce que je suis bien.

Elle pourrait ajouter « avec toi », elle n'ose pas, elle n'a pas les rieuses audaces d'Irena.

Ainsi, lorsqu'elle se rend au château, elle voit Ivan, ils font un brin de causette. Pour Agnieszka, c'est son petit coin de paradis, ces rencontres hebdomadaires. Son cœur bat lorsqu'il s'approche d'elle et elle sent que lui non plus ne résiste pas. Dès qu'il l'aperçoit, il la rejoint aussitôt pour lui parler, la regarder, la taquiner. Elle ne souhaite qu'une chose, rester comme ça avec lui.

Mais un beau jour, il déclare :

– J'aimerais qu'on se voie plus souvent, mais... mon père m'a trouvé du travail à Varsovie.

Ivan a l'air catastrophé !

– Oh !

– C'est loin, je sais ! Je suis obligé d'y aller pour gagner ma vie, tu comprends ?

Agnieszka fait signe qu'elle comprend ; l'argent, c'est important, c'est vital.

– À quoi tu travailleras, alors ? Et où ?

– Un peu comme ton père, la mécanique, ce sera dans un grand garage.

– Quand nous reverrons-nous ?

– Je ne sais pas.

Agnieszka dissimule sa déconvenue, se lève. Ivan aussi, qui la regarde avec tristesse. Il insiste :

– Quand je te reverrai, alors ?

Agnieszka fait un signe d'impuissance.

– Il est question que moi aussi je sois gagée, mes parents veulent me placer, ils y sont obligés, tu sais bien !

Ivan hoche la tête.

Voilà, malgré le ciel bleu, le beau temps revenu, le chant des oiseaux, son rêve est fini, celui d'un amoureux rien que pour elle part en éclats puisque Ivan va quitter leur chère campagne. Dieu sait quand il reviendra !

II

L'élue

HEUREUSEMENT, IL Y A L'ÉGLISE du village, la chapelle du château et madame la baronne qui joue si bien du piano, les cantiques à l'église, et l'ambiance générale de beauté, de recueillement que distillent tous ces éléments réunis dans l'âme et le cœur d'Agnieszka, qui l'apaisent et la consolent du départ d'Ivan.

Agnieszka, rendue consciente de la vie des couples avec les confidences d'Irena et les nombreuses grossesses de sa mère, s'interroge sur cette existence bizarre ! En tout cas, elle pâtit de la misérable existence de ses parents, aussi est-elle de plus en plus flattée lorsque la baronne, appréciant sa délicatesse et sa bonne éducation, l'appelle. Agnieszka se sent de plus en plus à l'aise dans cette société élégante, cultivée et pieuse.

Un des fils de madame la baronne, Michal, prêtre, une vocation précoce, explique sa mère, a gravi les marches de la hiérarchie sacerdotale par sa piété et son intelligence. Il sera bientôt un éminent vicaire général auprès de l'évêque de leur diocèse.

Michal s'est intéressé à Agnieszka le jour où la destinée, faut-il le croire, il l'a toujours prétendu, lui a fait croiser dans un de ces longs couloirs du château la timide lingère au regard si pur, au maintien si digne.

– C'est une perle ! C'est une magnifique beauté !

Michal, prêtre voué au célibat, va-t-il succomber aux charmes de cette fraîche paysanne ?

– Mère, c'est une perle ! Ne la gardez pas pour vous !

Sa mère est muette de stupéfaction.

– Pour qui, alors ? finit-elle par prononcer.

– Pour Dieu ! s'exclame-t-il avec emphase. Cette âme pure (et il pense cette vierge pure) est à consacrer au service divin.

Mais, songe-t-il, il faut la préparer à cette éventualité, l'amener à envisager une vie religieuse. Ainsi, Agnieszka se trouve entraînée et parrainée par celui qui deviendra Mgr Lewinski.

Il n'y va pas par quatre chemins. Après avoir salué Agnieszka et l'avoir invitée à s'asseoir, il entame le sujet :

– Je vous ai observée chez mes parents, vous êtes consciencieuse, droite et pieuse !

Agnieszka n'a rien à répondre ; pieux, tout le monde l'est.

– J'ai donc une proposition à vous faire.

La petite lingère ouvre ses yeux si bleus exprimant en ce moment un total étonnement.

– En tant que lingère, et de religion catholique, vous pourriez...

Va-t-il décréter « entrer au couvent » ? Non ! Il le dit autrement :

– Devenir lingère dans une maison religieuse à Poznań. Ils ont besoin de jeunes filles pour aider à l'entretien de ce... ce couvent.

– Un couvent ? répète faiblement Agnieszka.

– Oui, de beaux bâtiments, de beaux jardins, et surtout la possibilité pour vous d'aller vivre à l'étranger, en France peut-être.

La France ! Un pays phare, la patrie des idées, celle aussi de « leur » musicien, qui avait sacrifié sa santé pour proclamer l'indépendance de sa nation. Même loin des cercles culturels importants, tout Polonais a entendu parler de Frédéric Chopin !

Elle l'humble fille d'une famille simple pourrait éventuellement aller en France ? Y travailler, s'y rendre utile ! Les établissements religieux là-bas ont besoin d'une main-d'œuvre qualifiée !

« Qu'est-ce qu'une "main-d'œuvre" ? » Elle réfléchit sans rien laisser paraître, son air suave, charmant, agréable à voir, paraît-il, lui permet de penser sans que son visage ne la trahisse, surtout qu'il y a l'idée généralement répandue qu'une fille jolie est peut-être bête !

Donc elle réfléchit : main-d'œuvre, c'est la main qui travaille à préparer un repas, faire le ménage, travailler aux champs ou bien, comme sa mère et elle, laver, repasser, amidonner. En tout cas, elle se sait bonne lingère et méticuleuse. Elle observe ce prêtre, presque évêque !

En attendant, cette idée de s'en aller en France l'enflamme ! Quel rêve !

– Et si vous le désirez, vous pourrez aspirer à la vie religieuse.

– Aspirante ? répète Agnieszka.

– Postulante ! rectifie Michal.

– On postule un métier, alors ? demande-t-elle timidement.

– Hum, non, un état religieux, l'insigne avantage de faire partie d'une communauté religieuse.

Alors, à ce stade, il convoque Maria et répète ses arguments.

Ni Agnieszka ni sa mère ne comprennent le mot insigne… mais elles ne s'y attardent pas. « Cette chance pour Agnieszka, il ne faut pas la laisser passer ! » pense la mère qui donne son accord avec enthousiasme. Agnieszka, entraînée, se sent choisie et accepte cet avenir différent, un goût d'aventure en elle, peut-être aussi une envie de se distinguer du destin de ses sœurs, une forme de vanité d'avoir été remarquée par Michal ! Toutes les deux signent un papier, mais reste à obtenir l'assentiment du père, le chef de famille, celui qui est responsable des destinées de ses enfants. Par une longue tradition polonaise et la religion catholique, l'homme, bien plus qu'un géniteur, est le chef, le maître, et c'est bien ainsi, pensent en même temps Agnieszka et sa maman. Agnieszka est mineure et a besoin de la permission de ses parents pour décider de son sort.

Le soir, autour de la table, après avoir murmuré le bénédicité, Agnieszka regarde intensément son père ; de lui va dépendre son avenir...

Après son retour du travail, les parents ont dû échanger les récentes informations concernant Agnieszka.

Au souper, après le potage et les pommes de terre, son père pose sa fourchette, regarde sa benjamine.

– Alors... Tu penserais à une vie à Posen ?

(Il prononce à la polonaise le nom de cette ville que le reste de l'Europe a tendance à appeler Poznań.)

Agnieszka ne répond pas. Le père cherche derrière ce joli visage à deviner les aspirations de sa quatrième fille, cette fille secrètement préférée... Le père insiste :

– Mais si tu rentres à Posen, d'où viennent mes ancêtres, si tu vas là-bas, tu seras... nonne ?

Agnieszka fait signe qu'en effet peut-être...

– C'est ce que tu veux ?

Répondre aussi vite que la question est posée, Agnieszka ne le peut pas.

– Qu'est-ce qui t'attire ? Te tente ?

Agnieszka répond lentement :

– Euh... Chanter, prier, travailler, aider les autres... Et peut-être, oui, ensuite vivre à l'étranger.

– Pourquoi pas rester ici ? rétorque brutalement son père. Tu peux chanter, prier et travailler ici ! (Il a repris exprès le chapelet d'énumérations de sa fille.)

Elle fait un geste évasif lorsque son père lui demande si elle n'a pas un amoureux en vue.

– Un amoureux… Oh non…

Et Agnieszka rougit.

– Et Ivan ? Je te voyais avec lui parfois !

Donc il l'avait observée et remarqué son attirance pour ce jeune voisin… Agnieszka répond aussitôt :

– Il n'est plus là, il est à Varsovie pour… plusieurs années…

– Ah oui, c'est vrai ! (Son père lui jette un coup d'œil.) Il n'est plus là !

Alors, la discussion est close, le père, avec ses antennes et cette prédilection pour sa dernière fille, a-t-il senti l'argument sentimental majeur ?

Ivan est à Varsovie, Ivan n'est plus là, a dit Agnieszka de sa voix claire. Le père, en bougonnant, signe à son tour ce papier certifiant que les parents d'Agnieszka ont pris connaissance des dispositions de la volonté de leur fille, toujours mineure, d'entrer au couvent.

– Tu veux partir de chez nous ? lui demande candidement Antoni, son petit frère.

– Oh ! non, il faut que je travaille, que je gagne ma vie, tu comprends ?

Antoni fait signe que non et se précipite dans les bras de sa sœur, s'accroche à elle.

– Non ! Non, ne pars pas !

* *
*

Ils se couchent, Stanislas se déshabille mécaniquement, il est triste… Il se sent… morose. Pourquoi ?

– Ah ! Cette idée, Maria, de mettre Agnieszka au couvent !

– Ce n'est pas mon idée, rétorque Maria, c'est celle du fils de madame la baronne.

– Ah, tiens, qui c'est, celui-là ?

– C'est celui qui est à l'évêché, il a remarqué ses qualités, il la juge apte à devenir religieuse…

– Mais pourquoi, bougre, ne pas la marier comme les trois autres ?

Maria prend un air grave.

– Je crois qu'Agnieszka n'y tient pas… Elle ne veut ni d'un veuf comme Irena, ni d'un vieux… Et puis, ajoute Maria, elle est attirée par le milieu supérieur au nôtre, elle s'est tout de suite plu chez la baronne…

Ce soir, décidément, Stanislas est contrarié, il souhaite une bonne nuit à sa femme, se carre dans le lit… Ce soir, il est mécontent de la décision de sa benjamine et mécontent d'avoir signé ce foutu papier !

Comme il ne dort pas, il se laisse aller à son imagination : Ivan et Agnieszka, cela aurait pu être… Grand et maigre, travailleur et intelligent, un brave gars qui lui aurait donné du bonheur et des enfants… C'est qu'elle est belle, la mâtine ! Mais Ivan parti loin, peut-être que Maria a vu juste, s'est montrée prudente… Fugitivement, il songe à sa sœur qui a mal tourné… Mais imaginer sa benjamine en bonne sœur, ce malgré sa grande foi, il en ressent une instinctive répulsion.

Il s'aperçoit avec rage que des larmes ont jailli de ses yeux, qu'il essuie d'un brusque revers de main, puis, terrassé par sa journée de travail et cette tristesse imprévue, il s'endort enfin.

Quel grand soulagement pour la mère, qui va continuer à élever les petits frères d'Agnieszka ! Elle a mené à bien toute sa maisonnée !

Le fils aîné, Josef, aide le père… Les quatre filles, Maria, Tekla, Irena, Agnieszka, sont casées, ouf ! Maria avec un fermier, Tekla avec un citadin, Irena avec un veuf, Agnieszka avec Dieu, ouf ! Les trois petits, Antoni, Filip et Gustav, sont encore à leur charge…

Maria est heureuse, dans un an toute la famille se rendra à la première prise d'habit d'Agnieszka, si tout se passe bien, et si, comme elle l'espère, ce couvent à Posen accepte de la garder !

* *
*

Elle va devenir nonne ; au lieu de se consacrer à un homme, elle se consacrera à Dieu et à travers lui à tous les hommes, tous les enfants ! Elle sera donnée à eux, ils seront à elle parce que, dans son infinie bonté, Dieu l'a choisie comme instrument. C'est ainsi que Michal, le fils de madame la baronne, l'a convaincue.

Elle est libre aussi à présent de lire, jusqu'ici elle n'en avait pas le temps ! Prise entre le ménage à la maison, le blanchissage et le lavage pour le château. On lui a recommandé des livres de méditation chrétienne qu'elle essaie de lire, mais c'est moins passionnant que les petits romans brochés qu'Irena se procurait et qui la faisaient rêver à un avenir où un beau garçon – sous les traits d'Ivan – lui déclarait un amour infini et éternel.

Après son année de postulat, Agnieszka sait qu'elle deviendra « l'épouse du Christ ». Elle aura même une alliance le jour de ses vœux perpétuels, cela lui tourne un peu la tête, mais Michal le lui a répété : le Christ l'a remarquée, l'a choisie, l'a voulue.

Et elle, Agnieszka ? Qu'a-t-elle voulu ? Tout s'est décidé si vite ! Elle s'est sentie entraînée, elle a quitté la maison et les siens sans vraiment savoir ce qu'elle voulait, influencée par l'enthousiasme persuasif du fils de madame la baronne qui lui a solennellement promis devant sa famille qu'elle serait libre de revenir si la vie à Posen ne lui plaisait pas, c'était cela postuler, c'était aspirer à la vie religieuse sans s'engager encore ! Bon, Agnieszka a bien voulu tenter cette voie, dans l'intimité de son cœur elle sait ce qui l'a motivée : elle a eu peur d'être à la charge de ses parents ! Et peur d'un mariage qui ne lui plairait pas non plus, comme Irena avec son veuf, merci bien, et surtout parce qu'Ivan était à Varsovie pour plusieurs années et qu'elle n'avait plus l'occasion de le voir.

* *
*

Posen est une grande ville aux maisons hautes, beaucoup d'églises aux toits verts et aux frontons sculptés, Michal Lewinski montre à Agnieszka cette étonnante place du marché de forme carrée d'où partent douze rues en étoile et l'ancien hôtel de ville, de style italien, précise ce dernier, et un pont sur la Warta.

Enfin, il la conduit au couvent situé près d'un grand parc dont les bâtiments harmonieux constituent un ensemble régulier et impressionnant.

Une religieuse lui montre les pièces principales : chapelle, dortoir, réfectoire, puis le fils de madame la baronne la quitte en lui promettant de revenir dans une semaine.

Agnieszka se retrouve avec beaucoup de jeunes filles comme elle, venues des diverses régions de la Pologne, toutes aussi différentes les unes que les autres.

La mère supérieure aime faire partager son farouche amour de la Pologne. Agnieszka écoute de toutes ses oreilles et comprend tout de même l'essentiel. Sa patrie est une terre située entre deux puissants pays ; à l'ouest, l'Allemagne ; à l'est, la Russie. Coincée entre ces deux forces, la Pologne a eu deux issues : au nord, la mer Baltique ; au sud, les montagnes, les Carpates, qui séparaient heureusement d'une troisième puissance, l'empire autrichien !

Agnieszka réalise la complexité de sa patrie où on parle une langue slave comme les Russes mais qui, étrange choix, utilise l'alphabet latin ! Pourtant, la Pologne, que les voisins ont essayé de nombreuses fois d'annexer et donc de supprimer, à chaque fois s'est relevée. Se relever, rester soi-même, voilà le message implicite qu'Agnieszka reçoit.

Avec toutes ces filles, ses compagnes futures, elles vont procéder à l'essayage de leurs habits de nonne.

« Cela pourrait être divertissant », songe Agnieszka.

– Il ne s'agit pas de coiffer ses cheveux n'importe comment, explique une religieuse habilitée à démontrer aux postulantes l'art et la manière de cacher ses cheveux.

Beaucoup, comme Agnieszka, portent leurs cheveux nattés.

– Laissez les nattes, c'est bien, poursuit la religieuse. Ensuite, vous les aplatissez en chignon un peu au-dessus de la nuque, comme ça !

Elle s'approche d'Agnieszka, dont les cheveux si blonds sont superbement nattés en deux longues tresses sur ses épaules.

– Toi, tes cheveux sont bien longs ! dit-elle d'un ton peu amène. On va les recouper un peu.

– Non, oh non ! implore Agnieszka.

Mais malgré ses protestations, la religieuse sans hésitation sort de sa poche une grande paire de ciseaux et enlève vingt centimètres des beaux cheveux blonds.

Agnieszka sent des larmes jaillir malgré elle, elle se raidit lorsqu'on lui tire les cheveux pour ajuster la cornette.

« Mon Dieu, pense-t-elle, il faut souffrir pour… » Ce n'est pas pour être belle, le refrain qu'Irena répète à chacune de ses clientes lorsqu'elle applique les fers à friser ou les bigoudis chauffants. « Pour vous plaire, mon Dieu », achève Agnieszka mentalement.

De tous les sacrifices qu'elle accepte ou qu'elle a envisagés, ce sont ses cheveux recoupés, dissimulés en horrible chignon, qui l'ont affligée le plus. Elle ne s'attendait pas à ce genre de mutilation ! Elle regarde ses cheveux éparpillés par terre, un tas blond au reflet soyeux, elle tâte sa tête qui lui semble trop légère ! Elle réprime encore une envie de pleurer, puis elle se dit qu'ils repousseront, qu'il faut accepter ce petit sacrifice, à côté de celui, immense, qu'elle se prépare à faire : donner sa vie à Dieu.

III

Le voile blanc

GRANDE ÉMOTION DANS LE COUVENT ! Une nouvelle circule, il y aurait des départs de sœurs... Où ? La rumeur continue pendant une quinzaine de jours. Agnieszka se dit que cela ne lui déplairait pas de revenir dans sa région natale puisqu'on parle aussi d'ouvertures de crèches, de pouponnières, de dispensaires... Le cœur d'Agnieszka vibre en songeant à ses petits frères, le plus proche surtout, Antoni, qu'il était tendre et si mignon ! Quel joli bébé souriant et dodu il était ! Elle sent encore dans ses mains les petits mollets bien galbés, les petits pieds déjà cambrés et solides, le cou et les épaules qu'elle câlinait en le caressant doucement...

Elle aimerait s'occuper de bébés, les bébés lui manquent, peut-être parce qu'elle vient d'avoir dix-huit ans. À son âge, Irena était devenue maman. Elle soupire en songeant à cette chaleur du foyer familial qui lui manque ! Elle repousse ses sentiments nostalgiques, leur père spirituel les a mises en garde contre les tentations du démon qui leur fait miroiter un passé magnifique qu'elles pourraient réintégrer ! En réalité, les postulantes sont encore libres de décider ce qu'elles veulent ; si elles ont l'intention de revenir à la vie « civile », elles en ont le droit ! C'est vrai dans les textes, c'est vrai dans l'abstrait ; en réalité, si l'une d'elles osait exprimer ses regrets, ses doutes sur sa vocation, les autres la regarderaient comme... une brebis galeuse ! C'est ce qui est arrivé à l'une d'elle, l'autre soir. Elle s'était brusquement arrêtée dans sa lecture, avait posé sa main sur le livre encore ouvert, et d'une voix ferme s'était exclamée :

– Je ne crois pas à ce miracle, ce n'est pas possible ! C'est de...

Elle a voulu dire « supercherie » mais elle a rencontré le regard atterré des autres postulantes et les yeux courroucés de la religieuse.

L'histoire était pourtant plutôt mignonne, justement elle lui faisait penser à Antoni, un Antoni bébé qui par sainteté aurait refusé le lait, la bouillie par esprit de sacrifice ! Bien sûr, c'est absurde et impossible, a pensé Agnieszka, mais c'est comme un conte, on n'y croit pas, on écoute d'une oreille distraite.

Mais non ! Apparemment c'est vrai et c'est mal de mettre en doute ce saint récit.

– Karolina, continuez votre lecture, on ne vous a pas demandé de la commenter.

– Mais ma mère, c'est... c'est risible ! dit d'une voix aimable et douce Karolina.

En effet, toutes les jeunes postulantes se mettent à rire, soulagées, gênées, anxieuses aussi, peut-être, leur rire communicatif et juvénile monte sous les voûtes du réfectoire et s'amplifie.

La religieuse marche sur Karolina, lui arrache le livre des mains, le ferme d'un bruit sec et lui intime l'ordre de descendre de l'estrade d'où se font les lectures à haute voix et l'accompagne vivement dans le couloir.

Le lendemain, on a aperçu Karolina les yeux rouges, les joues pâles, on a chuchoté qu'on l'avait priée de rester agenouillée dans la chapelle pendant des heures, c'était ça sa punition. Au bout de ces heures, elle s'était effondrée ! Le lendemain, on ne l'avait pas revue parmi elles ! Était-elle à l'infirmerie ? Était-elle malade ?

Au bout de huit jours, la responsable des postulantes les avait regroupées.

– Mes filles, mes chères filles, votre sœur Karolina n'est plus avec nous, elle a refusé de reconnaître ses torts, alors nous avons été obligées d'appeler ses parents qui l'ont reprise.

À la récréation, après le déjeuner, durant laquelle on les autorise à parler, Karolina est le sujet de conversation... On la réprouve ou on l'approuve. Agnieszka l'aimait bien, elle la sentait franche et décidée, que va-t-elle devenir ? Agnieszka s'étonne qu'une fille très fervente, très décidée à devenir novice, soit écartée de leur communauté !

Alors, on leur a seriné une phrase : il y a beaucoup d'appelées et peu d'élues.

En attendant, les postulantes n'ont plus eu ces lectures lénifiantes et incroyables... semblables récits leur sont retirés sans commentaires !

À Poitiers, un couvent français du même ordre religieux a besoin de sœurs converses pour les besognes manuelles : cuisinières, lingères et même peut-être jardinières.

Elles auront à prononcer leurs vœux définitifs là-bas, il faudra aussi, bien entendu, apprendre la langue ; cela plaît à Agnieszka toujours désireuse d'acquérir de nouvelles connaissances et, d'après le fils de madame la baronne, douée pour les langues.

Mais avant ce grand départ, elles prononceront leurs vœux de novices et feront leurs adieux à leur famille ; oh ! non, elles ne seront pas autorisées à retourner chez elles, ce sont les familles qui se rendront à Poznań pour des au revoir peut-être définitifs !

Bref, portée par son enthousiasme, Agnieszka se prépare au premier pas important dans sa jeune carrière, le noviciat, ce qui implique de porter déjà un habit de religieuse et un voile, un voile blanc pour le moment.

Ils sont tous là, papa, maman, Josef qui les a conduits dans leur vieille guimbarde, Antoni, Filip et Gustav, Irena bien sûr, et même les deux aînées, Maria et Tekla, qu'Agnieszka n'avait pas revues depuis qu'elle était petite fille.

Irena pouponne son troisième enfant, une grosse poupée souriante et pas farouche, toute la famille intimidée par le couvent et par cette svelte nonne, leur fille, leur sœur que ses sombres et sobres habits noirs avec le voile blanc transforment en une presque inconnue. Ils ne savent quoi lui dire, ni comment parler pour ne pas avoir l'air si près du matériel de la vie de tous les jours alors qu'elle, Agnieszka, gravite certainement dans des sphères supérieures. Ils sont gênés, muets. C'est Agnieszka qui parle volontiers :

– Quelle marque d'amidon, maman, recommandes-tu pour des nappes fines ? Et quels fers pour repasser les cornettes des religieuses ? Comme tu as grandi, mon petit Antoni ! Tu es un jeune homme à présent !

Antoni rougit en lui adressant un beau sourire.

Irena pose Anna, six mois, sur ses genoux. Agnieszka en est émue et joue avec la poupée vivante. « Cela pourrait être sa fille, se dit la mère ; à dix-huit ans j'en avais déjà une. » Sans préambule, elle éclate en sanglots, regrettant peut-être le choix de sa petite dernière, sa dernière fille...

Irena, bouclée et fardée, la prend à part et lui donne son adresse et son numéro de téléphone.

– Si tu changes d'idée, petite sœur..., dit-elle de ce ton inimitable, goguenard et pourtant si fraternel.

– Oh, Irena, non ! Je suis si contente ici, surtout que je vais partir en France, où on a besoin de nous !

Agnieszka semble fière et en paix, alors la maman sèche ses larmes ; pourtant, au moment du départ, les larmes rejaillissent et tous l'embrassent en pleurant.

Agnieszka a quitté à pas lents le parloir, elle aussi se surprend à pleurer sur sa jeunesse trop vite envolée ; ce qui l'a troublée a été de revoir Irena et Antoni, elle a mesuré la distance entre eux. Antoni a même hésité à l'embrasser, comme si cette cornette et le voile la mettaient à part, en faisaient une lépreuse ou une pestiférée. Les parents ont vieilli, le père est beau, toujours, mais blanchi et un peu voûté et triste, la mère ridée et ratatinée semble plus gaillarde ; seule Irena est en belle forme. Un instant, une morsure à son cœur lui dit qu'elle regrette un peu cette vie qu'elle aurait pu avoir, épousée, aimée et aimante, qu'Irena connaît ! Un homme avec elle et des enfants…

Tous et toutes lui ont remis un petit cadeau : mouchoirs brodés, une eau de Cologne qu'exceptionnellement on leur a laissé lui offrir, chacun a donné un peu d'argent pour ce long voyage en France.

– Vous reviendrez me voir, a dit gravement Agnieszka.

Mais personne n'a répondu. Même Irena n'a rien trouvé à dire.

Avec ce voile blanc de novice, Agnieszka avance résolument vers cet avenir inconnu.

IV

Le voile noir

IL FAIT BEAU ET MÊME DÉJÀ CHAUD dans le petit cloître à ciel ouvert. Les jeunes religieuses se trouvent en France, à présent, où le printemps arrive bien plus tôt que dans leur patrie. C'est une petite cour enserrée par de hauts murs qui renvoient la douceur de l'air où un bienveillant jardinier a créé une pelouse et disposé des arbres en quinconce, transformant ce cloître un peu ingrat en reposoir végétal. Quand on lève les yeux par-dessus les toits, on voit un ciel tout bleu, des oiseaux cachés dans les lauriers s'agitent et chantent doucement et les rosiers sont déjà en fleur !

Agnieszka a chaud, trop chaud dans ses nouveaux habits, elle a une chemise longue et raide posée à même sa peau nue et un genre de corset qui enserre sa poitrine et la comprime. « Pourquoi ? » s'était-elle interrogée.

La jeune Zenia, arrivée en même temps qu'elle, a ri de ses surprises.

– C'est pour dissimuler nos formes, pour rendre aussi plate que possible ta poitrine.

Agnieszka avait roulé des yeux surpris.

– Pourquoi ?

Zenia s'était contentée de hausser les épaules.

Pourtant, Agnieszka a vu de nobles et saints tableaux, chez madame la baronne, où on voit la Madone avec un bout de sein nu que l'Enfant Jésus touche et tète ! Pourquoi cela serait-il mal ? C'est naturel.

– Fais comme moi ! conseille Zenia. Tu desserres les lacets du corset, tu respireras mieux. De toute façon, avec la sorte de cape qu'on porte par-dessus, nos supérieures ne verront pas qu'on s'est délacées, et puis on peut toujours dire qu'on n'a pas compris ce qu'elles nous ont expliqué en français !

En effet, par-dessus ce corset et le corsage, l'habit des novices ainsi que celui des religieuses comporte un genre de cape courte dissimulant leur buste et une jupe assez longue qui balaie de grosses chaussettes. Il fait chaud en ce mois d'avril en France ; bientôt on leur explique qu'elles auront leur tenue d'été, mêmes vêtements mais en serge de coton. Tant mieux !

La perspective des beaux jours détend Agnieszka ; d'ailleurs, ce couvent est plutôt agréable, bien construit avec les trois bâtiments anciens d'un couvent de récollets réquisitionné au moment de la Révolution française, puis racheté par une famille pieuse et riche de Poitiers et rendu au culte.

Aux fenêtres étroites en ogive, on constate qu'en effet le couvent est très ancien. À l'intérieur, deux cloîtres également historiques donnent sur deux salles voûtées, le réfectoire et les cuisines, avec des piliers moyenâgeux. Là, autrefois, vivaient des moines. Un cloître intérieur est leur salle de réunion dominée par deux statues grandeur nature. L'une de Notre Seigneur Jésus-Christ, dont les cheveux blonds mi-longs tombent sur ses épaules drapées d'une tunique à la mode de son pays, la Palestine, la Terre sainte, et ses yeux bleus regardent loin devant lui. L'autre statue impressionnante, positionnée à l'autre extrémité de ce cloître, représente un moine en bure blanche dont le visage austère décharné semble vivant. On leur a expliqué qu'il s'agit de Bernard de Clairvaux, ce moine cistercien qui a fondé le couvent.

Cette première année de noviciat revient pour Agnieszka à découvrir ce pays français dont elle avait rêvé.

On a réparti entre les jeunes novices leurs tâches respectives. Agnieszka, avec son expérience chez madame la baronne, n'est pas en peine, lingère elle sera avec une Espagnole, Margarita ; Ilona, sa compatriote, est aux cuisines avec les autres Espagnoles. Zenia est avec les Portugaises pour le ménage qui est considérable, car il s'agit d'entretenir les bâtiments communs : réfectoires, chapelle ainsi que les salles de classe et les salles d'étude.

En réalité, Agnieszka constate qu'on n'a pas mis les Polonaises ensemble, même les Espagnoles ont été habilement réparties pour éviter les bavardages dans la langue natale, afin qu'elles s'intègrent plus vite et ne parlent qu'en français.

Les logements des religieuses sont regroupés, mais seules les mères ont de véritables cellules avec un lit, une table, une chaise, certaines ont une fenêtre donnant sur la jolie cour d'honneur ombragée de tilleuls et de lilas, les autres cellules en face sont éclairées par des ouvertures rondes dispensant une lumière tamisée.

Par contre, elles, les sœurs sont logées en dortoir.

– On n'a pas droit aux cellules, ironise Margarita, la novice espagnole.

Ce dortoir assez sombre est divisé par des cloisons en bois entre lesquelles on a disposé un lit, un chevet, une chaise ; pas de table, à quoi cela servirait-il ? Entre ces cloisons, un rideau en gros coton ferme chaque alcôve et assure ainsi une forme d'intimité visuelle sinon sonore… La nuit, on entend certaines parler dans leur sommeil ou bien parfois Agnieszka perçoit des pleurs !… Cela ne la dérange pas de dormir dans un dortoir, à la maison elle dormait bien avec Irena, mais certaines de ses compagnes remarquent qu'il y a une nette différence dans l'attribution de leur domaine, les mères ont des avantages.

– On ne mélange pas les torchons avec les serviettes, dit crûment Margarita. Les cellules, c'est bon pour celles qui sont d'un autre niveau social que nous, c'est cela, la religion !

Pour Agnieszka, la différence en fonction de l'origine sociale des gens est normale, elle l'a toujours connue et cela ne l'a jamais dérangée.

Ce couvent est aussi un lycée où des élèves suivent des cours depuis leur année dite de sixième jusqu'au baccalauréat, avec des terrains de jeux, tennis, volley-ball, basket, au-delà desquels le verger et le potager font partie de ce que les religieuses appellent la ferme, qui n'abrite ni vaches ni cochons, mais une maison basse et une grange où sont remisés les outils du jardinier. Ce terrain domine un quartier de la ville donnant sur un boulevard où passent des voitures ! Cette ferme et les arbres du parc conventuel sont pour Agnieszka un coin de campagne, ce serait son endroit de prédilection, mais elle ne peut s'y promener que le dimanche, jour où le fermier ne travaille pas.

Certaines sœurs sont autorisées à aider au jardin, pas elle, hélas, dont les mains doivent rester propres et lisses pour laver, repasser, amidonner le linge du couvent.

Elle aime les dimanches de repos, de lecture et de promenades. Elle commence à bien comprendre les livres en français, livres de piété et aussi d'histoire. Elle ne manque jamais les promenades en groupe à trois sous la charmille. Là, son regard se pose sur la roseraie, le verger en fleurs avec ses pommiers, ses cerisiers et ses pêchers. Elle médite sous les tilleuls de la cour d'honneur, le jour du Seigneur. Elle redevient un peu la jeune fille romantique, campagnarde, rêveuse et sentimentale qu'elle n'a jamais cessé d'être.

Des lettres de sa famille lui parviennent, d'Irena surtout, qui ne l'oublie pas.

Ainsi passent les mois qui deviennent une année. Les talents d'Agnieszka sont reconnus et les jeunes filles pensionnaires la remercient et la saluent lorsqu'elles vont dans la lingerie.

À l'issue de sa seconde année de noviciat, Agnieszka est interrogée par la maîtresse des novices. C'est un genre d'examen, elle va quitter son état de novice, cette période probatoire durant laquelle on a encore la possibilité de choisir, soit retourner à la vie civile, soit s'engager définitivement dans la voie religieuse.

Agnieszka s'engage à se consacrer à Dieu, à renoncer au monde ou à fonder une famille (Elle songe : « Ivan est loin ! »). Elle fait vœu d'obéissance, de pauvreté (cela ne la changera pas des habitudes familiales) et de chasteté, elle croit comprendre que c'est renoncer aux joies du mariage.

En fait, ce sont les tout premiers vœux avant ceux définitifs qui n'auront lieu que beaucoup plus tard, dans trois ou quatre ans. Elle se sent acceptée, le voile blanc des novices est remplacé par un voile noir avec une nouvelle cornette bien dessinée s'arrêtant à mi-visage. On lui remet une croix au bout d'un cordonnet noir, cette croix s'appuie sur son buste, symbole de son engagement.

Agnieszka est satisfaite, elle a atteint son but, elle est religieuse !

V

Le mal du pays

UNE CHOSE PARMI D'AUTRES surprend Agnieszka, on lui a laissé son prénom ! On ne lui a pas imposé une appellation plus dévote comme « sœur de l'Immaculée Conception » ou « sœur Marie de la Miséricorde »...

Il lui semble qu'en gardant son prénom, et surtout sous sa forme polonaise, elle a emporté avec elle un petit morceau de sa patrie et aussi de son passé de petite fille et d'adolescente, elle a toujours été Agnieszka... alors Agnieszka elle demeure !

Ainsi, on peut identifier les autres sœurs, quelques compatriotes et surtout les Espagnoles, sœur Bianca, sœur Mercedes, sœur Margarita, cette dernière vive, enjouée, rieuse est le boute-en-train de leur communauté. Très vite, Agnieszka a ressenti un élan de sympathie pour elle parce que, malgré son voile et sa cornette, on l'imagine aisément en civile, une jeune fille brune, décidée, dynamique, accomplissant son travail avec compétence...

Les mères au contraire ont conservé leur nom de famille ; il y a mère Dupuis, mère Dubreuil, mère Bellamy, mère Souchard, etc. Mais toutes sont françaises, ce sont des noms français, au contraire les sœurs sont des étrangères.

– Nous, on est des bonniches, a chuchoté sœur Margarita en pouffant de rire.

C'est vrai ! Mais c'est mieux ainsi ! Que ferait Agnieszka parmi les mères ? Elle ne pourrait ni recevoir les parents d'élèves ni enseigner, elle parle mal le français, et avec un terrible accent !

Pourtant, on les regroupe par niveau pour qu'elles apprennent les bases de cette langue française et lorsque entre elles elles conversent une religieuse corrige leurs fautes… « Alors, dans deux ou trois ans, se dit Agnieszka, j'arriverai à parler correctement. »

Par contre, pour parler au Seigneur, pour prier, Agnieszka sait qu'elle s'exprime dans sa langue maternelle. Heureusement qu'elle a ses grands moments de dévotion. Se dire que le Christ est là, auprès d'elle, est un réconfort, car certains soirs Agnieszka se sent bien seule, malheureuse, exilée, loin de l'affection des siens, elle resonge à ses petits frères, à Antoni surtout. Comme elle voudrait pouvoir le câliner, le serrer dans ses bras, sentir sur ses joues les gentils baisers qu'il lui faisait ! Et à Irena ! Irena la maquillait, lui prêtait ses habits, s'amusait à la coiffer autrement…

Il ne faut pas repenser à la douceur de son foyer… cela la chagrine trop. Brusquement, elle comprend qu'elle ne créera pas de famille, qu'elle n'aura jamais d'enfants ! Pourquoi ce changement dans ses sentiments ? Est-ce parce qu'elle vient de prononcer ses vœux et qu'elle est enfin religieuse ? Elle en est très contente, mais elle réalise que ce pas important engage sa vie future ! Stupéfaite, elle s'arrête de repasser, machinalement elle pose le fer et regarde sa jupe noire qui lui retombe sur les chevilles ; jamais un enfant n'escaladera ses genoux pour s'y installer, se lover tout contre comme Antoni et le petit frère Filip le faisaient… Au début, quand elle était encore en Pologne, cela lui a semblé sans importance, cela lui était égal. À présent, loin de sa patrie, loin du son des mots familiers, elle se sent coupée d'eux tous, les siens, sa famille, ses amies, ses camarades ! Immobile, atterrée, elle lève ses mains vers son visage parce que les larmes qu'elle n'a pas senties venir affluent et coulent, et débordent de ses yeux.

À la fin de la semaine, comme d'ailleurs chaque fin de semaine, elle aura la conversation habituelle avec mère Tréport, la mère assistante responsable des jeunes religieuses. Mère Tréport est une religieuse âgée, ridée, au regard posé, tranquille, on dirait qu'elle a traversé une vie d'épreuves de toutes sortes, on dirait qu'elle a expérimenté tant de choses faciles ou difficiles, dramatiques ou communes, qu'elle a atteint un havre de paix intérieure ; ce n'est pas le regard vide, candide ou illuminé de certaines autres, c'est un regard adulte, réfléchi, grave et pourtant empreint d'une calme bonté.

Agnieszka, comme d'ailleurs les jeunes religieuses sont requises de le faire, s'est confiée à elle, lui a raconté ces douloureuses réminiscences familiales, elle craint que mère Tréport la gronde un peu, lui reproche cette nostalgie, se souvenant de l'exemple de Karolina qui avait eu tort de révéler son opinion ! Mère Tréport la regarde puis laisse errer son regard sur les beaux livres alignés qui couvrent les murs de son bureau avant de répondre à Agnieszka :

– C'est le mal du pays, cela est normal. Dans toute autre voie…

Et comme la religieuse sent qu'Agnieszka ne comprend pas l'expression :

– Dans une autre occupation, un autre métier, vous auriez de la même façon cette nostalgie de votre patrie, par exemple un marin emmené sur un navire pour plusieurs années se souvient de son pays natal et le regrette. C'est le mal du pays.

Agnieszka fait signe qu'elle comprend.

– Regrettez-vous d'avoir choisi la vie religieuse ?

– Oh, non, ma mère !

Agnieszka a répondu aussitôt tant elle sent qu'au contraire elle est heureuse de cette décision. Comment la mère assistante peut-elle demander une chose pareille ?

La religieuse la regarde d'un air profond.

– Bien, bon, sœur Agnieszka, tant que vous sentirez que votre choix vous satisfait, c'est que le Seigneur désire que vous continuiez dans cette... voie.

Un silence, rompu à nouveau par la vieille religieuse :

– Ces années de premiers vœux sont encore une période « probatoire ». Il se peut, Agnieszka, cela arrive, j'ai rencontré des cas semblables, il se peut qu'une religieuse se rende compte qu'elle croyait avoir la vocation mais qu'elle s'est trompée.

– Alors ? demande Agnieszka, le souffle court.

– Alors, justement, il vaut mieux revenir dans le monde où le Seigneur vous appelle, où on peut jouer un rôle déterminant. Il vaut mieux le savoir avant plutôt qu'après les vœux définitifs.

Les vœux définitifs ! Les mots sont effrayants et magiques aussi pourtant !

La religieuse se lève, la conversation est terminée.

– Allez en paix, Agnieszka, nous ferons le point ensemble de temps en temps, ne vous tracassez surtout pas, Dieu veille sur vous.

Agnieszka ressort de ce bureau pacifiée, sereine, heureuse !

Elle va reprendre son quotidien fait de prières et de travail, et elle oubliera... Comment a dit la mère religieuse ? Le mal... le mal du pays.

Elle reprend le travail. Merci, mon Dieu, il y a le travail qui l'intéresse et occupe son esprit !

Dans son sommeil parfois lui apparaissent le visage fardé et rieur d'Irena ou le regard confiant d'Antoni ; lorsqu'elle émerge de ses rêves, le terrible silence de la « clôture » l'oppresse, elle voudrait crier et s'enfuir... puis elle se calme, alors elle essaie de rejoindre la paix à laquelle son âme aspire en priant, des prières sans paroles précises où son esprit et son cœur tendent vers un seul but, l'union mentale avec Dieu, avec son fils, le Christ, avec Marie, sa mère.

Mère Tréport a observé que sœur Agnieszka avait maigri. « Svelte et grande, cette jeune religieuse semble trop mince », se dit-elle, soupçonnant on ne sait quel désir de châtier les élans corporels de son organisme ; alors elle a à nouveau convoqué Agnieszka.

Paisible, maternelle, mère Tréport a aimablement conversé avec Agnieszka sur son enfance, sa jeunesse, sa famille, son engagement religieux, sa formation de lingère, puis avec ce ton égal de bonté et d'humanité a fait allusion aux inutiles châtiments soufflés par un zèle religieux intempestif.

– Nous ne sommes pas appelées à imiter les grands mystiques et leurs jeûnes, nous devons garder nos forces physiques pour accomplir nos tâches quotidiennes, et dans ce but, ma chère fille, il faut s'alimenter normalement, se sustenter.

« Encore un mot nouveau… » pense Agnieszka.

– *Mens sana in corpore sano*, a-t-elle murmuré en aparté, pensant en même temps que cette petite Polonaise naturellement ne connaissait pas le latin. Mais si, parce que madame la baronne elle aussi utilisait cette expression.

Elle a ajouté :

– Ma chère fille, sachez que les moines eux-mêmes, chaque dimanche, prient le Seigneur en ces termes : « Notre Seigneur, donne-nous la santé du corps. »

Agnieszka, recevant de cette religieuse ce discret rappel à l'ordre, en a surtout retenu son regard bienveillant et vigilant.

« Bon ! se dit-elle. Désormais, je vais mieux me nourrir, dormir au lieu de veiller. » Elle suit le conseil de mère Tréport au robuste bon sens de Normande, se coule dans le rythme impeccablement réglé de cette vie cloîtrée ; se promener, dormir, se nourrir, prier, travailler sans plus chercher par un zèle

« intempestif », c'est le mot que la religieuse avait utilisé, à singer les mystiques.

Dans ce retournement d'attitude, Agnieszka est aidée par cette jeune religieuse espagnole, Margarita, qu'on lui a attribuée comme aide à la lingerie. Au début, Agnieszka a ressenti comme une intrusion, cette fille trop remuante, bavarde, brouillonne, qui s'agitait à ses côtés, mais finalement Agnieszka a vu que cette fille sympathique, vive, gaie et volubile, était remplie de bonne volonté.

Au bout de quelques jours, en un français très marqué par son accent mélodieux et pourtant rauque, la jeune nonne murmure :

– Tu peux m'appeler Margarita, tu sais ! Toi, tu es Agnieszka, hein !

– Oui, répond gentiment Agnieszka avec cependant une certaine réticence à employer tout de suite le tutoiement, alors qu'apparemment Margarita a du mal à vouvoyer.

Lorsqu'elle s'adresse aux mères, on sent qu'elle s'applique à parler lentement pour contrôler ses phrases. Avec Agnieszka, au contraire, elle se laisse aller à des débordements, des bavardages ininterrompus entrecoupés d'exclamations et d'éclats de rire ; finalement, Margarita est une présence réconfortante, égayante, et Agnieszka se met à l'apprécier de plus en plus.

Les prières de la messe sont en somme une habitude, presque une routine ; certains cantiques sont franchement gais, dynamiques, enthousiasmants. Les cantiques lui remplissent le cœur. Son préféré est celui que la communauté chante chaque soir à pleine voix avec douceur et recueillement, juste avant de se retirer dans les cellules, *In manus tuas, Domine, commendo spiritum meum.* Elle sait parfaitement ce que ces mots latins signifient : « Entre tes mains, Seigneur, je remets mon esprit. »

Elle a appris que ce cantique vient des monastères, chanté par les moines avant que commence alors, pour eux, le grand silence de la nuit jusqu'aux laudes du matin.

« Si je mourais brusquement, se dit Agnieszka, si je mourais, je demande à Dieu d'emmener mon âme auprès de lui. »

Vivre au couvent pour suivre « sa » vocation, c'est bien beau ! Mais lorsque descend le crépuscule, que la nuit approche et que, des recoins sombres du couvent, il lui semble que mille plaintes ou cris étouffés jaillissent, la solitude et la peur l'envahissent... Elle n'a que vingt ans, à son âge Josef travaillait mais rentrait chez eux le soir auprès du père et de la mère, et ses sœurs mariées, Maria, Tekla et Irena, avaient un mari, elles. Elle se recroqueville dans son lit. Cette position de repli sur elle-même est une façon de se protéger d'une menace éventuelle... une main griffue, un visage au rictus effrayant... Elle sait qu'elle a tort d'imaginer toutes sortes de démons, mais récemment elle a appris que le diable, ici même, dans ce couvent, s'était manifesté ! Oui, le diable s'était montré paraît-il il y a cinquante ans environ à une jeune religieuse espagnole !

Dans la journée, elle n'y pense pas, elle a même interrogé Margarita sur sa compatriote, Margarita a souri en haussant les épaules.

– *Yo creo* que c'était son imagination ! Et elle a ajouté : *Loca !*

Le geste qui accompagnait le mot était expressif, alors une religieuse impressionnable peut s'imaginer qu'elle a vu le démon ! Et... devenir folle, *loca* !

Agnieszka se décide à aborder ce sujet auprès de la mère assistante, qui l'écoute paisiblement. Sa réponse surprend Agnieszka :

– Oui, oui, hum ! En effet... (Mère Tréport semble réfléchir.) Agnieszka, rien n'a été démontré, des ecclésiastiques ont étudié son cas, cette religieuse était bien, dévote, dévouée, mais... ses visions... du démon et aussi du Seigneur...

Mère Tréport, on le sent, ne tient pas à poursuivre ce sujet, elle termine :

– Non, rien n'a été confirmé après de sérieuses études théologiques sur son cas... oubliez donc ce... cet...

Mère Tréport cherche le mot adéquat et, ne le trouvant pas, s'abstient de qualifier cette histoire à laquelle on peut penser qu'elle ne croit pas. Elle reprend en se levant et en adressant un sourire à cette jeune religieuse un peu effrayée :

– Vous savez, Dieu ne recherche pas les extrêmes, le Seigneur désire que nous lui fassions confiance entièrement en étant le reflet de sa bonté, en étant assidues aux prières, au travail et aussi aux récréations. Le Seigneur ne veut pas la pesanteur mais la grâce...

Les autres soirs, lorsque la peur semble rôder, Agnieszka repense fortement aux paroles rassurantes de mère Tréport : « Pas la pesanteur mais la grâce ! »

Pour Margarita, la forme que prendrait le démon serait les images de son passé... un jeune homme qu'elle a aimé de tout son cœur, de toute son âme. Elle le revoit souvent en pensées et ressent la nostalgie de cette tendresse enfouie.

Tout en assenant des coups de fer à repasser sur le linge qu'Agnieszka a déposé devant elle, Margarita soupire souvent et lève les yeux au ciel au point qu'Agnieszka se demande ce qui tourmente sa compagne. Elle la regarde fixement sans oser l'interroger. Un après-midi, Margarita s'arrête de repasser, éclate en sanglots puis se reprend aussitôt en lançant des regards furieux de ses yeux qu'elle a très grands et très noirs.

– On peut s'arrêter un moment, propose de sa voix douce Agnieszka qui était partie et qui revient avec une tasse de tisane à la main. On peut souffler un peu.

Margarita réplique :

– J'ai horreur des tisanes, je ne suis pas malade !

Puis elle s'assoit brusquement et explique :

– Un amour déçu, une idylle terminée à peine commencée, alors… je suis rentrée au couvent !

Agnieszka fait signe qu'elle a entendu. Donc cette religieuse espagnole a aimé quelqu'un qui l'a trahie. La pauvre ! Quelle horreur ! Comme si avec Ivan il y avait eu promesse et des baisers échangés puis l'abandon ! Mais avec Ivan, il n'y a eu que des regards et des sourires. Oui, heureusement ! Pauvre Margarita, qui finalement a bu la tisane !

– Qu'est-ce que c'est ? C'est très bon !

Agnieszka sourit.

– Un mélange qu'on faisait à la maison : verveine, marjolaine et… herbes de bison.

– Qu'est-ce que c'est : herbes de bison ? Tu veux rire !

– Oh, des herbes qui poussent dans un champ après que les bisons sont venus.

– On fait paître des bisons en Pologne ? C'est bon pour l'Amérique !

– Si, et après poussent des herbes, je ne connais pas le nom, on s'en sert comme…

Elle cherche le mot.

– Épice ? Poivre ? Condiment ? suggère Margarita en souriant, sa tristesse oubliée on dirait.

– Pour donner du goût.

– Mais tu en as ici ?

Agnieszka rougit un peu.

– Oui, j'en ai rapporté de Pologne.

– C'est rudement bon ! Merci.

Le remerciement de Margarita implique plus que la tisane.

– Tu es une sœur pour moi !

Quelques jours après, toujours à la lingerie, où elles se donnent le droit de bavarder un peu, Margarita fait une allusion à sa compatriote et au démon. Elle se tourne vers Agnieszka.

– Mon démon à moi, c'est celui qui m'a laissée pour une autre ! Parce qu'il vient me hanter, tu sais !

Non, Agnieszka ne sait pas…

– Je me revois dans ses bras !

Agnieszka comprend que ses frayeurs du soir ne sont rien à côté du chagrin d'avoir été courtisée puis délaissée ! En comparaison, sa misérable tristesse, le soir, est dérisoire.

Cependant, par discrétion, Agnieszka ne lui pose aucune autre question et Margarita la farouche s'abstient désormais de lui reparler de ses peines de cœur passées, mais une amitié est née entre elles.

VI

L'ordre

Agnieszka s'habitue tout doucement à la routine conventuelle. Cette organisation stricte, régulière, répétitive, lever tôt, repas, silence, récréation, travail dans la lingerie, salut, dîner, coucher, ce cadre est une forme d'assurance. Il lui semble que, tant qu'autour d'elle les mêmes jours succéderont aux mêmes jours, elle restera dans la main de Dieu et dans la volonté du Christ sur elle.

Puis brusquement, tout semble bouleversé, la mère assistante change, c'est la règle de cet ordre ; tous les sept ans les religieuses partent dans d'autres couvents. Elles s'étaient habituées à mère Tréport, à son aimable bonhomie et à sa bienveillance... La nouvelle religieuse, mère Ferreau, plus jeune, recherche avant tout le rendement, l'efficacité, c'est une religieuse juste sans doute mais stricte, au visage assez dur avec un regard constamment sévère. Agnieszka regrette mère Tréport, c'était un peu comme une maman... Margarita, avec qui Agnieszka travaille, regimbe, proteste.

– Je regrette la vieille mère Tréport. Avec quel ton condescendant cette nouvelle mère nous traite, on n'est pas ses domestiques !

Et Margarita, souple, ronde et dynamique, assène des coups de fer à repasser sur du linge fragile qu'Agnieszka s'empresse d'enlever.

Elle songe : « Comme on est loin de madame la baronne ! Avec son élégante reconnaissance du travail, c'était un encouragement, et ses ordres toujours exprimés avec douceur et considération. »

Agnieszka est décontenancée. L'ambiance de piété, de ferveur spirituelle est partie avec mère Tréport, on dirait...

Puis, un jour, Margarita est appelée au parloir. Elle roule des yeux ronds.

– Qui m'appelle ? s'exclame-t-elle.

– Votre frère, répond mère Ferreau d'un air renfrogné.

Margarita brosse son habit de religieuse, réajuste sa cornette, ouvre la bouche, puis se ravise, jette un coup d'œil dans la vitre de la fenêtre qui lui sert de miroir et quitte la lingerie en courant.

En revenant, Margarita est en larmes et, sans proférer une seule explication, est apparemment incapable de s'arrêter de pleurer.

A-t-elle perdu quelqu'un de sa famille, et la visite du frère aurait eu pour but d'annoncer personnellement ce deuil ?

– Tu ne peux pas comprendre, non, pas de mort dans ma famille, souffle-t-elle à Agnieszka sans ajouter quoi que ce soit.

À la même période, un beau jour, Agnieszka est sollicitée pour des travaux qui sortent tout à fait de ses attributions de lingère. Mère Ferreau, dont l'œil exercé a jaugé la taille et l'allure sportive d'Agnieszka, lui demande d'aider le plombier qui travaille seul :

– La mère économe apprécie ce M. Louis Darroux, qui est honnête et compétent et qui vient de reprendre la charge de son patron, mais il aurait besoin d'un coup de main. Mère Vivien m'a demandé mon avis, vous m'avez l'air bien capable de cette besogne qui nécessite une certaine force. Puisque la chose à réparer est à côté de votre lingerie et que vous êtes robuste, j'ai pensé à vous. Venez !

C'est un ordre ! Agnieszka, surprise, emboîte le pas à mère Ferreau qui, sans prendre la peine de la présenter, la plante là et retourne à ses nombreuses occupations. Agnieszka voit un homme jeune qui a l'air presque aussi ennuyé qu'elle.

– Ma sœur, excusez-moi, je n'avais pas l'intention de demander de l'aide, surtout à une religieuse !

Sous cette robe stricte, austère, calculée pour que les formes du corps soient dissimulées, Louis Darroux voit une fille jeune et alerte… Une phrase revient à son esprit, que dans sa famille on répétait comme une évidence, en somme un proverbe, qui comme souvent s'avère juste : « L'habit ne fait pas le moine. » Cela le fait sourire un instant tandis qu'il lui jette un coup d'œil.

Cette religieuse est d'un ordre peu commun et cloîtré ; il la remarque non pas à cause de son habit, au contraire, malgré cet habit si sévère avec cette cornette raide, rigide, qui coupe l'ovale de la joue, malgré cet accoutrement, il observe une très jeune fille qui n'a ni l'air pieux et fermé ni méfiant de celles que le monde extérieur effraie, ses yeux sont franchement ouverts, son regard sans détour mais prudent.

Ayant senti son regard sur elle, Agnieszka ne se détourne pas. Ce n'était pas un regard luisant de désir, de concupiscence, comme elle en avait remarqué dans sa jeunesse en Pologne. Celui de cet homme était plein d'observation aimable.

– Que faut-il faire ? demande Agnieszka d'un ton bref parce que mère Ferreau l'a irritée.

L'homme prend dans sa boîte à outils un objet cylindrique et brillant.

– Il faudrait placer ça en haut, à l'arrivée du tuyau, pendant que je soulèverai le chauffe-eau.

– Vous allez soulever ce chauffe-eau tout seul ? s'étonne Agnieszka.

– Il le faut bien !

– Bon, je vais chercher un escabeau pour ne pas vous faire perdre de temps et aller aussi vite que possible ! déclare Agnieszka. Ce vieux chauffe-eau doit peser des… tonnes.

L'homme sourit malgré lui.

– Cela ira, ma sœur, je suis habitué.

En un rien de temps, Agnieszka revient avec l'escabeau. Elle grimpe jusqu'à la marche la plus haute et, dès que le plombier soulève alors l'engin, elle applique prestement le bouchon sans hésitation. Ouf !

– Bravo, ma sœur !

Il a failli dire « mademoiselle ». En tout cas, elle est habile ! Il hésite :

– Quand je reviendrai avec le chauffe-eau neuf, il faudrait, pour bien faire, me rendre le même service !…

– D'accord, je vous aiderai ! répond immédiatement Agnieszka.

– Je demanderai qui ?

– Je suis sœur Agnès.

Elle a prononcé son nom à la française. Elle le regarde alors : il est jeune, assez grand, brun avec des yeux sombres, quelque chose remue dans sa mémoire… Ah ! c'est idiot, il lui fait penser à Ivan ! Alors, elle sourit involontairement et repart ranger l'escabeau.

« Un homme normal, sans particularité, pense-t-elle, quelqu'un de banal… Sauf lorsqu'on est près de lui, ce sont ses yeux foncés et son regard concentré, droit. (Elle cherche ses mots dans sa langue maternelle.) Net, sans faiblesse, strict. »

À leur prochaine entrevue, cet homme qui la fait songer à Ivan la complimente sur la précision de ses gestes, il est bien élevé, calme, elle se surprend à lui confier un ou deux de ses souvenirs :

– Mon frère Josef est mécanicien, là-bas en Pologne, comme mon père, il s'occupe de mécanique agricole.

– Moi, je m'appelle Louis Darroux, je suis le responsable de l'installation ici, mère Vivien m'a confié cette charge, mais je ne vous avais jamais vue !

– Parce que la mère assistante a changé, et celle-ci, la nouvelle, a décidé qu'il fallait que je vous aide. Je travaille à côté, dans cette grande pièce, c'est la lingerie.

Il reste sur le seuil d'une pièce éclairée par deux hautes fenêtres où tout semble parfait d'ordre et de propreté !

– Il y a longtemps que vous êtes en France ?

– Deux ans !

– Votre pays vous manque ?

– Pas vraiment, c'est de ne pas sortir qui me gêne.

Elle lui jette un regard un peu effrayé de cette confidence spontanée.

– Parce que vous êtes cloîtrée, dit-il calmement.

– Oui.

– Moi, je suis libre d'aller et venir, mais en somme je suis cloîtré dans mon métier, plaisante-t-il.

Cela a l'air d'amuser cette jeune religieuse parce qu'elle sourit.

– Alors, ma sœur, j'espère bien vous revoir !

Elle a rougi, a murmuré un hâtif salut et s'est vite sauvée.

Bien sûr, Louis avait déjà vu des religieuses, comme celles qui passaient dans la campagne avec des grands sacs dont elles vendaient le contenu : robes d'enfants, nappes brodées, tricots, tout cela fait par elles ; avec leurs voix douces et leurs manières polies, elles étaient d'excellentes vendeuses et mémé Gilbert, pieuse et dévote, leur prenait toujours des affaires, c'était pour la bonne cause. L'argent allait à leur mission, c'était les franciscaines missionnaires de Marie, il se souvient parfaitement du nom parce qu'enfant cela sonnait long.

Louis Darroux rentre chez lui ce soir comme d'habitude, mais il se sent étrangement éreinté, sa journée de travail a été normale, pourtant, si ce n'est cette intervention dans ce couvent qui l'a laissé ennuyé, tracassé… Peu habitué à s'analyser, il passe à d'autres préoccupations plus pressantes, plus utiles. Il ira demain voir M. et Mme Dulac, des bons clients, pour un problème de lavabo, et la vieille Mme Petit, qui vit seule et ne sait pas rallumer sa chaudière. Il s'est mis à faire froid à nouveau, c'est la semaine sainte et, que ce soit en mars ou en avril, l'époque correspond aux giboulées, aux sautes d'humeur du temps.

Au petit déjeuner le lendemain, comme d'habitude, il prend le temps de parcourir le journal, rien de spécial, rien d'anormal, la routine, la politique ne l'intéresse pas ; qu'est-ce qui l'intéresse au juste ? Il serait en peine de répondre, son travail, assurément, et un travail bien fait ; l'idée de porter secours aux gens, de les aider, de rétablir l'ordre dans leurs installations de toutes sortes, sanitaires, cuisine, chauffage, oui, cette idée d'ordre est pour lui un mobile.

L'ordre, tiens ! Il se souvient hier de ce qui a causé en lui ce souci passager, comme une contrariété… Quand il était entré dans ce couvent d'un « ordre » qu'il ne connaissait pas avant, dominicaines, franciscaines, carmélites, ursulines, etc. Dans son enfance, avec des parents catholiques, il avait entendu parler de ces communautés religieuses qu'on appelle des ordres, et là, hier, cette religieuse qui l'avait aidé avec le chauffe-eau installé à côté d'une grande salle où elle travaillait avec d'autres, cette religieuse n'était pas vieille du tout ! Cela l'a surpris, l'a dérangé, si jeune et s'enfermer pour la vie entière ! Il en éprouve une contrariété comme si justement ce n'était pas normal, cela fait désordre dans son esprit… D'ailleurs, plusieurs religieuses, dans cette grande salle où elles travaillaient à repasser, ranger, coudre, semblaient très jeunes.

Quelques mois auparavant, il était entré dans ce couvent avec son vieux collègue.

– Je suis perclus de rhumatismes, je te demande de me remplacer, Louis ! Tu conviendrais, tu es bien élevé, tu présentes bien et, ce qui n'est pas à négliger, elles paient bien, ces bonnes sœurs, et surtout aussitôt ! C'est la mère économe à qui tu auras affaire, elle gère les finances... Oui, je connais son nom, elle s'appelle mère Vivien, mais dis bien que tu me remplaces !

Voilà, son vieux collègue Alexis Grenier l'avait introduit puis les prochaines fois, lui, Louis Darroux avait pris en charge la bonne marche de ce couvent ; à voir ce qu'il avait vu, il y aurait beaucoup d'améliorations à apporter ! Et hier, ce qui l'avait ennuyé et momentanément dérangé, était cette si jeune religieuse réquisitionnée.

Pendant quinze jours, Agnieszka pense à cet homme qu'elle a aidé à remplacer le chauffe-eau, des yeux sérieux, graves, un air réfléchi et bon... Elle a remarqué ses mains aussi, de belles mains d'homme, comme celles de son frère Josef, mais les mains de cet homme-là ont la peau mate, comme son visage.

Un mois plus tard, mère Ferreau appelle Agnieszka :

– M. Darroux est ici, préparez-vous à être son auxiliaire et, s'il a besoin de se diriger dans le couvent, vous lui servirez de guide.

« Toujours le même ton péremptoire ! » songe Agnieszka. Cette bonne sœur prend un malin plaisir à la traiter comme si elle était une simple servante et non une lingère qui fait des merveilles avec le linge et les habits qu'on lui confie.

Le pli est pris ! Lorsque le plombier intervient, on prévient aussitôt Agnieszka, qui le pilote dans les longs couloirs, au rez-de-chaussée ou à l'étage, et même dans la clôture de la résidence des religieuses, et l'aide le cas échéant.

Petit à petit, au lieu d'obéir passivement aux ordres de mère Ferreau, elle se surprend à ressentir une forme de satisfaction d'aider cet homme, elle suit avec intérêt ses travaux et découvre qu'elle prend plaisir à converser avec lui. Elle lui parle de sa Pologne natale, qu'il ne connaît pas, de ses frères et sœurs qui sont là-bas. Un jour, il réplique :

– Moi, je n'ai pas le temps de voyager avec mon métier, et comme je travaille et habite seul…

– Vous habitez seul ?

– Ma foi, oui, je ne suis pas marié, il faut croire que ce n'est pas ma vocation… Oh, pardon !

Il est gêné d'avoir employé le mot « vocation », il ne sait plus quoi dire, alors elle l'interroge sur les noms des outils.

– Mon frère les utilisait, mais je ne connais par leur nom en français.

Cela amuse beaucoup Agnieszka, tous ces mots auxquels il n'avait jamais songé : pince coupante, tenailles, passe-partout. Certains noms la font rire, comme le pied-de-biche ou la pince-monseigneur, mais le terme qui la surprend encore plus et lui fait découvrir le sens de la plaisanterie des Français est celui de cet engin à roulettes qui l'autre jour a permis au plombier de transporter tout seul l'imposant nouveau chauffe-eau.

– Le nom de cette machine, vous demandez ? On l'appelle un diable…

– Un diable ! Pourquoi ?

– Ah ! Ma foi, peut-être parce que c'est comme une diablerie, une magie !

Agnieszka rit, son rire est frais et clair. Louis Darroux la regarde d'un air surpris. « Comme elle est jolie ! Quel dommage, pense-t-il, qu'elle se soit faite religieuse ! »

Pourquoi lui a-t-il précisé où il habitait ? Il ne le sait pas, cela lui paraissait plus convenable de se présenter complètement :

– J'ai deux sœurs, des sœurs aînées, mariées toutes les deux, avec des enfants. Moi, j'habite seul. Heureusement, parce que j'ai beaucoup de travail, trop de travail.

Agnieszka se dit qu'il ne semble pas malheureux, on sent qu'il aime son métier et qu'il est très consciencieux.

– J'habite une rue tranquille, rue des Carolus. Ce n'est pas tout à fait en plein centre, puisque c'est à côté de la cathédrale qui, elle, a été construite dans un endroit plus ancien de la ville, pas très loin du Clain, la rivière qui passe à Poitiers.

Ils parlent des rivières… « Mon Dieu ! pense Agnieszka. Je ne m'ennuie jamais de ce qu'il raconte… » C'est alors qu'elle prend conscience qu'il occupe ses pensées. Elle s'en confesse comme elle le doit, mais l'aumônier, vieux et sourd, répond à chaque confession : « C'est bien, ma fille ! »

L'étrange de la chose est que la mère Ferreau la choisisse toujours pour aider le plombier et, plus elle cherche à infliger à Agnieszka ces corvées, plus Agnieszka finit par s'en réjouir.

Ces travaux sont souvent pénibles et salissants. Agnieszka les exécute avec bonne grâce et finalement, oui, joie. Cela l'amuse beaucoup que mère Ferreau ignore absolument qu'au lieu de la punir, la ravaler, elle lui procure une forme de satisfaction de converser avec un homme sympathique et bien élevé (le seul homme avec l'aumônier et le fermier à pénétrer dans le couvent). Cela lui plaît, oui, puis tout doucement cela commence à l'inquiéter, parce que ce plaisir s'est transformé en émotion et en désir de le revoir !

Si elle s'interroge, si elle sonde ses impressions, ses émotions, elle se sent perplexe et déphasée par rapport à sa vocation. Est-il normal qu'elle pense si souvent à ce plombier et qu'elle ressente tant de joie lorsqu'elle le revoit ? Il faudrait qu'elle avoue ses tourments à mère Ferreau, dont le rôle est de guider, aider ces jeunes âmes qui se destinent à se consacrer à Dieu… mais un sens inné de méfiance fait qu'Agnieszka ne désire pas se confier à elle.

Justement, un jour, mère Ferreau a entamé le sujet du plombier. Agnieszka s'est gardée de montrer la moindre satisfaction, elle a pris un air discipliné, tranquille, acquiesçant aux qualités et compétences de M. Darroux car, se dit Agnieszka, marquer de la contrariété serait excessif et, qui sait, alerterait peut-être cette bonne sœur. Secrètement, Agnieszka s'amuserait de cette situation si elle ne sentait pas qu'elle est en train de glisser vers des sentiments nouveaux. Elle attend ses interventions, elle se surprend à les espérer, et, lorsqu'elle prie, elle voit les mains habiles de cet homme calme, elle voit ses yeux sombres, son regard profond et droit… Si elle n'était pas religieuse, si elle était encore dans sa Pologne natale, elle serait… attirée par lui !

VII

Sympathie et perplexité

Chaque matin, mère Ferreau se réveille tôt, toujours à la même heure, et récapitule immédiatement les événements de la veille qui détermineront les devoirs de sa journée… Il y a ces très jeunes religieuses, toutes étrangères ; comprennent-elles vraiment ce qu'on leur explique en bon français ? Beaucoup, entre elles, se parlent dans leur langue d'origine, lors de leur récréation dans le petit cloître ; les Espagnoles jacassent entre elles, quant aux Polonaises, elles baragouinent ; mère Ferreau ne le tolérera pas !

– Mais, mère Ferreau ! s'étonne mère Laurent. Laissez-les s'expliquer entre elles dans leur langue maternelle, cela n'a pas d'importance, c'est même peut-être un moyen de s'intégrer.

Mère Laurent est très jeune elle aussi. Après de brillantes études à la Sorbonne, elle a stupéfié sa famille par son désir d'entrer au couvent. Elle aimerait entraîner les jeunes religieuses vers l'intense foi qui l'habite, entretenir leur vocation, enrichir leur esprit avec des lectures vertueuses certes mais intelligentes, intéressantes. Dans ce domaine, elle est à nouveau en complète opposition avec mère Ferreau.

– Ma mère, ces jeunes esprits ont besoin qu'on les développe, qu'on leur offre des lectures un peu moins à l'eau de rose.

Mère Ferreau soulève ses sourcils qu'elle a très épais.

– Ces lectures sont édifiantes !

– Cela rime avec lénifiantes, riposte gentiment mère Laurent.

– Ces quelques livres leur suffisent bien !

– Mais, ma mère Ferreau, elles ont besoin de solides nourritures spirituelles !

– Pour quoi faire ? Elles assurent la cuisine, le ménage, le repassage, toutes sont filles d'ouvriers ou de paysans, on leur demande de nous servir, c'est tout !

Cette dernière phrase a échappé à Madeleine Ferreau. Aglaé Laurent est profondément choquée.

– Nous servir ! répète-t-elle. Vous avez dit « nous servir » !

– Servir le Seigneur, j'ai voulu dire.

Mécontente de cette confrontation, mère Ferreau se montre d'autant plus obtuse.

– Parmi elles, certaines me préoccupent : Margarita, l'Espagnole, qui contamine les autres par son esprit de révolte contre la discipline ! Elle entraîne sœur Félicia dans d'impossibles fous rires, elles me regardent comme si elles se moquaient de moi.

– Elles sont jeunes !

– Les Polonaises, elles, sont plus calmes et disciplinées.

– Quand toutes ces religieuses doivent-elles prononcer leurs vœux définitifs ?

– Oh, dans trois ou quatre ans, ce sont des étrangères, c'est un peu plus long pour elles, explique mère Ferreau.

Mère Laurent l'interroge :

– Deux sœurs polonaises ont l'air très dynamiques, sœur Agnieszka et sœur Ilona.

– Je n'ai pas à me plaindre d'elles. Sœur Ilona, qui est fille de paysan, abat une besogne d'homme à la ferme : piocher, bêcher, récolter les légumes. Sœur Agnieszka, solide, habile, seconde notre plombier lorsqu'il le faut parce qu'il n'a pas d'apprenti.

– Ah bon ? s'étonne Aglaé Laurent. Mais pourquoi ?

– Elles sont fortes comme des bœufs, ces Polonaises, et habituées à trimer dans leur pays. Ce nouveau plombier doit refaire toute l'installation, il a eu besoin d'une aide, alors j'ai pensé à sœur Agnieszka, et puis c'est une main-d'œuvre gratuite.

Aglaé Laurent reste songeuse ; tracassée par la personnalité de cette mère assistante absolument dénuée de psychologie et de pédagogie, et puis quelque chose de flou reste dans sa tête qu'elle ne précise pas, cela a été comme une prémonition, une sœur à la ferme comme aide agricole, une autre comme l'apprentie d'un plombier… Cette mère Ferreau, si stricte et lourde dans ses commandements, laisse une étrange liberté à certaines religieuses…

« Oui, bien sûr, cette main-d'œuvre est gratuite et mère Ferreau a le souci de l'économie !… » pense sœur Laurent.

* *
*

Ce sentiment de contrariété né de l'idée d'un désordre du monde où des jeunes filles se cloîtrent trop tôt s'estompe, s'efface presque… Louis apprécie l'aide intelligente et efficace de la jeune religieuse, lingère de formation d'après ce qu'il a compris, dans un château polonais, sa simplicité, son absence de manières… Puis il se surprend à penser à elle de temps en temps, comme si l'impression produite par cette étrangère était forte et durable.

« Oui, se dit-il, ce n'est pas banal que ce soit cette bonne sœur qu'on m'attribue à chaque fois que j'ai besoin d'un coup de main... » Il trouve cela étonnant... Peut-être parce que, étant donné sa charpente, on la juge solide, et c'est vrai qu'elle l'est ! L'autre jour, elle a soulevé sans effort un vieux radiateur rouillé, et le premier jour elle avait apporté toute seule cet escabeau qui n'était pas léger non plus ! On sent une race rompue au travail depuis des siècles.

Puis, parce qu'elle est lingère et doit conserver ses mains sans cals ni taches, il achète des gants de protection en grosse toile doublée.

– Quelle taille ? demande le marchand.

Louis fait signe qu'il ne sait pas.

– C'est pour une femme, une grande taille quand même.

– Du 7 $^{1}/_{2}$, alors, décrète le vendeur.

Louis range le paquet dans sa boîte à outils puis n'y pense plus.

Lorsqu'il se rend au couvent la fois suivante, il donne à la jeune religieuse la paire de gants. Elle les utilise puis les remet dans la boîte à outils du plombier. Une autre fois, on le fait prévenir qu'il y a une coupure d'eau ; il se réjouit de revenir au couvent ; il inspecte les vannes d'arrivée puis on le dirige vers la ferme en contrebas du couvent, il fait la connaissance du brave homme qui soigne les arbres, fait pousser les légumes. Ils causent un moment du potager. Il est bien mené ; les salades commencent à pousser, Louis admire les rangs de poireaux bien alignés. Puis la conversation dévie sur la communauté des religieuses. Le « fermier », qui en réalité est plutôt un jardinier, répond :

– Je les vois peu, sauf au moment de la récolte des petits pois et des haricots, elles arrivent en groupe pour les cueillir, et lorsque les cerises sont mûres aussi...

– Telle ou telle sœur en particulier ? demande Louis.

– Oh, elles se ressemblent toutes ! répond distraitement le fermier.

Ce n'est certes pas l'avis de Louis.

Les semaines suivantes, il se surprend à espérer qu'on ait besoin de lui au couvent. Lorsqu'il y retourne, la religieuse est là, fine et droite, parce que mère Ferreau lui a donné à nouveau l'ordre de le seconder. « Comme son visage est lisse et ses yeux attentifs ! » pense-t-il. De son côté, Agnieszka ne sourit pas lorsqu'il la salue, tout occupée qu'elle est à contenir ses émotions ! Il est touché de la revoir ! Comme elle est belle ! Auprès d'elle, il se sent maladroit, empêtré. Il doit se ressaisir ! « C'est une religieuse, se répète-t-il, je n'ai pas à être ému ou émoustillé par sa présence, je n'en ai pas le droit. »

Alors, il se reprend, et à eux deux ils travaillent, parce qu'il s'agit de continuer à changer l'installation très vétuste du chauffage central qu'ils avaient commencée à modifier il y a… « Voyons, bientôt trois ou quatre mois, songe Louis, que je la connais ! »

Alors, ce travail précis dissipe leur gêne, et ils retrouvent cette forme de conversation facile, un échange fluide et naturel.

Une autre fois, d'autres fois, sœur Agnès est toujours préposée à l'aider, et Louis se réjouit de plus en plus de la revoir. Un jour, il s'enhardit.

– Sœur Agnès, c'est votre vrai prénom ?

Elle le regarde sans comprendre de ses yeux si bleus.

– Agnès, c'est comme ça que vous… avez été baptisée, alors ?

– Agnieszka.

Elle a prononcé ce prénom en le coulant comme trois notes de musique et a regardé en direction de la fenêtre et du ciel.

– Oh oui, bien sûr, répond-il aussitôt. C'est joli comme prénom !

Alors elle a souri.

Toutes ces interventions sont les bienvenues pour Louis qui cependant réprime ses émotions parce qu'il juge un peu ridicule d'être comme un jouvenceau face à une jolie fille ; jolie fille, elle l'est, certes, mais c'est une jeune fille qui s'est consacrée à Dieu et il n'a pas à faire le joli cœur.

Non, d'ailleurs, il ne fait pas le joli cœur, ce n'est pas son genre, mais il est si heureux de la revoir, et cependant tourmenté par elle et pour elle. Si jeune, s'être engagée dans une voie si particulière, si austère ! Que faire sinon la plaindre ? Et si elle n'est pas à plaindre, c'est que sa « vocation » est solide. Mais c'est égal, trop jeune pour vivre au couvent.

Finalement, le travail manuel aidant, cela ne lui a pas paru difficile ni inconvenant un beau jour de l'interroger sur sa décision. Ils se sont arrêtés et contemplent le travail achevé, deux radiateurs nettement fixés sous les hautes fenêtres d'une des salles d'étude. Louis a eu chaud, il s'éponge le front. Il a fallu souder et raccorder les tuyaux, surtout poser les lourds radiateurs en fonte sur des fixations scellées au mur, enfoncer en force ces fixations et reboucher avec un ciment spécial. Sœur Agnès, de son pas léger, s'est absentée puis est revenue avec sur un plateau un pichet d'eau et un verre étincelant de propreté. L'eau est fraîche et désaltérante. Louis la remercie.

– Et vous, ma sœur ?

– Moi ? J'ai bu moi aussi, merci.

Car sous sa cornette de religieuse, il remarque quelques traces de sueur. Ses cheveux, pense-t-il, doivent être collés de transpiration, des cheveux blonds sans aucun doute, car ses cils qu'elle a courts mais fournis et ses fins sourcils sont très clairs…

– Si… Excusez ma curiosité, commence Louis. Si vous n'aviez pas décidé de devenir religieuse ?…

– Je serais en Pologne, répond sœur Agnès aussitôt, sans doute encore lingère… Mes parents sont pauvres, ils ont beaucoup d'enfants. En plus de mon frère aîné, Josef, marié paraît-il à présent, trois sœurs aînées. La plus proche est Irena, puis j'ai encore trois petits frères, Antoni, Filip et Gustav. Il fallait travailler, gagner ma vie…

Puis elle hésite à s'expliquer davantage, le scrute d'un air intense, baisse les yeux et se tait… Et Louis n'ose rien demander du tout. Alors, il parle de son obligation à lui aussi de travailler et d'avoir dû vite choisir un métier. Elle l'écoute et semble approuver.

– J'ai arrêté le collège à quinze ans parce que mon père malade ne pouvait pas payer des études supplémentaires. Il continue : Pendant le collège, les cours de technologie me plaisaient.

Elle ne semble pas comprendre le terme :

– Tech…

– L'électricité, la physique, la plomberie m'intéressaient… J'ai été en apprentissage puis j'ai suivi des cours…

– Vous aimez votre métier !

Elle ne le questionne pas, cette jeune religieuse l'affirme, car elle l'a observé et constaté, alors il hoche la tête d'un air content.

– Oui, mon métier me plaît, c'est vrai, en effet, mais… je n'ai pas fait beaucoup d'études… parfois cela me manque… Alors que vous…

Elle le regarde d'un air surpris.

– Moi non plus !

– Si, forcément ! La religion, l'histoire sainte, les prières…

– Vous êtes catholique, monsieur Darroux ?

– Oui, il m'arrive d'aller à la messe de temps en temps.

Elle fait signe qu'elle approuve. On dirait presque que cela lui plaît. Cette idée absurde traverse l'esprit de Louis. Bien sûr que pour elle la religion catholique est parfaite, il aurait pu être protestant comme il y en a quelques-uns en Poitou ou bien incroyant.

– C'est le fils de madame la baronne, chez qui j'étais lingère, qui était prêtre, dit brusquement sœur Agnès.

– Ah oui, répond-il platement.

Il ne réalise pas qu'elle entame une forme de confidence. Il n'a rien senti mais, comme il est bien élevé et respectueux, il se contente de répéter « ah oui ».

Sœur Agnès hésite puis, du même ton détaché, continue :

– C'est lui qui a trouvé que... j'avais la vocation...

Louis, médusé et silencieux, comme lorsqu'on aperçoit un oiseau près de soi qu'on admire et qu'on craint que le moindre geste le fasse s'envoler, ne bronche pas et détourne même les yeux pour ne pas la gêner et surtout ne pas interrompre... ses confidences si rares. Il écoute, il attend.

– La vocation pour devenir religieuse. Alors un couvent m'a acceptée comme postulante. Mes parents étaient soulagés !

Sœur Agnès s'arrête, surprise d'avoir confié ce moment crucial de sa vie d'adolescente, ce carrefour dans sa destinée... Le plombier l'a écoutée sans rien dire, comme s'il comprenait ce dilemme : pas d'argent, l'obligation de se caser. Il lui lance un ou deux regards compréhensifs, puis brusquement change complètement de sujet !

Le peu qu'elle lui a confié ne l'intéressait pas sans doute, elle est déçue, elle éprouvait le besoin d'expliquer sa... vocation.

– Vous étiez bien jeune pour une décision aussi grave.

Louis s'entend dire alors qu'il s'était juré de ne pas se mêler du passé de cette religieuse.

Sœur Agnès a pâli brusquement. Elle est tellement pâle qu'il lui saisit le bras et la force à s'asseoir.

– Pardonnez-moi, ma sœur, cela ne me regarde pas. Je n'ai pas cherché à être indiscret !

Elle est assise, elle tient dans sa main droite le crucifix que toutes ces religieuses portent comme un bijou suspendu à une cordelette autour du cou. Il lui verse un peu d'eau fraîche dans le verre où lui-même a bu tout à l'heure et le lui met dans la main gauche. Elle boit machinalement.

Elle se reprend lentement, se lève et murmure ce que cette vieille religieuse répétait :

– Les desseins de Dieu sont impénétrables !

Il hoche la tête puis la raccompagne jusqu'à l'entrée de l'escalier qui mène à la lingerie, comme s'il craignait qu'elle se trouve mal. Il hésite :

– Voulez-vous ?... Merci pour votre aide, sœur Agnès ! À une autre fois !

Elle lui lance un regard qu'il ne sait pas déchiffrer et gravit lentement l'escalier. Il répète :

– Au revoir, sœur Agnès. Merci encore.

En rentrant chez lui, Louis est malheureux de la tristesse palpable de cette jeune religieuse, puis deux détails l'amusent et le réconfortent : il l'a appelée sœur Agnès pour la première fois, et non pas le protocolaire « ma sœur », et il réalise qu'ils ont bu dans le même verre. Si le dicton est vrai, elle connaîtra ses pensées ! Lui par contre se demande bien ce qu'elle ressent.

VIII

La spirale

LA FOIS SUIVANTE, Louis s'est appliqué à ne pas aborder des questions graves ni d'ailleurs à parler trop. Il est aimable comme d'habitude, avec cette forme de douceur innée dont il n'est pas conscient, mais reste silencieux la plupart du temps, concentré à terminer les salles d'étude pendant les vacances des élèves. Il se dit que ces religieuses n'en ont pas et resteront éternellement enfermées ici ! Lorsqu'il se relève après avoir soudé et fixé de nouveaux radiateurs, il regarde à la dérobée ce visage lisse de sœur Agnès dont l'air est également réservé. Cette fois-ci, ils restent concentrés chacun dans leur univers comme s'ils craignaient de briser quelque chose, une entente, quelque chose qui est né entre eux spontanément et qu'il ne fallait pas faire disparaître en parlant trop, alors ils se taisent.

Tout à coup, le vieux radiateur en fonte qu'Agnieszka retenait lui glisse des mains et manque de tomber lourdement sur ses pieds. Aussitôt, Louis se précipite vers elle pour lui porter secours. La jeune femme le regarde et, enfin, un sourire de reconnaissance illumine son visage.

– On a évité l'hôpital, plaisante Louis. Et moi un sermon de votre… comment l'appelez-vous ? Mère Ferreau, votre…

– Notre mère assistante. Oh, c'est moi qu'elle aurait grondée.

C'est dit avec calme mais avec une amertume certaine. Louis l'interroge du regard.

– Nous en avions une autre l'an dernier. Une autre, bonne, compréhensive, maternelle... Maintenant, mère Ferreau m'attribue pour m'éprouver les tâches difficiles ou pénibles...

– Oh, je suis désolé de vous imposer des tâches pénibles ! s'exclame Louis. Pour moi, c'est un réel plaisir que vous m'aidiez !

– Pour moi aussi, répond paisiblement sœur Agnès.

Alors, Louis ressent physiquement une joie l'inonder. Donc ce courant de sympathie est réciproque et circule entre eux !

* *
*

Les fenêtres sont ouvertes sur la cour d'honneur dont les lilas en fleur répandent leur forte odeur sucrée, entêtante. Comme il serait agréable de se promener, de marcher, de courir là avec ce printemps revenu ! Louis se dit qu'il y a presque un an qu'il connaît cette religieuse, qu'elle est son ouvrière attitrée, son apprentie en quelque sorte. Comme il aimerait la sortir, lui montrer la ville, les églises, la cathédrale et puis les localités alentour ! Comme il aimerait lui montrer sa région paisible, charmante qu'elle ne connaît pas !

– J'habite dans le quartier de la cathédrale.

Agnieszka acquiesce.

– Oui, je m'en souviens.

– Une cathédrale de style...

Il ne sait pas quoi ajouter.

– Une grande église, reprend-elle, à côté d'une rivière...

– Oui, enfin, la rivière n'en est pas éloignée.

Étrange qu'elle se soit souvenue de ce qu'il lui avait conté il y a bien des mois.

– Et vous, ma sœur ?

– Moi ? (Elle prend un air surpris.) Moi ? Oh ! avant, j'habitais en pleine campagne, au sud de Varsovie.

– Ah, oui, c'est beau Varsovie ?

– Euh, c'est grand ! Je n'y suis allée qu'une fois, la ville a été...

Elle cherche le mot français.

– Démolie, bombardée ?

– Oui, démolie, puis ils construisent...

– Ils l'ont reconstruite, oui.

Comme Louis a ouvert son dictionnaire à la page Pologne, il peut s'entretenir avec elle sur un homme célèbre.

– Copernic.

Elle prononce le nom en polonais et lui adresse un sourire.

– Nicolas Copernic, un de nos grands hommes. J'ai vu sa statue.

Mais elle n'en sait pas davantage, c'est une simple fille de la campagne, cette petite bonne sœur.

Il mentionne alors la savante, la femme scientifique que tout Français connaît, Marie Curie, celle qui a découvert le radium et le polonium.

Sœur Agnès connaît, c'est Maria Skłodowska, née dans la capitale polonaise. Et parce que les Polonais ont tellement aimé Napoléon, qui leur avait tant promis, elle fait aussi allusion à Maria Łaczyńska, épouse Walewski, la patriote qui finalement, oui, si éprise de l'Empereur lui avait donné un fils.

* *
*

Louis Darroux travaille seul, il lui incombe la charge de ses outils et de son matériel parfois encombrant, parfois éventuellement dangereux ! Pourtant, lorsqu'il se rend au couvent pour la suite d'interventions impliquant la rénovation du chauffage central, il veille à n'apporter que des appareils relativement légers. Il se sent ainsi à l'abri de tout incident. Mais, ce jour-là… Est-ce la présence de la jeune religieuse polonaise qui de toute façon continue à l'émouvoir et peut-être légèrement le déstabiliser ? Alors qu'il accomplit la tâche banale, presque insignifiante, de purger des radiateurs avant de bloquer la circulation, l'eau brûlante jaillit et, malgré ses réactions d'habitude, des automatismes en somme, sa main gauche a reçu de plein fouet un jet qu'il n'a pas eu le temps d'éviter.

Sur sa peau brûlée, enflée, Agnieszka applique un mouchoir trempé d'eau froide. C'est ce qui lui est tombé sous la main pour baisser la température de la peau. Puis elle descend à l'étage, court à la cuisine des sœurs, choisit une pomme de terre assez grande et longue, s'empare d'un couteau et remonte vite à l'étage. Elle coupe la pomme de terre en deux, un suc presque invisible apparaît sur chaque moitié qu'elle pose sur la main enflée. Elle recoupe à nouveau chaque moitié. Ce qui suinte du tubercule est comme un onguent, elle le sait, qui apaise un peu la brûlure. Elle tient cette main longue et carrée. Brusquement, elle se rend compte que le regard de cet homme est posé sur elle, fixe, étonné.

« Comme elle est preste, pense-t-il, et efficace ! » Elle prend conscience de leur proximité, elle penchée sur cette main masculine qu'elle tient encore et lui se laissant soigner, perplexe, médusé par sa prévenance, sa douceur. Vivant seul, il s'est déshabitué qu'on s'occupe de lui. Un moment passe, intense, immobile… puis elle laisse retomber la main et d'une voix à peine altérée lui recommande d'aller à la pharmacie la plus proche pour obtenir un pansement stérile.

– Il ne faudra pas travailler pendant quelques jours, une brûlure risque de s'infecter.

Louis réplique aussitôt :

– Cela m'étonnerait, vous m'avez si bien soigné, ma sœur ! Et il lui sourit. Mais oui, je vais en sortant d'ici aller à la pharmacie Notre-Dame, place du marché. C'est tout près. Ensuite, je rentrerai chez moi.

« Puis, se dit-il, en rentrant, je penserai à cette jeune religieuse. » Il soupire. « Je penserai à elle, c'est certain, un peu trop pour ma tranquillité d'esprit. » Et il se répète : « Comment une fille aussi vigoureuse, jeune et jolie, a-t-elle eu l'idée de s'enterrer dans un couvent ? »

Un mois a passé sans qu'on ait besoin du plombier, puis un incident lors d'interventions où, comme d'habitude, on l'a requise pour l'aider, a été un tournant dans le cœur d'Agnieszka, à cause d'un fait inattendu, pas prévu ni par elle ni par lui, elle en est sûre et certaine, car ce n'est pas le genre à « profiter de la situation ». D'ailleurs, en sa présence, elle se sent tellement en confiance et en sécurité qu'elle ne s'imagine pas un Louis Darroux cherchant par d'impossibles manœuvres à la toucher, à la frôler. Au contraire, son attitude avec elle est prudente, courtoise. S'ils se rapprochent inévitablement dans leur travail, dès la besogne effectuée il se range vite de côté pour respecter l'espace qu'il sent convenable entre elle, jeune religieuse, et lui, un civil.

Mais hier, il y a eu un moment à part, fait d'une impalpable densité. Il fallait encore se jucher pour atteindre un robinet placé très haut vers le plafond d'un couloir sombre au rez-de-chaussée, il fallait ouvrir puis fermer cette vanne tandis que Louis Darroux inspectait le tuyau afin de déterminer à quel endroit l'eau, n'arrivant plus en bas, était arrêtée et suintait dans le mur. Bien sûr, ce plombier devrait avoir un apprenti, car il est à présent surchargé de travail. Bien sûr, ce n'est pas normal que sœur Agnès soit toujours mise à contribution. Mais à franchement penser, il sait qu'il ne voudrait pas d'aide de quelqu'un d'autre, parce qu'elle est vive et intelligente dans ces travaux et qu'il s'est habitué à elle. Oui, ils sont parfaitement accordés à travailler ensemble, l'un devine le geste de l'autre.

Hier, mère Vivien l'avait appelé un peu en catastrophe d'une voix inquiète :

– Monsieur Darroux ! Les douches de mes pensionnaires sont en panne ! Pas une goutte d'eau ! Venez, je vous prie, dès que possible, c'est une urgence !

Au parloir, où Louis se présente toujours d'abord, mère Vivien, prévenue de son arrivée, rapplique aussitôt.

– Je n'ai jamais connu une telle situation ! Si les parents de mes élèves apprenaient cette panne !...

Elle s'arrête un peu confuse, puis termine :

– Ils... certains risqueraient de ne pas nous confier leurs filles l'an prochain... Vous comprenez, c'est vital.

Il fait signe qu'il juge la gravité de la situation et décide de retourner chez lui afin d'apporter les outils nécessaires à toute forme d'éventualité.

Mère Vivien le remercie chaleureusement.

– Vous connaissez le chemin, monsieur Darroux, quand vous reviendrez.

– Je reviens aussitôt, un simple aller et retour.

Mère Vivien pense qu'il faut que la jeune et solide lingère polonaise l'assiste et sort la prévenir.

– J'appelle sœur Agnès ?

– Oh oui, confirme Louis. Hélas, j'ai besoin d'elle ! »

La mère grimpe à l'étage tout en s'étonnant de la réaction du plombier, il a dit « hélas ! ». Cela n'avait pas l'air de le satisfaire.

– Pressez-vous, ma sœur ! M. Darroux va procéder à une vérification importante et il a l'air bien ennuyé. Il a dit et répété qu'il avait hélas besoin de vous ! Alors je vous prie de vous dépêcher et vous en remercie.

Agnieszka descend aussitôt au rez-de-chaussée, comme la mère le lui a indiqué. Pas de M. Darroux, personne. Que faire ? Elle attend.

Au moment où elle va se décider à remonter dans sa lingerie, le plombier arrive, l'air soucieux, poli comme d'habitude mais préoccupé. Il commence à tout vérifier, puis elle devine qu'il va falloir rechercher ce foutu escabeau. Elle s'acquitte de cette tâche tandis que, sans un mot, il examine l'installation. D'ailleurs, elle ne parle pas non plus, ressentant comme une blessure la phrase relatée par mère Vivien : « Hélas, hélas il a besoin de vous ! » Cela la mécontenterait presque ! Il lui semble qu'on est loin de tous les compliments qu'il lui faisait il y a quelques mois ! Cependant, bravement, elle exécute tout ce qu'il lui demande de faire. Il a un engin bizarre avec un compteur.

– C'est un ampèremètre, explique-t-il. L'eau accumulée quelque part peut fuir !

Ce qu'il ne dit pas et qui le préoccupe est que cette fuite est bien proche d'une installation électrique vétuste. Il craint que les fils ne soient nullement gainés, d'où son recours à un ampèremètre pour mesurer l'intensité du courant.

– Cela ne correspond à rien, murmure-t-il, il faudra faire attention…

– Pourquoi ?

– Parce que, lorsque je vais vous demander d'ouvrir ce robinet là-haut (et il lui montre un robinet en cuivre presque au ras du plafond qui heureusement n'est pas très élevé), il ne faudrait pas que l'eau inonde là, plus bas, ou faire exploser des tuyaux, ou…

Mais non ! Il ne se passe rien de dramatique. En suivant ses ordres, elle ouvre puis ferme cette vanne placée si haut.

– Ah, je comprends ! Je vois ! déclare-t-il.

Puis… Agnieszka ne sait pas ce qui s'est produit. Brusquement, au moment où elle s'apprête à descendre de l'escabeau, son pied rate une marche. L'escabeau glisse et, avant que la jeune femme ne tombe, Louis lâche ses outils et la rattrape dans ses bras. Oh ! un bref instant, Agnieszka s'est trouvée dans les bras d'un homme. Cela ne s'était jamais produit. Si, toute petite, lorsque son père ou Josef la soulevaient ainsi dans leurs bras pour atteindre une pomme ou bien sans raison, pour rire, pour amuser la petite. C'est qu'elle a été la petite dernière pendant quelques années, jusqu'à la naissance d'Antoni.

Il l'a saisie dans ses bras sans effort. Comme il est solide ! Et l'a déposée sur le sol aussitôt. Mais, un bref instant, elle a été contre son buste puissant, entre ses bras musclés et décidés. Cette sensation physique de chaleur humaine, d'extrême proximité, l'a saisie.

– Ma sœur, excusez-moi, mais vous alliez tomber !

Il a rougi, il semble confus, elle fait un suprême effort sur elle-même pour dissimuler ses émotions et balbutie quelques mots, rajuste sa cornette qui a failli s'en aller lorsqu'il l'a prise dans ses bras. Il a eu raison, l'escabeau a chaviré. Il le redresse aussitôt après avoir posé doucement la jeune religieuse.

« Comme elle sent bon ! Comme elle est légère, alors qu'elle est grande ! » Il a senti ce jeune corps contre le sien, et ce bref contact l'a... commotionné.

En rentrant, ce soir-là, il ressent encore le choc de l'avoir tenue. Il est mécontent de lui et se dit qu'à l'avenir il lui faudra prendre un apprenti. Il ne veut pas continuer comme ça. Il doit se ressaisir !

Agnieszka, dans son trouble, avait oublié de ranger l'escabeau. Lorsqu'elle s'en était aperçue, elle avait constaté que le plombier, gentiment, pour lui éviter cette peine, avait su où le remettre à sa place.

Elle ressent dans tout son corps ce bref contact avec un autre, dans les bras d'un homme, fût-ce un court instant, comme elle en a envie ! Comme elle en a besoin !

Cet incident a précipité en elle ses doutes, ses hésitations, ses interrogations.

Est-ce normal que cet homme jeune l'émeuve ainsi ? Regrette-t-elle de s'être engagée dans la vie religieuse ? Que faire ? Que va-t-elle devenir ?

Margarita a remarqué qu'Agnieszka a changé ; elle sourit plus souvent, parle plus volontiers lorsqu'elles travaillent ensemble dans la lingerie. Margarita parle librement :

– Tu sais, l'autre jour au parloir, ce n'était pas mon frère. (Elle rit.) Parce que je n'ai pas de frère !

– Oh !

– C'était mon *novio* ! C'est mon *novio*, il veut revenir me voir.

– *Novio* ?

– Mon *novio* qui veut m'épouser, il regrette de m'avoir laissée, il est venu s'expliquer ! Oui, d'avant le couvent !

Et Margarita ne sait pas si elle doit rire ou pleurer.

Elle pose la pile de linge qu'elle reprisait, s'essuie le front et s'accoude à la table.

– Je crois que je ne veux pas rester au couvent !

Ses yeux ronds sont tristes et songeurs.

– *Yo creo que* ma vocation, c'est une famille !

Agnès ne répond rien parce qu'en écho à ses propres pensées elle se dit qu'elle a décidé bien jeune, et pour la vie !

On dirait que Margarita, qui est une fine mouche, devine l'état d'esprit de sa camarade.

– Tu as changé, Agnieszka, tu changes ! C'est le jeune homme que tu aides qui te plaît ?

Agnès hausse les épaules pour s'empêcher de penser.

– Quand tu es prévenue qu'il est là, tu es tout émoustillée et tu es heureuse quand tu l'as vu !

En parler à la mère assistante serait en principe son devoir et celui de Margarita.

– Moi, déclare celle-ci, j'attends la visite d'un cousin de mon *novio* qui me préviendra, alors je m'en irai d'ici !

Agnès l'envie et prie : « Mon Dieu, éclairez-moi, je voudrais faire comme elle, mais je n'ai pas de *novio*, moi ! Si j'avais dû me marier, cela aurait été avec Ivan.

Alors, si Margarita quitte le couvent, Agnieszka craint de ne pas pouvoir y rester non plus, elle prie :

« Mon Dieu, guidez-moi, je crois en Vous, mais toute ma vie dans ce couvent ou dans un autre... je crois que je me suis trompée !

Ah, si c'était l'ancienne religieuse, cette chère mère Tréport, elle lui aurait expliqué son cas ! Avec la nouvelle, cela ne peut même pas être envisagé !

Si mère Tréport était encore là, elle irait lui confier ses soucis et surtout ses doutes ! Que faut-il qu'elle fasse ? Rester religieuse, s'engager alors totalement, car les vœux perpétuels se profilent à l'horizon ? Ce sera, chuchote-t-on, dans deux ans ou trois ans... Ou au contraire, avoir le courage de ne pas s'engager, avouer qu'elle s'est trompée, que la vie religieuse ne lui convient plus, car est-il normal qu'elle soit troublée ainsi par ce plombier ?

Quelle raison fournir ? Et surtout, dans quelles complications risque-t-elle de se lancer ! On dit qu'on peut être déliée de ses vœux, mais comment ? Que penseront sa famille et celle de madame la baronne ? Ah, si mère Tréport était là, elle saurait la conseiller, l'apaiser et, oui, la guider dans une voie ou dans son opposé. Elle se souvient parfaitement que mère Tréport avait fait allusion à de semblables cas, elle l'entend encore : « Il se peut, cela arrive, qu'une religieuse se rende compte qu'elle croyait avoir la vocation mais qu'elle s'est trompée... Alors, il vaut mieux revenir dans le monde. »

Mais sans mère Tréport, elle a peur, et prend peur à l'idée d'être retenue de force au couvent ! Elle n'a aucune confiance en cette mère Ferreau et, si elle sent qu'elle ne peut plus rester, est-ce à cause de ce M. Darroux et... de... l'effet qu'il lui fait ? Non, pas l'effet, mais la profonde sympathie qu'elle éprouve, et elle croit deviner qu'il n'est pas indifférent à elle non plus. Un homme peut être facilement coureur, beau parleur, enclin à faire un brin de cour… mais il n'est pas comme ça ! Il lui semble qu'il est droit et honnête. D'ailleurs, son propre père, Stanislas, n'était ni coureur ni menteur. Et si elle renie ses vœux, comment reprendre la vie civile ? Bien sûr, Irena saurait la conseiller, et au début l'aiderait à trouver du travail.

IX

Le plan

QUELQUES SEMAINES APRÈS, Margarita lui demande brusquement :

– Comment je vais faire pour partir ? Comment on se sauve ? Parce que les cousins de mon *novio* me ramèneront en train, je les rejoindrai à la gare.

Agnieszka sait bien comment elle s'y prendrait pour se sauver ! Il lui semble qu'elle l'a toujours su !

– C'est très simple...

Les mots viennent, alors qu'elle devrait les retenir ! Depuis combien de temps, dans son subconscient, avait-elle déjà imaginé qu'une évasion était assez facile ?

Tout s'était déjà déroulé dans sa tête sans qu'elle en ait pris conscience, son esprit avait déjà clairement élaboré une fuite ! Elle s'entend expliquer :

– C'est très simple. À la ferme, dans le mur, il y a une porte qui n'est jamais fermée, peut-être seulement le soir lorsque le fermier rentre chez lui. J'ai même remarqué qu'on n'aurait qu'à la pousser, elle n'est même pas close. On descend jusqu'à la charmille, on va dans le verger, de là on atteint la porte qui donne sur l'extérieur, sur un boulevard.

– Et si le fermier nous voit ?

– À deux, on peut être allées travailler dans le potager, comme Ilona qui est affectée aux travaux de jardinage.

– Génial, ma petite Agnieszka ! s'exclame Margarita. Tu es un cerveau ! (Puis Margarita la scrute.) À deux, tu as dit ? (Et Margarita l'observe en riant.) Alors, tu viens avec moi, *amiga mía* ?

Agnieszka répond d'une voix troublée :

– Peut-être... J'hésite mais... Peut-être, oui, mais ce n'est pas un jeu, Margarita, c'est grave ! Ah, si mère Tréport était encore là, je crois que je lui aurais raconté mes scrupules de quitter la vie religieuse et mes doutes aussi sur ma vocation !

Toutes deux sont muettes devant cette énormité à chasser de leur esprit ou à entreprendre !

Agnès, dans le dortoir, a presque passé la nuit en prières.

– Mon Dieu, éclairez-moi. Seigneur, Vous en qui je crois, accordez-moi la grâce de savoir où est mon devoir.

Elle reconnaît que sa vocation a été suggérée par le fils de madame la baronne et poussée par ses parents désargentés. Si Ivan n'était pas parti en ville, c'est lui qu'elle aurait voulu épouser. Elle avait le désir de fonder une famille.

Quelques jours après, les cousins de Margarita reviennent la voir au parloir.

– Ce sera pour après-demain, chuchote Margarita lors de leur récréation. Les billets de train sont achetés, ils m'attendront en taxi sur le boulevard au niveau du parc public et de la porte dont tu m'as parlé.

Mais cette idée d'abandon chiffonne Agnieszka. Elle ne tient pas sa promesse et, à la première difficulté, elle lâche tout !

Que veut Dieu ? Qu'elle est Son idée sur elle ? À quoi va rimer sa vie si elle sort ? Elle apparaîtra aux yeux des gens et des siens comme une fille capricieuse, une fille qui ne sait pas ce qu'elle désire. Cependant, ce que les autres penseront d'elle ne l'affecte pas. Cela n'a pas vraiment d'importance. Ce qui compte est ce qu'elle doit décider en fonction de sa vocation.

Justement, elle ne l'a plus vraiment. L'a-t-elle eu à dix-sept ans ? Elle revient en pensée sur cet ensemble d'éléments qui l'ont amenée à le croire. D'abord et surtout, il y a eu tous les compliments du fils de madame la baronne, elle l'entend encore : « Vous êtes pieuse, pure, droite » ; elle était flattée. Il y a eu aussi que sa mère l'a précipitée dans sa décision. Seul son père avait essayé de la faire réfléchir. Elle a cru pouvoir choisir et changer d'avis, mais une fois postulante elle a été prise dans l'engrenage ! Sauf Karolina, qui finalement avait repris la vie civile après sa brève période religieuse…

Elle se sent si loin de cette Agnieszka-là, fière de ne pas faire comme ses sœurs, fière d'avoir été remarquée par Michal Lewinski ! Non ! Elle ne peut pas continuer cette vie de couvent ! L'autre jour, quand M. Darroux lui a évité une chute et qu'elle s'est retrouvée dans ses bras, elle a senti que, comme Irena, fonder un foyer la tenterait ! Alors, elle doit revenir dans sa patrie, Irena saura comprendre, l'accueillera, l'aidera et, là-bas, plus tard, elle s'y mariera. Peut-être reverra-t-elle Ivan.

Il y a aussi qu'après ces trois années de vie religieuse, tant en Pologne qu'ici en France, plusieurs détails de la religion catholique l'ont rendue perplexe ! Elle croyait que c'était le Christ qui avait établi tout, elle découvre qu'entre son enseignement (relaté par les quatre évangiles) et celui de l'Église, il y avait parfois de grandes différences ! Cela accroît son malaise… Par exemple : ce qui la trouble a été d'apprendre que certaines habitudes religieuses qu'elle croyait fondées par le Christ lui-même avaient été décidées beaucoup plus tardivement ! Comme la simple et rituelle confession, établie par le moine Colomban qui avait même calculé un tarif de pénitences en fonction des péchés ! Cette tarification s'appelait les pénitentiels et a duré des siècles. Cela avait extrêmement amusé Margarita, qui le lui avait raconté, mais Agnieszka est gênée, presque choquée. Certaines croyances, articles de foi à présent, comme la fête de l'Immaculée Conception, ont été décrétées tardivement. Le Christ, lui, n'en a jamais parlé !

Oh ! sa foi en Dieu et en son fils, le Christ, reste inchangée, mais elle se rend compte qu'elle fait partie d'une religion, d'une organisation qui change, instaure des lois que le Christ lui-même n'avait pas établies, elle se sent en terrain mouvant dont les échos en elle-même sont ses propres doutes sur l'origine de sa dite vocation. Elle se sent terriblement seule, alors ? Rien n'est solide ! Au gré des papes, les enseignements ont été modifiés ! Que penser ? Que décider ?

Margarita, elle, ne doute pas, elle va rejoindre le *novio* et l'épouser.

Agnieszka prie intensément mais, à vrai dire, sans mère Tréport et bientôt sans Margarita, elle sent qu'elle ne restera pas au couvent. Bien sûr, elle y verrait parfois M. Darroux, le plombier... Mais non, dépendre de mère Ferreau est devenu intolérable... Elle comprend qu'intérieurement sa décision est déjà prise.

– Viens avec moi en Espagne, propose la gentille Margarita, un cousin de mon *novio* cherche une femme.

Agnès sourit.

– Non, je préfère retourner dans ma patrie.

Elle trouvera quelqu'un là-bas et fondera un foyer ; c'était son désir, si Ivan n'était pas parti en ville et, qui sait, elle le retrouvera peut-être !...

Alors, Agnès plonge et organise leur départ, presque en un état second...

Où ira-t-elle, une fois enfuie ? Elle ira chez la seule personne qu'elle connaisse à Poitiers, elle ira chez M. Louis Darroux, qui lui a dit où il habitait, rue des Carolus, vers la cathédrale, d'où elle téléphonera à Irena. Il pourra sûrement alors l'aider à rentrer en Pologne. Il s'est toujours montré attentionné avec elle, et presque, oui... amical. « Quand on est dans le dénuement affectif le plus complet, on s'accroche à la moindre connaissance sympathique ! » se dit-elle.

Agnieszka explique son plan à Margarita :

– Il faut descendre à la ferme en habit de religieuse pour ne pas éveiller les soupçons. Toujours pour la même raison, on ne prendra pas les valises qu'on avait en arrivant au couvent. Transporter chacune une valise serait avertir de nos intentions. En revanche, un simple ballot noué contenant chemise de nuit et brosse à dents ne se remarquera pas.

Et puis, Agnès a une idée de génie, ce n'est pas pour rien qu'elle est lingère !

– Margarita ! On va couper nos robes de bonne sœur qui sont trop longues et nous feraient repérer dans la ville, mais, pour la journée de demain, je recoudrai la partie coupée, je vais faire ce qu'ici en France on appelle un pli religieuse !

Alors elles rient comme deux adolescentes qui complotent de faire une niche.

– Et mes cheveux ? demande Agnès.

Car Margarita a sous sa cornette de beaux cheveux drus frisés naturellement.

– Moi, je vais les couper, avait-elle déclaré. Et toi ? (Elle réfléchit.) Tes cheveux blonds sont en chignon sous ta cornette ?

– Oui, bien sûr.

– Tu les laisses. Une fois dehors, tu l'enlèves ainsi que le voile. Leur couleur est une parure !

Au jour dit, après la messe et le petit déjeuner, elles montent ostensiblement à l'étage et entrent dans la lingerie d'où elles ressortent peu après. Agnieszka, qui circule librement et dont on peut penser qu'elle va aider M. Darroux, ne se cache pas, mais Margarita va devoir se faufiler jusqu'en bas. Deux religieuses dans la cour d'honneur à cette heure de la matinée, cela ferait bizarre ! Alors, Margarita passe par les cuisines qui donnent sur des allées amenant aux terrains de jeux. Ouf !

Deux silhouettes noires côte à côte longent les terrains de sport des élèves, atteignent la charmille. Il fait beau ce matin, l'air est doux, une légère bruine voile les contours. « Ce sera bientôt la procession des rogations, juste avant la fête de l'Ascension », songe Agnieszka avec regret. Elle aime cette coutume religieuse d'une procession à travers la nature pour bénir les récoltes et d'une façon générale remercier le Seigneur. Ici, au couvent à Poitiers, la procession a une allure de gaieté et de célébration presque païenne. On chante des cantiques tout en descendant à travers le verger jusqu'à la ferme que l'aumônier bénit.

– Oh, souffle Margarita en s'arrêtant brusquement, le fermier est dans l'allée !

Elles s'arrêtent toutes les deux et se dissimulent derrière un arbre. Elles attendent longtemps. Le fermier est en train de chauler les arbres fruitiers, il va et vient parmi les troncs, puis il se dirige vers le hangar.

– Vite ! commande Agnès. Vite mais sans bruit et sans courir, il nous tourne le dos, il n'a pas de raison de se retourner.

Elles glissent en direction du mur, deux petites nonnes côte à côte vers la clôture, deux petites nonnes tirent sur la porte, l'ouvrent et, tant pis, elles ont franchi le mur au-delà duquel c'est la liberté ! Tant pis si ce brave homme de fermier les a vues, elles sont dehors à présent !

Vite enlever la cornette et le voile pour ne pas être repérées. Agnieszka tire sur le fil et la robe de religieuse devient une jupe arrivant à mi-mollet, ce qui fait pouffer de rire Margarita. Elles ont l'air de deux jeunes filles pauvres et mal fagotées avec leurs grosses chaussures.

– Pas de taxi ! remarque Margarita.

– On va attendre dans le parc, conseille Agnès. Si le fermier nous a vues, on ne peut pas rester vers le mur du couvent.

Elles traversent le boulevard et entrent dans le parc, la pluie a cessé, les grands et beaux arbres s'égouttent, Agnieszka observe que les gouttes de pluie brillent au soleil, elle soupire un peu devant le geste accompli et devant l'inconnu de cette journée ! Et si M. Louis Darroux n'était pas chez lui ? S'il s'était absenté pour plusieurs jours ? Elle n'a pas de montre, bien sûr, mais d'ici on entend les cloches du couvent. Ah ! il est 11 heures déjà !

Margarita, qui faisait le guet, se précipite vers le portillon du parc.

– Le taxi ! crie-t-elle.

Oui, ce sont les deux cousins qui lui font signe. Margarita monte dans le taxi.

« Oh ! Elle ne m'a même pas dit au revoir ! » pense Agnieszka. Tiens, le taxi ne démarre pas ! Un des cousins, très brun de teint et de cheveux, en sort et lui fait signe. Que lui veut-il ?

– Mademoiselle… ma sœur, corrige-t-il, Margarita dit que vous allez à la cathédrale.

– Oui, répond vaguement Agnès.

– On va vous y emmener. Le taxi ira plus vite que vos jambes. Ensuite, nous irons à la gare, on part dans une heure.

Enfin, elle aperçoit les tours de la cathédrale qui se dresse haute et fière. Le taxi freine, Margarita l'embrasse avec effusion.

Agnès se trouve seule. Le bruit l'assaille, tous les bruits, tant de bruits ! Le moteur des autos et des motos filant sur le boulevard, le brusque freinage et crissement des pneus. L'air n'est plus immobile, il est chargé de sons très présents, c'est le grondement des camions au loin, des autos qui vont et viennent, peut-être celui des trains en contrebas, vers la gare là-bas. Bref, la ville ici est comme le centre de mouvements variés, les bruits s'y répercutent, s'y rassemblent. Agnieszka est atteinte de plein fouet par le remue-ménage citadin, elle en est étourdie, désorientée. Cela fait combien de temps qu'elle est cloîtrée, qu'elle n'a pas marché dans une ville ? Trois ans !

Il faut qu'elle s'assoie ou qu'elle s'appuie momentanément à quelque chose de solide et d'immobile. La ville avec sa circulation et son animation la frappe au visage. Comme l'enclos du couvent était calme en comparaison ! Comme ce couvent construit dans la ville en donnait une fausse idée, parce que les terrains, la ferme, le cloître étaient un tampon protecteur isolant le couvent de la cité ! Elle s'est déshabituée du bruit depuis si longtemps !...

Enfin, la cathédrale ! Devant cet édifice majestueux et intimidant qu'est cette énorme église, Agnès s'arrête, hésite. Va-t-elle entrer faire une prière ? Elle n'ose pas puisqu'elle vient de renier sa vocation ! Elle n'ose pas y pénétrer, alors elle se retourne et observe l'endroit. Elle est sur une place avec des rues qui en partent de tous côtés ! La rue de M. Louis Darroux ? Si elle demande, on va la repérer, on va voir que c'est une bonne sœur ! Elle quitte la place et remonte en direction de la ville, la pluie a cessé depuis longtemps, le soleil apparaît, Agnieszka a déjà trop chaud, parce que, par-dessus le corset et la cape, elle a enfilé un tricot noir en laine. Elle a chaud, mais elle tremble, et la circulation autour d'elle l'affole un peu encore. Elle prend une rue au hasard, une rue qui monte, les cloches de la cathédrale s'ébranlent. Mon Dieu, il est midi déjà ! Elle continue de marcher puis s'arrête. « Ah, je me suis trompée ! » Elle se souvient qu'il avait dit que sa rue était vers la rivière ; une rivière, c'est forcément vers le bas ! Alors, elle revient sur ses pas, contourne la cathédrale et se perd dans un lacis de petites rues ensoleillées qui se croisent, se recoupent et coudent.

Brusquement, elle étouffe mais n'ose pas enlever son tricot. Il faut qu'elle demande son chemin à un passant !

– C'est tout droit, vous y êtes presque, mademoiselle. Ensuite, la première à gauche.

C'est une rue tranquille, personne ne la regarde spécialement. Il avait parlé d'un numéro, mais elle l'a oublié ! Il va falloir recommencer à parler et demander où habite M. Darroux ! Elle hésite longtemps, réajuste son tricot sur sa jupe courte. Sans cornette et sans voile, elle se sent toute nue ! Une brise soulève ses cheveux. Pourvu que son chignon reste bien en place !

– M. Darroux ? Mademoiselle, c'est au numéro 12.

On la regarde, mais on n'ose pas la questionner. Ouf !

X

Deux coureurs épuisés

La maison est basse, une fenêtre de chaque côté de la porte en façade dans cette rue tranquille et ensoleillée. Agnieszka hésite encore... mais où aller maintenant ? Il faut lui demander asile pour un ou deux jours, au fond elle connaît peu cet homme... mais il s'est toujours montré si aimable, agréable, bien élevé... où aller d'ailleurs à présent ? Elle ne connaît personne à Poitiers, personne ! Un ou deux jours seulement, il la conseillera sur la façon de retourner dans sa patrie... Elle désire y retourner ! Elle y compte bien ! Puis elle réalise qu'elle n'a pas d'argent ! Pas d'argent ! Le seul qu'elle ait jamais possédé en arrivant en France a été déposé dans le bureau de la mère des novices sans doute... S'il le faut elle peut travailler en attendant comme lingère, comme blanchisseuse, c'est son métier. Et puis il faut absolument qu'elle téléphone à Irena, certainement M. Darroux lui montrera comment s'y prendre pour téléphoner en Pologne. Cela tempère un peu l'angoisse qu'elle ressent d'avoir à recourir à lui.

À gauche, une boîte à lettres indique que c'est là que Louis Darroux habite ; à droite une sonnette. Elle appuie sur cette sonnette en se demandant si elle ne va pas se sauver... La porte s'ouvre aussitôt, il est là, devant elle, en bleu de travail, les cheveux un peu en désordre, les yeux préoccupés et distraits qui, en la voyant, prennent un air absolument abasourdi :

– Sœur Agnès ! Que faites-vous là ?

Puis il remarque que la jeune religieuse n'a ni voile ni cornette et qu'elle a l'air totalement épuisée ! Que s'est-il passé ? Mais pour le moment il ne va certainement pas la questionner !

– Entrez, sœur Agnès, entrez !

En automate, elle pénètre dans une grande pièce ensoleillée. Elle est debout, comme si elle se trouvait là de passage, et s'entend parler tout bas comme à confesse :

– Je… j'ai quitté le couvent.

Il ne répond pas mais insiste pour la faire asseoir.

Il était en train de manger ; sur la table, elle voit une miche, un verre de vin, du fromage.

Elle se sent écrasée par l'énormité de son geste, tout est devenu d'une autre dimension, sa fuite, sa présence ici, elle cherche les mots pour expliquer mais les mots ne viennent pas, elle est dans l'irréalité.

– Vous prendrez du café, n'est-ce pas ?

Il y a combien de temps qu'elle a pris son petit déjeuner ? Juste après la messe et avant leur évasion…

– Oui, murmure-t-elle, s'il vous plaît.

Elle est là immobile, assise, les mains sur les genoux dans une attitude d'attente, puis elle songe à réajuster sa cornette qui a toujours tendance à glisser, mais ses mains rencontrent ses cheveux. Elle n'a plus de cornette, c'est vrai ! Tout ce temps où avec Margarita elles avaient comploté leur évasion, c'était de l'ordre du flou, c'était comme si elles s'étaient jouées de cette idée, être passées si vite, si facilement à l'acte l'a totalement déroutée ! Elle répète d'un air hébété :

– J'ai quitté le couvent.

– Vous avez pu obtenir la permission de cette mère Ferreau, alors ?

Elle le regarde d'un air effaré.

– Oh, non ! Nous nous sommes sauvées, sœur Margarita et moi !

Louis Darroux fait signe qu'il a entendu, mais il ne fait aucun commentaire, il constate que sœur Agnès semble égarée, elle a perdu toute assurance, tout calme. Lui, en la voyant, a aussitôt ressenti une profonde joie ! Il se dirige vers le fond de la pièce, lave deux tasses, mesure l'eau et la mouture. Ces gestes du quotidien calment Agnieszka, l'univers devient moins fou, il revient vers elle, pose doucement sa main sur son épaule et l'invite à s'asseoir à table, puis il coupe du pain, apporte du sucre, s'installe en face d'elle sans la questionner. Comme il est secourable et compréhensif !

Elle boit le café, un café fort et brûlant. Elle tient cette tasse, une faïence aux couleurs passées. Elle se détend et s'entend répéter :

– Avec Margarita nous nous sommes sauvées, nous nous sommes sauvées !

Il se contente de dire en hochant la tête :

– Vous n'étiez pas faite pour le couvent.

Puis il se lève, téléphone, elle comprend qu'il annule certains rendez-vous. Elle s'excuse, elle est confuse.

– Je ne voulais pas vous déranger... je ne savais pas où aller. Ici, à Poitiers, je ne connais personne. Margarita est partie avec sa famille, je veux prévenir la mienne, ma sœur, j'ai son numéro de téléphone...

Il la regarde.

– Vous ne me dérangez pas, ma sœur. Il ajoute en souriant : Au contraire !

Elle retrouve cet homme jeune, aimable, amical même, qu'elle avait l'habitude d'aider, elle répète :

– Il faut que je prévienne ma famille. Oh, ce sera un choc pour eux !… Mais ma sœur Irena, elle, comprendra. Comment fait-on pour téléphoner en Pologne ?

Tout cela proféré de façon un peu incohérente.

– Vous reprendrez du café ma sœur ?

– Oh oui, merci !

Un éclair de ses yeux bleus, elle semble si déroutée ! Il la ressert. Alors, elle se met à essayer d'expliquer, l'intransigeance de mère Ferreau, la venue du fiancé de Margarita et leur décision de quitter le couvent.

– Ce sera l'affaire d'un jour ou deux, Irena m'aidera… me comprendra…

Il l'écoute, semble réfléchir puis déclare :

– Mais vous ne pouvez pas rester ici, ma sœur…

Ah, mon Dieu ! Son cœur s'affole. Où aller ? C'est qu'elle avait confiance en lui !

Il continue d'un ton égal :

– Ma voisine, Mme Monnier, pourrait vous héberger en attendant, c'est une dame seule, une veuve qui est très gentille.

Il l'observe. Comme elle est bouleversée ! Que faire ? Il sait que si cette bonne sœur est allée directement du couvent à chez lui, c'est qu'elle a confiance en lui. Il réalise aussi que cette idée qu'elle reparte en Pologne le chiffonne, il n'a nulle envie qu'elle s'en aille ! Il avait tant de plaisir de la voir souvent au couvent, il attendait ces rencontres avec émotion, il a toujours éprouvé beaucoup d'intérêt à leurs conversations. Elle est intelligente, gaie, sans manières… Si elle regagne sa patrie, il sait qu'il la regrettera… Alors ? Mais il veut rester calme… Il tient à elle, il a été surpris tout à l'heure et heureux de la voir… Comment lui dire ? Une religieuse, même si jeune et si jolie, reste une religieuse !

Elle le regarde avec un tel air pur et détaché… Et comme elle est blonde ! Il voit ses cheveux pour la première fois. Elle est très blonde, en effet, il l'avait supposé parce qu'il avait remarqué son teint et ses sourcils.

Il ressent une grande tension intérieure, mais il faut qu'il parle… il en va peut-être de sa destinée. Après tout, elle s'est sauvée, et c'est chez lui qu'elle est allée ! C'est bon signe. Il hésite puis se décide :

– Ce n'est peut-être pas la peine d'alerter votre famille.

Elle le regarde d'un air étonné. Il hésite encore et continue bravement :

– J'ai de la sympathie pour vous, nous nous entendons bien, n'est-ce pas ? Et… je suis seul.

Elle ne bronche pas, elle l'écoute sans comprendre où il veut en venir.

Il termine, c'est un saut dans le vide, il bredouille un peu :

– Restez en France. Je pourrais… je voudrais… je pourrais… vous épouser si vous voulez…

Elle le regarde avec intensité. « Alors, se dit-elle, ses sentiments à lui étaient vrais aussi ! » Elle qui pensait si souvent à lui ! Une onde de joie l'envahit, il est là debout, devant elle, en bleu de travail, sa tenue habituelle, avec cet air sérieux et ses yeux sombres et attentifs.

– Vous voulez bien qu'on se marie ? demande-t-il doucement.

Le ton est tranquille, rassurant mais interrogateur. Elle murmure tout bas :

– Je veux bien… je veux bien, oui… Oh, oui !

Elle s'est levée, il la prend gauchement dans ses bras et se contente de la serrer contre lui.

– Vous êtes Agnès, n'est-ce pas ? Moi, je suis Louis. Appelez-moi Louis.

Elle fait un signe d'assentiment mais reste muette… Il a si souvent pensé qu'elle était probablement blonde qu'il ne peut s'empêcher de s'exclamer :

– Quels beaux cheveux vous avez !

Elle s'appuie contre lui légèrement et ferme les yeux tandis qu'il lui caresse doucement, délicatement les cheveux.

Ils mesurent l'étrangeté de leur situation et s'accrochent l'un à l'autre comme deux coureurs à bout de souffle qui enfin se sont rejoints.

Livre II

XI

Métamorphose

Louis Darroux a deux sœurs aînées mariées. D'avoir vécu avec ses sœurs et observé les clientes, il est habitué aux tenues féminines et il voit bien que sœur Agnès, on ne peut pas l'amener, même à Mme Monnier, comme ça ! On dirait que c'est une ancienne religieuse qui n'a pas su s'arranger ! C'est le cas et c'est trop évident, une vague jupe noire trop longue, de gros souliers, un haut noir également… informe… Or, il n'a pas l'intention que sa voisine sache qu'Agnès était bonne sœur, cela ne passerait pas ! On n'épouse pas une religieuse défroquée.

Agnès, de son côté, s'étonne qu'il ne reparte pas à son travail.

– Non, pas cet après-midi ! Nous allons aller en ville vous acheter des vêtements plus… (Il cherche ses mots.) Plus modernes.

Agnieszka ouvre la bouche pour protester mais se rend compte qu'il a raison. Cependant, elle réagit aussitôt :

– Je n'ai pas d'argent !

– J'en ai, moi.

– Mais je ne peux pas accepter !

– Agnès ! Et il prend un ton autoritaire. Personne, vous entendez, personne ne doit soupçonner que vous sortez d'un couvent, alors il faut s'habiller comme tout le monde !

Il ne lui dit pas que, mis à part ses cheveux si blonds coiffés en chignon, le reste est risible ! Elle a dû s'habiller en hâte avec ce qu'elle avait, pauvre sœur Agnès !

– Et puis… vous m'avez beaucoup aidé dans tous mes travaux de plomberie… Je vous dois un salaire !

Cela lui arrache un sourire. Alors, elle enlève le gros tricot noir et la cape. Elle apparaît à Louis dans cette guimpe blanche, informe et abominablement serrée à cause du corset en dessous. Est-ce un corsage ? Non, elle ne peut pas rester comme ça !

– Nous allons aller dans un grand magasin où vous trouverez tout ce qu'il faut.

– Mais quoi ?

Pauvre sœur Agnès, désemparée !

– Je vous confierai à une vendeuse, elle vous conseillera. Dites que vous venez de la campagne.

– J'ai un accent étranger…

– Dites que vous venez du nord, où il y a beaucoup de familles polonaises. Tiens, c'est une bonne idée, c'est ce que nous dirons aussi à cette excellente Mme Monnier.

Elle se laisse docilement emmener dans la voiture de Louis, puis il l'accompagne dans le grand magasin, avise une vendeuse à l'air presque rébarbatif, pensant que sœur Agnès en sera moins effarouchée. En effet, Agnieszka se laisse conseiller. Tout lui manque : jupe, corsage. La vendeuse s'étonne mais se montre peu curieuse : les jupes, les chemisiers, puis on en vient aux vêtements de dessous.

– Vous n'avez pas de soutien-gorge ?

Agnieszka bredouille :

– Je…

– Ceux-là iraient bien sous les chemisiers, ils mettent en valeur vos formes et protègent.

Agnieszka ne proteste pas. Pourtant, il lui semble que ces soutiens-gorge sont faits non pour protéger mais pour montrer.

– Oui, mademoiselle, cette marque-là vous va très bien. Alors deux jupes et deux chemisiers assortis et ce pull-over rose avec la jupe grise.

Louis attend à la caisse, va régler puis se ravise et va fouiner dans les robes. Là, même un jeune homme est autorisé. Il choisit une jolie robe de tons verts et bleus, une jupe en corolle, un haut décolleté. « Pour sa fiancée, pense la vendeuse. Très jolie, cette campagnarde, mais empotée ! »

De retour dans la petite maison, Agnès va se changer dans l'unique chambre, qui est celle de Louis, une pièce presque vide. Lorsqu'elle ose apparaître, Louis est absolument médusé ! Bien sûr, parce qu'il est homme, il avait remarqué que cette jeune religieuse était bien faite, mais là, habillée en civile, c'est une métamorphose ! C'est une ravissante fille dans des habits qui sculptent son corps. Quelles formes attirantes ! Il voudrait la prendre dans ses bras, il voudrait… Il n'ose pas ! C'est à peine s'il ose la contempler ! Surtout ne pas l'effaroucher !

– Vous êtes belle ! Vous êtes très bien !

– La jupe est très courte, murmure Agnieszka qui se penche comme pour la tirer.

– Oh, non, c'est normal !

– Et le chemisier très serré.

Il l'interrompt :

– Avez-vous essayé la robe ?

– Oui, c'est trop pour moi.

Ce qu'elle ne dit pas est qu'elle a enfilé la robe avec ce décolleté et ce haut qui la moule, avec ce soutien-gorge qui fait ressortir tout ! Alors, elle n'ose pas se montrer dedans.

– Agnès, je veux vous épouser ! Chaque visite au couvent me faisait tellement plaisir, parce que je vous voyais.

Agnieszka le regarde.

– Moi aussi, répond-elle timidement.

Et elle rougit de cet aveu.

– Venez ! Je vais vous présenter à Mme Monnier, qui vous logera. Cela… ne serait pas convenable que vous dormiez ici, mais vous prendrez tous vos repas chez moi, avec moi. Vous êtes ma fiancée.

* *
*

Elle est là, comme hébétée, assise sagement sur cette chaise paillée, le dos droit et raide, assommée par l'énormité de son geste. Elle se demande comment elle a fait ça ! Elle est chez cet homme jeune qui l'observe avec attention. C'est le deuxième jour, elle a dormi chez cette Mme Monnier. Louis est venu la chercher tôt le matin, il a fait du café, est parti travailler.

Ce soir, il ouvre une bouteille pour accompagner le dîner qu'elle a préparé. Est-ce du cidre ou du vin ? Elle ne sait pas, au couvent on buvait de l'eau. Elle boit sans rien sentir, elle est stupéfaite et statufiée dans ces habits neufs qui lui vont si bien et dans lesquels elle se sent si mal ! Elle a choisi tout ce qui était moins voyant, la jupe bleue, un chemisier et un pull-over du même ton bleu. Il s'approche d'elle, se penche brusquement et l'entoure de ses bras. Ses mains touchent doucement son visage et caressent ses cheveux qui décidément l'attirent. Si doux, si soyeux, si clairs.

Malgré son désarroi et surtout l'impression qu'elle a emprunté la vie de quelqu'un d'autre, malgré cette impression d'irréalité, elle regarde Louis Darroux. Il est bien comme elle l'a toujours vu au couvent, simple, direct, amical, cheveux bruns coupés court, presque bouclés, et des yeux sombres. Un genre de beauté et du charme. Oui, dès le début il lui a fait penser à Ivan. Et cet homme, hier, l'a demandée en mariage !

Lorsqu'elle se relève, pensant qu'il est temps de regagner la maison de Mme Monnier, il l'entoure de ses bras. Son corps est près du sien, il la serre contre lui. Il est un peu plus grand qu'elle. Ses yeux sont attentifs et tendres. Oui, elle est contre lui, elle sent sa chaleur et la fermeté de son corps. Elle laisse sa tête contre son buste, elle ne sait pas si elle a envie de pleurer ou de rire, elle se sent déboussolée. Ses mains à lui l'enveloppent, la tiennent, caressent doucement ses épaules et son dos sans oser surtout aller plus loin.

– Allez dormir, reposez-vous. Je suis là, vous avez eu une rude journée hier !

Elle redresse la tête, ses yeux bleus ont enfin un éclair joyeux. Alors, il prend ce visage entre ses mains et l'embrasse délicatement sur la joue.

– Mme Monnier vous trouve charmante.

C'est à peine si Agnieszka se souvient d'elle. Hier soir, elle était exténuée, dépassée par les événements que pourtant elle avait générés !

Les nouveaux habits, les courses avec Louis, la voisine, « une dame bien », avait-il dit, mais terriblement curieuse ! Alors, elle avait prétexté un long voyage en train venant de Lille (ville qu'elle ne connaît pas) jusqu'à Poitiers et s'était retirée dans la chambre que cette femme lui avait fièrement montrée ; odeur agréable d'encaustique (mais aussi de naphtaline, qu'elle déteste).

Elle s'était aussitôt endormie sans prières, d'un sommeil sans rêves. Mais l'habitude… à 5 heures, elle s'était réveillée et avait automatiquement cherché le voile et la cornette… Rien ! Alors elle s'était souvenue ! Elle était sortie de son lit, s'était agenouillée et avait prié comme on s'accroche à quelque chose de stable, à une bouée de sauvetage…

Heureusement, Louis, très tôt, était venu la délivrer du questionnement incessant de Mme Monnier.

– Charmante, a dit Mme Monnier, mais pas très bavarde !

– Heureusement ! sourit Agnieszka. Je ne pouvais rien dire sur le nord de la France, puisque je ne le connais pas !

– Ne vous tracassez pas ! Racontez-lui que vous étiez lingère dans un couvent et ne sortiez jamais.

– Lingère, murmure Agnieszka, c'est mon métier !

– Alors, parlez repassage, lavage. À Lille, Bordeaux ou Poitiers, c'est la même chose. Je ne rentrerai que ce soir.

Agnieszka avait deviné qu'il devait rattraper le temps perdu hier à cause d'elle !

Alors, seule dans l'après-midi, elle a cherché à se rendre utile, a fouillé les placards en quête d'ustensiles. Le soir, en arrivant, Louis a trouvé une pièce étincelante de propreté, sur la table le couvert mis et sur la cuisinière un plat de pommes de terre cuisinées à la mode polonaise ! Avec cette sauce blanche onctueuse et piquante qu'elle avait essayé de reproduire.

Puisqu'il a l'intention d'en faire sa femme, il lui semble convenable qu'il l'emmène à sa terre natale.

– Mon pays natal, Saint-Benoît est tout près. Sept ou huit kilomètres, on pourrait presque s'y rendre à pied ! Mais les nouvelles routes, les innombrables ronds-points et les nombreuses constructions font que cela ne serait ni pratique ni poétique.

Il va donc devoir l'emmener dans sa camionnette, dont il a nettoyé les sièges pour l'occasion. Ah, il avait rêvé d'être avec elle, lui montrer sa campagne et les alentours ! Ah, combien il avait divagué avec cette folle pensée, et maintenant c'était réel ! Sœur Agnès est à côté de lui, il est tremblant de bonheur.

Passé la banlieue et ses inévitables rocades, Agnès voit un paysage devenir accidenté. Louis explique :

– C'est que le centre de Poitiers est sur un plateau, alors la ville semble plate, mais les alentours, surtout par ici, sont vallonnés, vous allez voir !

En effet, la camionnette ne cesse de descendre et de tourner, puis la route se rétrécit, bordée par des talus abrupts couronnés de bosquets de noisetiers et d'acacias. « Comme c'est différent de chez moi ! » se dit Agnès. En fait, elle ne connaît rien de la campagne poitevine, bien qu'elle ait vécu deux ou trois ans à Poitiers, mais cloîtrée ! Alors, elle regarde pour comprendre le pays de Louis.

Ils arrivent dans un bourg tranquille où Agnès remarque immédiatement une énorme église et des maisons assez grandes dont les volets mi-clos contre le soleil semblent dormir en ce dimanche après-midi... C'est l'heure de la sieste.

Un chat jaune traverse nonchalamment la route, Louis freine puis se gare. Avant de sortir du véhicule, il a l'air songeur. Agnès, immobile, ne bronche pas. Instinctivement, elle sent qu'il hésite à confronter les souvenirs de son enfance et de son adolescence avec cet avenir proche qu'ils auront ensemble. Enfin, il ouvre sa portière et aide Agnès à sortir à son tour.

Elle voit un village enserré de coteaux qui le dominent et l'abritent. Cependant, on ne sent ni oppression ni enfermement, le bourg s'étale, toutes les maisons ont des jardins, l'église elle-même borde des prés. Il y a de l'espace dans cet univers clos ! C'est pour elle inattendu, pittoresque.

Louis l'emmène vers l'église, pensant qu'elle se sentira en terrain familier et qu'il est plus normal que sa première visite dans son village natal soit pour l'édifice religieux.

Le bâtiment est sobre et clair, net de toute décoration superflue. « Pas de statues ! s'étonne Agnieszka. On se croirait dans un monastère. » Elle en avait vu un ou deux dans son enfance en Pologne. En écho à ses pensées, Louis explique :

– C'est une ancienne abbaye. Venez, avancez, voyez, le cloître en faisait partie...

– Alors, c'était un monastère ? demande-t-elle.

– Oui, fondé par saint Achard, né à Poitiers. Dans les temps anciens, il y avait des moines, puis l'église que vous voyez est devenue celle de la paroisse.

Ils ressortent de l'église, s'engagent dans le pré envahi en cette saison de pâquerettes et de jacinthes des bois. De là, l'édifice se dresse, accompagné de l'ancien cloître dont on observe la parfaite régularité des piliers et des arcades.

Louis l'entraîne au bout du pré. Agnès entend un léger clapotis.

– Regardez, c'est le Miosson, ce petit ruisseau qui autrefois, paraît-il, marquait les limites du monastère.

Agnès remarque une eau très claire qui glisse sur les herbes et file. Comme tout est frais et recueilli ici ! Et elle pense à la petite rivière de son enfance.

– Ah, gamin, j'ai souvent pataugé dans ce ruisseau pour attraper des poissons ou simplement chahuter avec mes copains. J'en sortais trempé. Maman, bien sûr, me grondait.

Elle le regarde, n'osant pas poser une question évidente ; elle se souvient qu'il a mentionné avoir deux sœurs aînées, mais… les parents ? Il n'en a jamais parlé !

Côte à côte, ils retraversent la place jusqu'à un endroit à l'écart en haut du bourg, où quelques maisons semblent éparpillées au pied du coteau. Louis regarde longuement sans rien dire une maison dont les volets en façade sont d'un ton assez vif, couleur groseille. Cependant, à l'arrière donnant sur un petit jardin, on comprend que les volets d'origine étaient d'un vert un peu éteint. Agnès devine que ce rouge éclatant n'est pas au goût de Louis.

– C'était notre maison, finit-il par dire, c'est là que je suis né.

Il fait un effort sur lui-même puis, réalisant que sœur Agnès ne sait rien de son passé, il ajoute :

– Mes parents sont morts tous les deux. Papa, quand j'avais seize ans. Maman, un peu plus tard, j'en avais vingt-cinq...

Agnès n'ose pas un geste. Louis reprend :

– Des cousins ont acheté la maison. Regardez ces sentiers qui escaladent le coteau ; enfants, on jouait là-haut avec des camarades, c'était à qui grimperait le plus vite. Pour descendre, on s'était fabriqué un genre de toboggan.

Agnès fait un effort pour rompre l'atmosphère de nostalgie ou de regrets.

– J'aime beaucoup votre village, Louis.

– Ah, c'est un village caché ! réplique Louis, un peu à l'écart des grands axes.

Il marque un temps d'arrêt puis reprend :

– Je... je veux aller au cimetière, voulez-vous venir avec moi ?

– Oui, bien sûr !

La tenant par la main, il l'entraîne vers le haut du bourg. La côte est raide, les maisons s'étagent. À un coude, le village brusquement apparaît tout entier avec l'ancienne abbaye, le cloître et les maisons groupées autour de la place. On voit l'hémicycle des coteaux suivi par l'éclat argenté du ruisseau.

Ils continuent de grimper puis tournent à droite. Le cimetière est là, avec ses grilles ouvertes et des tombes proprettes, bien alignées, le long d'allées gravillonnées. Beaucoup sont fleuries. Dans une allée, à droite, le long d'un mur qu'un cerisier voisin ombrage, Louis s'arrête. Agnès peut lire les inscriptions : « Marcel Darroux – Angeline Luissot, son épouse », et des dates, puis la jolie phrase qu'elle déchiffre lentement : « Qu'ils reposent en paix. »

Spontanément, elle fait le signe de la croix ; Louis en fait autant. « Comme ce cimetière est paisible, pense-t-elle, comme on sent une tranquillité, une sérénité ! » Cependant, il est si différent de ceux de son pays natal, où les tombes sont ornées d'arbustes et d'arbres faisant de chaque tombe un genre de petit jardin. Ici, c'est ordonné mais sec, il n'y a pas de verdure. « C'est sans doute la mode française », pense-t-elle.

À la sortie du cimetière, Louis s'arrête et prend Agnès dans ses bras un moment sans parler. C'est sa façon de la remercier d'être là.

Elle se sent appartenir à lui. Bientôt, même ses parents défunts deviendront sa famille ! Cette visite à ce village et surtout au cimetière est une déclaration ! Tout à fait comme il y a trois jours, lorsqu'il lui a fait cette surprenante demande en mariage. Elle ne s'y attendait vraiment pas ! Et l'étonnant est qu'elle ait tout de suite dit oui !

Redescendus au centre du bourg, sur la place ensoleillée, Louis lui propose une petite pause à la terrasse d'un café où certains s'attardent à finir leur repas. De là, on voit l'église avec son toit rose et l'ancien cloître à côté.

Une jeune serveuse arrive et, sans les saluer, s'apprête à prendre la commande. Louis se tourne vers Agnès :

– Que prendrez-vous ?

Prise au dépourvu, Agnès rougit, gênée. Elle n'est jamais allée dans un café en France, il devrait bien s'en douter !

– Excusez-moi, Agnès. Et à l'adresse de la serveuse : Un instant, s'il vous plaît.

– Une limonade, c'est sucré et pétillant. Une menthe à l'eau, c'est désaltérant, ou bien un citron pressé, peut-être ?

– Menthe, répond Agnès.

– Alors, une menthe à l'eau et une bière pression, s'il vous plaît, dit-il à la serveuse éberluée que ce jeune homme ait eu besoin d'expliquer les boissons à cette jeune fille !

– Excusez-moi, répète Louis, je n'ai pas réfléchi.

Qui pourrait penser en effet qu'elle soit sortie du couvent ! Elle se tient droite dans une attitude naturellement gracieuse, et aux yeux de Louis terriblement attirante avec ses longues jambes que la jupe sombre fait ressortir et son buste juvénile moulé dans ce pull-over rose. Heureusement qu'elle ne s'en doute pas !

Peut-être pour s'arracher à des pensées trop précises, Louis s'oblige à résumer le peu d'histoire locale qu'il connaît :

– Il y a bien longtemps, ce village s'appelait Quinçay ! Son nom actuel vient d'un saint, Benoît, qui s'y établit au Moyen Âge.

Agnès approuve :

– Oui, saint Benoît est bien connu, il a fondé une règle monastique.

– Mais justement, ici, c'est un autre Benoît. Notre saint Benoît était poitevin, et donc, depuis, Quinçay est devenu Saint-Benoît ! Je vous ennuie ?

Agnès sourit, sa voix est suave.

– Oh, non !

A-t-elle suivi le raisonnement de Louis ? Est-elle intéressée par l'histoire locale ? Ou simplement surprise et heureuse d'être là, au soleil, en plein air, dans cette incroyable situation, libre, enfin libre ?

« Ah, songe Louis, elle est étourdie de plein air et encore déstabilisée ! Il a fallu qu'elle se sente bien prisonnière dans sa vie cloîtrée ; on sait qu'un animal captif se débat, souffre et s'étiole. »

Louis lui prend la main et se tait.

XII

Confidences inattendues

DURANT L'OFFICE, il s'est tenu à côté d'elle, suivant les prières, s'agenouillant ou se signant aux bons moments. C'est un catholique, il le lui a dit. De temps en temps, il admire l'amplitude des voûtes et la hauteur des piliers.

Il se sent un peu obligé d'expliquer ce qu'il sait de cette cathédrale :

– D'abord restaurée par Guillaume, le puissant duc d'Aquitaine, puis au XIIe siècle par sa descendante directe, la célèbre Aliénor d'Aquitaine, épouse du roi de France Louis VII puis de Henri Plantagenêt, roi d'Angleterre. C'est le style Plantagenêt, c'est-à-dire, paraît-il, gothique angevin. Vingt-sept mètres de haut et presque cent mètres de long.

Après la messe, ils rentrent à pied, mais Agnès est muette.

– Agnès, qu'avez-vous ?

– C'est si beau... c'est... c'est ce que j'ai connu. Et penser que j'ai quitté ce monde de prières et de cantiques...

Agnès se tamponne les yeux avec le bout de ses doigts.

Il s'arrête de marcher, la regarde intensément comme pour la sonder. Elle semblait si simple et directe, mais elle est très compliquée !

– Vous regrettez ?

Elle lui jette un regard éperdu et pose sa main sur son bras :

– Non, oh non… je…

Peut-elle dire en pleine rue comme ça qu'elle est bien avec lui ? Elle a tout de même quitté le couvent pour lui, ou tout au moins à cause de lui. Elle fait signe que non, il se trompe. Ils reprennent leur marche en silence.

* *
*

Depuis qu'Agnès habite chez Mme Monnier, voilà deux dimanches, avec Louis, qu'ils se rendent à la cathédrale. Comme Louis a besoin de se reposer de sa semaine de travail, ils vont à la grand-messe de 11 heures. Sous ces si hautes voûtes, Agnès, qui connaît tous les répons de la messe, a prié dévotement. Louis, comme beaucoup dans cette France, a reçu une éducation catholique. La messe ? Oh, c'était aux grandes fêtes religieuses : Pâques, Noël, les Rameaux ; mais pour Agnès, à cause d'Agnès, il l'accompagne, et lui aussi prie avec ferveur le Dieu à qui elle s'était donnée, qu'elle n'a pas renié, bien sûr, mais auquel elle a préféré un homme, lui !

Entre la cathédrale Saint-Pierre et son logis, il y a une si courte distance que, sitôt franchi le seuil, il lui enlève son foulard et défait son chignon, libère ses cheveux si blonds, si longs qu'il caresse doucement, et ses épaules qu'elle a carrées et solides, et ses bras dont la peau est douce sous ses manches. Il s'arrête là, c'est sa fiancée, mais c'est encore et surtout une jeune religieuse qui pendant trois ans a perdu toute habitude d'un quelconque contact physique. Même, il y a quelques mois, au couvent, quand il avait gentiment posé sa main sur son poignet, sœur Agnès avait rougi d'embarras.

Il l'aime et la désire, bien sûr, mais au moindre contact elle lui fait songer à une petite pouliche farouche. Alors, il sera patient et respectueux de sa pudeur.

Ce n'est pas de la pudeur, c'est plutôt qu'elle a été désincarnée. On lui a fait volontairement s'abstraire de son corps, le renier, même pour boire et manger. Il s'approche d'elle et, après avoir embrassé ses joues qu'elle a rondes et fraîches et bien faites, il effleure sa bouche. C'est la première fois qu'il ose cette intimité. Elle a pâli, elle a fermé les yeux aussitôt, cependant elle ne se détourne pas.

Ce baiser éveille en elle des sources de plaisir. Il y a si longtemps que son corps est muet, si longtemps, mais elle n'avait jamais été embrassée… et ce contact, bien que délicat, est si physique qu'elle en a le souffle coupé. Elle ferme les yeux. Les lèvres de Louis sur les siennes, douces et fermes, qui ne cherchent rien, sont là, sans insistance mais très présentes. Même la main de Louis sur son cou et son épaule la transporte au septième ciel. Elle a frémi, il l'a senti. Elle reste songeuse, les yeux baissés, muette. Il revient vers elle, l'oblige à le regarder tandis qu'il scrute ses yeux, des yeux remplis de larmes.

– Agnès, que se passe-t-il ? Qu'avez-vous ? Vous n'êtes pas heureuse avec moi ?

– Oh, si, au contraire ! (Elle essaie de sourire mais n'y arrive pas.) Oh, si !

– Alors, que se passe-t-il ?

– Ça va trop vite, je…

– Vous ne regrettez pas le couvent ?

– Oh, non ! Je n'avais plus la vocation, je ne l'ai peut-être jamais eue ! Non, Louis. (Elle baisse les yeux un instant.) Je suis bien avec vous.

Elle ouvre les yeux et lui sourit.

« Comme c'est difficile, pense-t-il, pour elle de passer des psaumes et des méditations à un simple bonheur humain, à moi, un homme ordinaire, avec ce que cela comporte de densité charnelle et de réalité ! »

Puis Agnès le surprend.

– Quand j'étais chez mes parents… un garçon que… j'aimais peut-être…

Il la regarde, étonné.

– Qui aurait pu être mon…

Elle cherche le mot français.

– Amoureux ?

– Oui, amoureux… m'avait prise dans ses bras.

– Et embrassée ?

– Oh, non ! Mais des gestes tendres sur mes joues et mes cheveux.

Ses yeux brillent, elle semble remise de ses émotions et se confie librement.

– Alors, pourquoi ne vous êtes-vous pas mariés ?

– Il est parti en ville, et moi, on m'a proposé le couvent.

– Mais pourquoi ?

– Pas d'argent chez moi.

– Vous, vous le regrettez, ce garçon ?

– Non… vous êtes là.

« Quelle idée ! pense-t-il. Qu'est-ce qui m'a pris d'être amoureux d'une bonne sœur ? »

– Et vous ?

– Moi ?

Louis pose la cafetière après leur avoir servi à chacun un bol.

– J'ai été fiancé.

– Ah ! Oh ! Bon !

Agnès ouvre tout grand ses yeux si bleus.

– Alors ? demande-t-elle timidement.

Et elle s'interroge sans l'exprimer : « Comment peut-on être fiancé et ne jamais se marier ? »

Il la regarde sans la voir, son visage a pris un aspect grave, méditatif, presque peiné encore.

– Un copain me l'a prise.

– Ah ! Quoi ? Oh ! Un copain, comme vous dites…

– Que je croyais un ami !

– Ce n'était pas un ami, alors !

Le visage de Louis s'assombrit…

Il la revoit, frimousse éveillée, yeux malicieux, un corps très sensuel. Il avait vingt ans, le coup de foudre, l'irrésistible élan vers cette jolie fille pas farouche.

Agnès l'observe. Louis la regarde un instant et garde le silence. Il est encore dans ce passé révolu qui l'avait durablement marqué ; l'élan fougueux d'un jeune amoureux, l'amour, la dévotion presque, pour l'élue, Magali, sa fiancée…

Il avait eu des occasions antérieures de s'interroger, mais sa confiance en elle était si grande ! Un jour, il a aperçu son copain et futur associé, Gilles, en train de se réajuster alors que Magali quittait l'atelier. Une autre fois, en présence de Gilles encore, elle s'était montrée particulièrement taquine, provocatrice… Puis enfin, alors qu'il avait un chantier au loin et n'avait prévu de ne revenir que le soir, quand il était rentré chez lui les exclamations, les soupirs ne laissaient place à aucun doute. Sans colère, il avait prié Gilles de ne plus travailler pour lui…

Louis regarde Agnès.

– Oh, j'ai eu mal, bien sûr, mais cela ne m'atteint plus à présent !

Elle songe que cette déception est peut-être la cause qu'à trente ans il n'est pas marié. Agnès n'ose pas l'interroger.

Il lui fait un sourire.

– C'est vieux tout ça ! Mais… j'ai eu des torts…

– Ah ?

– J'ai…

Louis la scrute. Après tout c'est une bonne sœur, elle va peut-être être choquée.

– Je couchais avec elle…

– Vous vouliez l'épouser, n'est-ce pas ?

– Oh, bien sûr !... J'ai été trop pressé, et puis elle en faisait autant avec mon ami...

– Oh !

– Alors, je ne lui ai même pas demandé de choisir ; brusquement, c'était fini...

– Pourquoi ?

– Elle avait trahi ce que nous nous étions promis.

Agnès hoche la tête et approuve.

– Vous la regrettez ?

– Mon Dieu, non, Agnès !

– Qu'est-elle devenue ?

– Ils sont mariés, ils ont des enfants.

– Vous les voyez ?

– J'évite.

Et il sourit d'un air à la fois amusé et amer.

En pensée, Louis revoit cette fille si attirante qu'il a adorée, si coquette et si facile, qui à présent est la femme fidèle de son ancien ami. Des cheveux châtains, des yeux mordorés, une bouche comme une rose et le corps à l'avenant... Oui, il l'a aimée, il mesure que le sentiment qu'il éprouve pour cette jeune religieuse est plus calme, plus raisonné. Bon, il a trente ans. Mais lorsque Agnieszka sourit ou lorsqu'elle porte ce pull-over rose, il ressent le même intense et pénible élan, l'aider, la protéger, oui ! Mais l'approcher, la toucher, la saisir, la posséder, c'est ça qu'il veut aussi ! Ils se sont confié leurs précédentes expériences amoureuses, ils ont l'impression de mieux se connaître.

Penser qu'il est tombé amoureux ! Cela ne lui était pas arrivé depuis si longtemps ! Et au fond, son rival n'est plus l'ancien copain, mais Dieu lui-même ! Il s'attendait à tout sauf à ça. Il a été surpris par elle, étonné de sa fraîcheur, de sa facilité immédiate d'être naturelle. Intrigué, il a désiré mieux la connaître. Étonnante, attirante ; oui, c'est ça, l'amour : la vouloir à ses côtés toujours. Et il sent que, si ses projets se confirment, elle sera toujours quelqu'un qu'il désirera découvrir. Et puis elle a fait ce geste étonnant : quitter son couvent et venir directement chez lui !

Il vient à elle, embrasse cette nuque dénudée, enveloppe ce dos et ces épaules et pose à nouveau ses lèvres sur la bouche de celle qui, il y a si peu de temps, était sœur Agnès ! Inimaginable ! C'est un baiser chaste, pudique, une sorte de pacte entre eux !

– J'attendrai les formalités, je t'attendrai.

Ce tutoiement subit et spontané ne gêne pas Agnieszka, parce que la vive et impétueuse Margarita l'utilisait tout le temps.

– Il s'agit maintenant de se marier, tu veux bien ?

Elle sourit en rougissant.

– Oui.

– Civilement pour le moment. Le mariage religieux entraînerait que tu obtiennes l'autorisation de… quitter l'ordre dans lequel tu es entrée.

– J'y suis entrée, j'étais mineure et… influencée par le besoin pressant de mes parents de me caser, rétorque Agnès.

– Tes vœux, quand les as-tu faits ?

– Euh… j'avais dix-sept, puis dix-neuf ans… mais… ce n'était pas les vœux définitifs.

– Tu comprends ? Un mariage religieux, je le veux moi aussi, bien sûr, mais il risque de n'avoir lieu que dans… (Il n'ose pas avancer le nombre d'années qu'il suppose.) Le temps que les autorités religieuses te délient de tes vœux.

Agnès alors pleure… Il ne l'avait jamais vue pleurer !

– Allons, allons, Agnès, courage ! Nous allons nous marier civilement bientôt.

Mais le bientôt que Louis imaginait ne se produit pas ! Arrivés à la mairie pour les démarches en vue de leur mariage et munis de deux extraits de naissance qu'Irena a pu obtenir et envoyer par courrier, l'officier d'état civil lui rit presque au nez.

« Mon Dieu ! se dit Louis, qui naturellement ne comprend pas le polonais. Il n'y est pas fait mention, j'espère, qu'elle est religieuse ! Agnès a lu ce papier officiel, cela ne lui aurait pas échappé ! »

– Vous voulez épouser une étrangère, cela ne se fait pas comme ça, cher monsieur…

– Que vous faut-il alors ?

– À moi, rien, rétorque le fonctionnaire d'un ton grincheux, mais la loi exige son passeport.

En rentrant, Louis interroge aussitôt Agnieszka :

– Où est ton passeport ?

– Mon Dieu ! s'écrie Agnès en pâlissant. C'est la mère assistante qui les détient tous !

– Mais où ?

– Dans son bureau.

– Bon ! Écris et demande-le.

– Oh, mère Ferreau ne voudra pas le rendre ! De plus, elle saurait où j'habite !

– Non ! On mettra une adresse en poste restante, et pas à Poitiers, mais par exemple à Bordeaux, où j'ai mes fournisseurs.

Le plan semble bon. Cependant, ils ne reçoivent aucune réponse du couvent. Nul doute que l'instance supérieure religieuse considère qu'elle n'a pas à envoyer le passeport sans preuve, ce qui après tout est défendable. Louis cherche comment se sortir de cette impasse. Certains passeraient outre, vivraient ensemble tout simplement. Pour Agnès, c'est impensable, et Louis respecte ses scrupules. D'ailleurs, lui-même désire être légalement marié. Que faire ?

XIII

Contretemps

LOUIS A UN AMI SÉRIEUX, fiable, catholique comme la majorité des Français. Il se confiera à lui.

Un soir, il le prie de venir à son atelier tandis qu'Agnès, qui loge toujours chez Mme Monnier, n'est pas là. Louis doit lui expliquer toute l'histoire qui commence comme un roman de gare. Robert, assis sur un coin de l'établi, détaille l'atelier modèle de Louis.

« Louis, pense Robert, est un homme minutieux, méthodique, équilibré ; il n'y a qu'à observer son atelier pour en être persuadé. Alors, quel peut être son problème ? »

Robert sort une cigarette d'un paquet bien froissé et attend les explications de Louis.

– C'était l'an dernier, quand j'ai repris la clientèle d'Alexis Grenier, mon ancien patron. On m'a demandé plusieurs fois d'intervenir au couvent des religieuses cloîtrées pour des petites réparations : fuites des radiateurs, du chauffage, il suffisait de les vidanger ; compteur électrique du débit d'eau, etc. Bref, la routine, mais ces femmes seules ont parfois du mal à se débrouiller. De plus, c'est aussi une école secondaire, c'est un lycée.

Cet ordre est comme celui des moines ; d'un côté, il y a les mères, supérieure, économe ou enseignantes ; de l'autre, les sœurs converses cuisinières, femmes de ménage, lingères. Celles-ci sont recrutées dans des pays pauvres : Portugal, Espagne et Pologne, des pays catholiques.

Robert l'écoute, un peu interloqué par ce long préambule.

– Où veux-tu en venir, Louis ?

Il allume une seconde cigarette.

– Donc, après une ou deux réparations rapides, la mère économe m'a proposé que je devienne leur réparateur attitré en plomberie, chauffage, entretien des machines de toutes sortes. Bien sûr, ces femmes seules ont en réalité deux hommes à leur service ! (Louis rit de sa plaisanterie.) L'aumônier du couvent, vieux et sourd, célèbre la messe chaque matin et entend les confessions.

– Je me demande ce qu'elles ont à confesser, ces pauvres bonnes sœurs ! intervient Robert en écrasant son mégot.

– Il y a aussi, reprend Louis, le fermier, un homme qui s'occupe du potager et du verger, taille les arbres, cueille les fruits. C'est un homme d'une cinquantaine d'années qui rentre chez lui tous les soirs.

– Dis donc, tu me fais languir ! proteste Robert en souriant.

– C'est que je tiens à ce que tu comprennes l'enchaînement des événements.

– Vas-y !

– Donc j'ai continué les petites réparations, mais un jour un gros pépin à un chauffe-eau au premier étage, à côté de la lingerie, m'a obligé à demander de l'aide, et la mère assistante a appelé une jeune religieuse qu'elle jugeait capable de m'aider.

Robert, qui semblait somnoler durant ce long récit, se réveille et repousse sa casquette comme pour mieux écouter.

– J'ai vu arriver une fille, enfin une bonne sœur, qui travaillait tout à côté, dans leur lingerie. Elle m'a écouté avec intelligence, a grimpé sur un escabeau pour placer la pièce pendant que je soulevais l'engin. Précise, adroite, rapide, je lui en ai fait compliment en lui disant : « Vous pourriez être mécanicien. » « Mon frère l'est », a-t-elle répondu aussitôt. « Où ça ? » Je m'attendais à un endroit en France. « En Pologne. » « Ah, pourquoi ? » ai-je demandé avec étourderie. Elle a ri : « Parce qu'il est polonais, je suis polonaise ! » C'est alors que j'ai remarqué son teint, ses yeux d'un bleu très vif et, malgré la cornette, un peu de ses cheveux blonds.

– Dis donc, Louis, tu ne vas pas me dire que tu l'as enlevée ? Ce serait un gros péché...

– Attends ! Donc, à chaque fois que j'avais besoin d'aide, la mère assistante m'envoyait cette jeune religieuse.

– Tu as eu beaucoup d'interventions ? plaisante Robert.

– Pas mal. Nous avons fait connaissance, elle m'a dit son nom, m'a parlé de sa famille, nous avons sympathisé... Une fille sans manières, très appliquée et minutieuse dans son métier de lingère, et en même temps forte et solide, capable de m'aider à soulever des bacs en pierre ou des radiateurs en fonte sans rechigner. Je me suis mis à l'admirer, l'estimer.

– Et puis tomber amoureux, non ?

– Si !

Louis baisse la tête sur ses souvenirs. Tomber amoureux d'une religieuse, c'est dément ! Robert se dit « Louis est impossible ! D'abord, il est amoureux d'une fille facile, et maintenant il s'éprend d'une bonne sœur ! »

– Bon, où est ton problème ? Mon vieux, que veux-tu faire avec une bonne sœur ? Oublie-la !

– Attends ! Un jour, Agnès, c'est son nom, a débarqué ici ! Je lui avais donné mon adresse, elle venait de quitter le couvent sans autorisation.

– Ah, dis donc ! s'exclame Robert avant de siffler – de surprise ou d'admiration ? – Elle a fait le mur ? Tu l'as ramenée dans son couvent, j'espère !

– Non, elle loge chez ma voisine, cette brave Mme Monnier que tu connais.

– Qu'as-tu l'intention de faire ?

– L'épouser !

– Mais on n'épouse pas une religieuse ! rétorque immédiatement Robert. Il faudrait qu'elle soit libérée de ses engagements religieux.

– C'est là le problème ! Tiens, viens chez moi, je vais te la présenter.

On sent un Louis anxieux et pourtant déterminé.

La maison jouxte l'atelier.

Louis fait asseoir son copain, lui sert à boire.

– Je vais chercher Agnès, elle est chez Mme Monnier, c'est la porte à côté.

Robert voit entrer une très jeune fille, mince et blonde, sobrement habillée, son maintien est réservé, mais ses yeux très bleus ont un air à la fois doux et intelligent.

Robert se lève, lui donne une poignée de main, à laquelle on voit qu'elle n'est pas habituée. Louis s'est contenté de vaguement faire les présentations :

– Agnès, mon ami Robert.

Ils sont assis tous les trois sans trop savoir quoi se dire. Louis se lève.

– Tu restes dîner, Robert ?

Robert sent que Louis ne le propose pas mais le lui demande comme un service.

– Je passe un coup de fil à Nicole pour qu'elle ne m'attende pas.

Cette religieuse s'est levée, elle aussi, et sans parler se dirige vers la cuisinière, fait réchauffer un plat puis pose une nappe et met le couvert.

Robert remarque que la pièce, habituellement propre, est étincelante. La table a été disposée autrement, un peu dans l'angle de la fenêtre. C'est plus intime et, sur le bord de la fenêtre, il y a un pot de jacinthes. La touche féminine ? D'ailleurs, cette sœur Agnès a l'air bien habituée déjà à la maisonnée. Elle se dirige sans hésitation vers un placard d'où elle sort un pichet et, dans le tiroir en dessous, des serviettes de table bien pliées qu'elle met à gauche des assiettes. « Le copain Louis a un cordon-bleu », pense Robert quand il goûte au plat qu'Agnès a apporté : de la viande, du bœuf probablement mijoté mais étrangement accompagné d'une sauce sucrée, et c'est bon !

– Veux-tu du vin ? demande Louis à Agnès en hésitant avant de s'apprêter à servir Robert.

– Un peu, merci.

« Le tutoiement, déjà ! pense Robert. Il n'a pas perdu de temps ! »

Grâce au plat, au vin, à l'amitié, le dîner est l'occasion de confier tous leurs soucis et leurs embarras devant une situation qu'ils n'avaient pas prévue et qui semble sans issue.

En raccompagnant son ami jusqu'à sa voiture, Louis est songeur, et Robert hésite à formuler sa pensée.

– Non, non, lui dit Louis, je ne l'ai pas mise dans mon lit, si tu veux tout savoir !

Robert songe à la pulpeuse Magali qu'il n'aimait guère… Il veut exprimer son approbation :

– Elle est bien, cette fille ! Elle a l'air sage…

Louis hausse les épaules.

– Bien sûr, le plus tôt sera le mieux pour le mariage. Tu sais, je n'en suis pas encore revenu. Quand elle est arrivée ici, j'ai dû en faire une tête !

– Elle s'est sauvée comme ça ?

– Oui !

– Pourquoi en réalité ?

– Parce qu'elle a compris qu'elle n'avait plus la vocation.

– À cause de quoi ?

– Peut-être de moi, je suppose, répond Louis simplement. Mais, tu sais, une autre religieuse est partie en même temps qu'elle. Il ajoute : Elle est très croyante, très fervente...

Robert réfléchit et finit par dire :

– Cela n'empêche pas ; on commence a en voir, des prêtres qui sont mariés – civilement, bien sûr – et vont à la messe tous les dimanches. Ils espèrent qu'un jour l'Église catholique reviendra sur sa décision du célibat pour les prêtres ! Il paraît que cette obligation de célibat ne date que du XIIe siècle, pour éviter que les enfants d'évêques et de prêtres héritent de leurs charges ! C'est ce que m'a dit M. Simonnet, pour qui j'ai construit cette belle maison, l'an dernier. Il est professeur d'histoire.

XIV

Confrontations

En attendant, pour qu'ils se marient, il faut récupérer le passeport.

Un jour, rue des Cordeliers, en plein centre de Poitiers, Louis rencontre Daniel Vincent, un camarade d'école communale devenu maire de leur pays natal, Saint-Benoît. Louis lui annonce ses fiançailles avec une étrangère.

– Une étrangère ! Ah oui, il me faut son passeport, c'est la loi !

Un soir, Robert revient en trombe dans l'atelier de Louis.

– J'ai une idée ! Risquée, culottée, mais c'est votre seule solution. Assieds-toi et ne bronche pas !

– Comment veux-tu t'y prendre ? interroge Louis.

– Pas moi ! C'est toi qui t'y prendras.

Et il rit d'un air rusé.

Louis hausse les épaules.

– Écoute-moi ! Tu es le plombier attitré du couvent ?

– Oui, mais je n'y suis pas retourné, on n'a pas eu besoin de moi pour le moment… Tu vois !

– Personne ne sait que tu héberges sœur Agnès ?

– Je ne l'héberge pas, elle dort chez la voisine.

– Oh, ne sois pas susceptible !

– Le couvent probablement la croit en Pologne, c'était son intention d'y retourner. Elle y a toute sa famille.

– Et la bonne sœur qui s'est enfuie en même temps qu'elle ?

– Elle a regagné son pays, l'Espagne. Son fiancé est venu la chercher.

– Tu connais bien le couvent ?

– Comme ma poche, pourquoi ?

– Parce que tu vas voler le passeport.

Louis se tait longtemps, semble stupéfait.

– C'est une idée folle ! déclare-t-il lentement.

– Une idée pas si folle que ça, quand on y réfléchit, parce que tout à fait faisable, déclare Robert. Il continue : Sœur Agnès a dit que les passeports étaient dans le bureau d'une religieuse. Tu sais où est le bureau ?

– Oui, mais... je ne sais pas si elle ferme la porte !

– Il faut qu'on demande à sœur Agnès !

– Ce serait cambrioler une pièce officielle, proteste Louis.

– Injustement détenue par quelqu'un à qui cette pièce n'appartient pas, réplique Robert.

– C'est vrai ! reconnaît Louis.

Agnès appelée, au lieu d'être effrayée par l'audace de ce projet, saute presque de joie. « Mon Dieu, qu'elle est jolie ! découvre Robert. Quand elle s'anime, avec ses cheveux blonds et ses yeux si bleus, c'est une beauté ! »

Agnès est catégorique :

– Les passeports sont dans le bureau de mère Ferreau mais, c'est une règle au couvent, les portes ne sont jamais fermées. Par contre, les passeports sont sûrement dans un meuble qui l'est.

Autre question cruciale :

– Quand la mère assistante est-elle absente de son bureau ? demande Louis.

– Quand elle va à la messe.

– À quelle heure ?

– La messe est à 7 heures le matin, le salut à 6 heures du soir.

– Et puis, il faut attendre que le couvent me demande.

– Pas forcément, fait Agnès d'une voix claire. Peut-être que tu veux faire une… vérification ?

« Mutine, audacieuse la petite nonne ! » se dit Robert qui déclare :

– J'approuve sœur Agnès ! Bravo !

– Et si j'entrais par la ferme ?

– La ferme ? répète Robert.

– Leur verger donne sur le boulevard et la porte dans le mur est laissée ouverte…

Agnès fait signe que non.

– La porte est probablement fermée à présent.

– Tu penses que les religieuses ont trouvé par où vous aviez fui ?

– C'était le seul endroit possible !

Et Agnès lance un regard presque malicieux.

Robert comprend à demi-mot : non seulement cette jeune religieuse à l'air si sage a quitté son couvent, mais encore elle a organisé sa propre évasion et celle d'une autre. Cependant, il ne pose pas de questions indiscrètes, malgré sa grande envie d'en savoir plus !

Pas banale, la future femme de Louis… si… si toutefois ils réussissent à se marier !

Suivant les conseils de Robert, Louis a donc prétendu qu'il avait besoin d'effectuer une vérification générale de l'installation.

– J'ai besoin de constater si tout ce qui dépendait de mon installation est en bon état de marche.

Mère Vivien, la mère économe, répond :

– Bon ! Monsieur Darroux, je désire réfléchir à votre proposition… Revenez demain, j'en aurai conféré avec ma mère supérieure.

– La semaine prochaine, ma mère, car… je suis retenu tous les jours de cette semaine.

Lorsqu'il revient, huit jours après, ce n'est pas mère Vivien mais mère Ferreau, qu'il connaît à peine, qui l'attend de pied ferme. Il fait mine de scruter les radiateurs et le chauffe-eau du premier étage.

– Que cherchez-vous ici, monsieur Darroux ?

La question est directe, le ton abrupt, le regard inquisiteur. Louis, pensant à Agnès, doit absolument convaincre.

– Le contrat de garantie implique que je dois vérifier le bon fonctionnement des appareils que j'ai réparés.

– Bon, bien.

Elle semble accepter ses explications, son ton est plus amène.

– Monsieur Darroux… où allons-nous à présent ?

– Au rez-de-chaussée, ma mère, dans les salles d'étude et dans les bureaux.

Mère Ferreau l'observe.

– Dans mon bureau aussi par conséquent ?

– Oui, ma mère, avec votre permission.

Elle lui emboîte le pas, il lui sera donc impossible de voler ce maudit passeport ! Alors, pour provoquer une panne, Louis travaille subrepticement sur une redistribution entre bureaux et salle d'étude, comme ça, dans quelques jours, on le rappellera !

Et puis, parce que cela ne serait pas normal, il prend un ton dégagé, innocent :

– Sœur Agnès n'est pas là ? Elle m'aide habituellement.

Mon Dieu, que c'est difficile de soutenir le regard incisif de cette mère Ferreau qui le transperce presque !

– Elle n'est pas malade au moins ?

– Dans notre ordre, monsieur Darroux, nous religieuses sommes appelées à changer de couvent, c'est la règle.

– Ah bon, ah oui !...

Mère Ferreau est enchantée de sa réponse, elle n'a en rien menti ! Tout ce qu'elle a dit est la stricte vérité.

Bon ! Louis fait mine de vérifier le radiateur dans le bureau de cette redoutable bonne sœur. Contre le mur droit, il y a un placard et, contre le mur de gauche, le bureau avec des tiroirs. C'est là que sont les passeports, évidemment, et sans passeport ils ne pourront pas se marier !

Dix jours après, on le rappelle.

– Inexplicablement, au rez-de-chaussée, entre les salles d'étude et les deux bureaux à côté, la distribution d'eau dans les radiateurs se fait mal. Monsieur Darroux, on ne peut pas se passer de vous ! s'exclame mère Vivien. Vous connaissez le chemin, mère Ferreau ne peut pas vous accompagner aujourd'hui.

La voie est ouverte ! Avant de débloquer la vanne, Louis va tout droit au bureau. Alors, comme la porte ne comporte en effet pas de clef, il pousse le bureau contre la porte pour la bloquer et se rue sur les tiroirs qu'il fouille méthodiquement : boîtes, carnets, cahiers neufs, chapelets, quelques manuels scolaires, il n'y a rien ! Tiens ! L'un ne peut pas s'ouvrir, il est fermé à clef !

Il remet le bureau en place, sort dans le couloir rétablir la circulation d'eau, et il croise mère Ferreau. Il la salue, il jurerait qu'il a détecté dans les yeux de cette bonne sœur un éclair d'amusement hautain. Pas étonnant que cette détestable religieuse ait causé l'abandon de deux vocations !

En attendant, à moins d'emporter le meuble avec lui, il est impossible de récupérer les passeports. Échec total ! Quand donc pourront-ils se marier ?

* *
*

Échec total ! Tous les trois sont effondrés.

– Ce qui est le plus consternant est de penser que ce passeport est ta propriété, Agnès !

– Bon, mes enfants, réfléchit Robert à haute voix, j'ai une idée !

– Encore ? dit la voix mutine d'Agnès.

Louis jette un regard désabusé à son copain qui ne se démonte pas.

– Tout simplement, sœur Agnès, réclamez votre bien par la voie la plus légale, et en personne !

– C'est impossible, disent ensemble Agnès et Louis.

Robert, dans sa fureur, lance :

– Mais bon Dieu ! On n'est pas condamné dans ce pays parce qu'on a quitté le couvent ! On est libre de ses opinions. Vous y allez, vous demandez votre passeport, point final !

– Oh, elles me garderaient ! s'écrie Agnès, effrayée en faisant non de la tête.

– Allons donc !

– Bien sûr ! répondent Agnès et Louis ensemble.

– Alors, je vais rameuter un gendarme, un ami ! Et je vous accompagnerai, sœur Agnès ! Les religieuses seront bien obligées de vous restituer votre document !

* *
*

Le capitaine de gendarmerie Renoud, Agnès et Robert entrent avec lenteur dans le salon où on les invite à attendre la mère supérieure. Ils avaient pris la peine de téléphoner pour demander une entrevue. Le gendarme et Robert encadrent une Agnès tremblante et positivement effrayée que, pour un motif ou un autre, on l'oblige à réintégrer la communauté. La mère supérieure écoute avec attention.

Agnieszka se retrouve dans ce cadre familier. Elle se revoit jeune novice puis jeune religieuse. Elle est terriblement émue. Revenir dans ce couvent, c'est aussi songer à des années de calme, de paix, d'une forme de joie grave distillée par les murs austères et concrétisée par la présence de la mère supérieure.

Mais voyant qu'il s'agit d'une sœur converse, la supérieure appelle mère Ferreau, qui en a la responsabilité. Agnès pâlit et se ratatine sur sa chaise.

– Ah, vous voilà, sœur Agnès ! Votre conduite a été un scandale pour toutes nos sœurs ! Nous vous avons cherchée partout, nous avons dû prévenir vos parents… Où étiez-vous ?

Robert s'interpose aussitôt, il a peur qu'Agnès craque.

– Cela ne vous concerne pas !

– Qui êtes-vous, monsieur ?

– Monsieur Guillet, et voici un ami, capitaine de gendarmerie de la première division de Poitiers.

– Vous vous êtes sauvée, misérable, jetant le discrédit sur toute la communauté ! Que voulez-vous ?

– Mon passeport, ma mère !

– Il n'en est pas question !

Mère Ferreau se tourne vers le gendarme.

– Qui vous a convoqué ?

– Mon ami, Robert Guillet, parce que sœur Agnès, dont vous avez toutes les deux reconnu l'identité, désire récupérer son passeport.

Mère Ferreau réplique qu'elle l'a renvoyé en Pologne. Cependant, la mère supérieure fronce les sourcils, semble réfléchir, puis se tourne vers elle, l'ordre est net, bref.

– Ma mère, allez chercher le passeport de sœur Agnès, je vous prie.

Lorsqu'elle l'apporte, le gendarme Renoud vérifie le document et fournit un reçu.

Avec le passeport, on lui remet une enveloppe contenant l'argent qu'Agnès avait en arrivant en France, augmenté de ce que le couvent verse normalement aux sœurs.

Les comptes sont scrupuleusement tenus et rendus.

La mère supérieure a regardé Agnès avec douceur mais en formulant d'inévitables reproches :

– Vous pouviez douter de votre vocation, mais vous n'auriez pas dû vous sauver comme une voleuse. Puis elle ajoute : N'oubliez jamais que le Christ est avec vous.

Et tandis qu'Agnès est en larmes, la religieuse alors esquisse sur son front le signe de la croix...

* *
*

– Une femme remarquable ! Elle vous a bénie, sœur Agnès, commente Robert.

Malgré la perspective de son mariage proche, Agnès reste marquée par cette confrontation.

– La mère supérieure m'a montré tout ce que j'ai perdu en m'échappant et que je ne pourrai jamais oublier !

C'est Robert qui la sort de ce marasme.

– Agnès ! dit-il rudement. Ce n'est pas le moment de laisser tomber Louis !

Tiens, c'est la première fois qu'il l'appelle Agnès !

XV

Doutes

À PRÉSENT QUE LOUIS est assuré d'épouser bientôt Agnès et que les démarches nécessaires sont bien entamées à la mairie de Saint-Benoît, il s'agit d'aller présenter sa fiancée à ses sœurs. Il lui explique sa famille :

– Claudine, l'aînée, habite Châtellerault. La cadette, Martine, celle avec qui je partage le plus de souvenirs, vit à Loudun, dans le nord du département. Toutes les deux disent qu'elles veulent faire ta connaissance avant le jour de nos noces !

Il y a combien d'années qu'elle n'est pas montée dans une voiture pour un véritable trajet ? Bien sûr, Louis l'avait emmenée à Saint-Benoît, mais cela n'avait duré que dix minutes. En Pologne, elle était montée une ou deux fois dans l'auto de ses voisins. Son père n'avait qu'un camion, celui que lui et Josef utilisaient pour se rendre sur les chantiers. Et puis Mgr Michal l'avait conduite à Posen… comme c'était vieux !

Dans cet espace restreint, il lui semble que le paysage, les rues, les maisons puis la grand-route, les champs, les arbres défilent trop vite, tout se précipite, elle se sent étourdie…

– Ça va, Agnès ?

Louis lui jette un coup d'œil. Peut-être n'a-t-elle pas envie de faire la connaissance de sa famille.

– Oui.

– Il y a longtemps que tu n'as pas voyagé en voiture, c'est ça ?

– Cela fait quatre ans.

« Mon Dieu ! » pense-t-il.

– Et le voyage jusqu'à Poitiers ?

– En train.

Bon, tout s'explique ; son silence, son attitude, quatre ans cloîtrée... C'est comme si on sortait quelqu'un après un long séjour à l'hôpital.

– Tu n'as rien à craindre... mais je comprends, manque d'habitude. Je peux m'arrêter, si tu veux.

– Non, non, continue.

Mais il s'arrête peu après et la fait descendre, respirer et marcher.

« Châtellerault ne ressemble pas du tout à Poitiers », observe Agnieszka. Les maisons sont coiffées d'ardoises, les rues moins pittoresques, moins d'églises aussi. Le centre très animé et bruyant lui fait tourner la tête. En revanche, elle admire une rivière beaucoup plus large que le Clain.

– C'est la Vienne, explique Louis. Elle se jette dans un de nos fleuves, la Loire.

Après lui avoir aussi montré la ville, ils vont chez Claudine et Jacques qui les accueillent avec une profusion d'attentions : nappe à fleurs, verres à pied, beaucoup de plats, beaucoup de vins. Agnès étouffe un peu mais, prudente, parle peu, car avec Louis ils sont convenus de ne pas dévoiler son récent passé de religieuse.

– Ce serait trop compliqué, a déclaré Louis.

Alors, Agnès, craignant d'éventuelles gaffes, reste figée, tandis que Claudine et Jacques lui posent beaucoup de questions, trop de questions ! Ils sont étonnés que Louis leur présente cette grande fille blonde, effacée et timide, si différente de la pimpante Magali avec qui ils bavardaient et riaient si facilement.

Le soir, après leur départ, Jacques donne son avis :

– Jolie fille, mais godiche…

– Alors, tu viens de Lille ? Mais tu n'as pas l'accent du Nord !

– Non, s'empresse d'expliquer Louis, sa famille est polonaise.

– Où es-tu allée à l'école ? continue Jacques. Je connais Lille, j'y fais des tournées, je suis représentant.

Agnès est tendue, hésitante. Quoi dire ? Ses réponses se contredisent.

Leurs deux enfants sont gentils mais très bruyants et entreprenants. Ils veulent jouer avec Agnès à des jeux de société qu'elle ignore absolument. Elle est si étrangère à cette vie, Louis est un peu désemparé !

La journée enfin terminée, ils rentrent. Louis conduit lentement, se disant que, dimanche prochain, il faudra remettre ça. Trajet éprouvant pour Agnès et pensum de présentation à la deuxième sœur.

En revanche, chez Martine et Thierry, à côté de Loudun, Agnès se sent en sympathie avec ces grands arpents de terre et ces plateaux qui s'étagent harmonieusement vers un ciel plus vaste, de solides bâtiments rectangulaires et, de loin en loin, quelques bois de pins qui lui font penser à sa Pologne natale. Elle regarde cette nature plaisante et commence à s'habituer à être emmenée en voiture.

Les enfants sont mignons et espiègles. Agnès se détend jusqu'au moment où Thierry – intuition, observation ? – se doute que cette jeune fille ne connaît ni le nord de la France, d'où Louis prétend qu'elle vient, ni d'ailleurs les événements récents ! Il y a un vide entre ses souvenirs d'enfance en Pologne, dont elle parle volontiers, et sa rencontre avec Louis ! D'où vient elle ? Qui est-elle ?

Thierry en discute avec Martine que ce semblant de mystère passionne tellement qu'elle prend Louis à part et lui pose carrément la question. Après tout, c'est son petit frère. Elle commence sans préambule :

– Agnès est sympathique et très jolie.

Louis acquiesce d'un air ravi

– Mais d'où la sors-tu ? Très jolie mais pas… moderne !

Martine songe à Magali, que d'ailleurs elle n'aimait pas tellement. Agnès est son absolu opposé ! Cependant, par affection fraternelle, elle ne parle pas de cette expérience passée. À l'époque, Louis avait été très malheureux. Elle répète :

– Enfin, je la trouve charmante et sympathique, mais on dirait une bonne sœur !

Louis bafouille pour fournir une explication valable :

– Elle a été lingère dans un couvent de religieuses polonaises dans le Nord.

Décidément, ces deux dimanches chez ses sœurs n'ont pas été convaincants ! Louis en est plus affecté qu'il ne l'aurait cru ! Il tenait tellement à montrer « sa vedette », cette fille qui, elle, ne le trahirait pas. De son côté, Agnès s'est sentie tellement loin de ses futures belles-sœurs, des femmes installées depuis tant d'années dans leur vie de couple, avec mari et enfants, habitant dans leur ville ou leur bourg, n'ayant aucune idée de devoir s'acclimater à la vie civile ; oh ! elles se sont montrées très gentilles ; d'ailleurs, Agnès est surprise que Louis ait des sœurs qui lui ressemblent si peu mais elle est soulagée, ces visites protocolaires sont achevées ! Louis, au contraire, reste contrarié. Contrecoup des efforts fournis pour compenser l'attitude d'Agnès. Il a tellement voulu présenter sa fiancée sous son meilleur jour, alors qu'elle a été morne et empesée !

Les jours suivants, un embarras s'installe entre eux. Agnès le ressent si fortement qu'elle l'exprime nettement :

– Louis, depuis notre visite chez tes sœurs, tu n'es pas satisfait ! Tu aurais voulu peut-être que je cause et que je rie, que je… m'intègre ? Comment veux-tu ? Il y a trois mois, j'étais encore au couvent ! Je suis ta fiancée parce que tu l'as voulu ! J'ai du mal à me couler dans ce monde contemporain, et je viens de trois ans de cloître… Agnès termine d'un ton résigné : Je crois que je ne te conviens pas !

Elle s'est levée et se tient droite devant lui. Comme elle est jolie dans sa révolte ou son chagrin ! Ses yeux sont devenus d'un bleu presque dur. Louis est confus, il veut s'expliquer, mais elle est partie chez Mme Monnier sans rechercher ce soir leurs habituelles effusions !

Le lendemain, un chantier pressant que Louis avait repoussé le rappelle. Il saisit l'occasion qui se présente.

– Agnès, je vais partir quelques jours.

Elle lui jette un coup d'œil circonspect.

– Quelques jours seulement, un chantier important à Angoulême que j'avais remis à plus tard, ne te tracasse pas ! Mme Monnier est là. Dans la journée, tu peux rester ici ou être en sa compagnie.

Il a besoin de réfléchir, de faire une pause. S'amouracher d'une religieuse ? Elle s'est montrée si raide, si empruntée chez ses sœurs ! On est loin de la jeune religieuse pleine d'enjouement et de ressources… Il est déçu, il se l'avoue.

Elle n'a pas plu à Claudine, c'est certain. Tant pis ! Mais même Martine, plus ouverte, a été décontenancée par son choix. A-t-il raison de vouloir l'épouser ?… Elle ne s'adaptera jamais à la vie moderne, une bonne sœur reste une bonne sœur. Décidément, il est malchanceux dans ses choix amoureux… Il vaut mieux arrêter ce projet, il achètera son billet pour Varsovie, l'aidera tant qu'il pourra, mais c'est tout.

À quoi bon avoir surmonté toutes ces difficultés administratives et récupéré le passeport ? Tout semble s'effondrer. Agnès n'est plus celle qu'il a connue au couvent !

Ce sera la fin de cette ébauche d'idylle, trop vite décidée, impossible entre lui, jeune homme déçu, devenu un peu vieux garçon, et une religieuse défroquée. Non ! Cet avenir est inenvisageable.

Il est parti, la maison est vide et le jardin aussi. Le moindre bruit fait sursauter Agnès, la moindre ombre aperçue par la croisée la dérange. Après deux jours de silence, elle sent qu'elle n'en peut plus. Ses pensées sont un manège diabolique, il faut qu'elle sorte, elle se sent inutile, déphasée...

Elle va se rendre à la cathédrale. Prier, oui, se remettre entre les mains de Dieu. Elle a déçu cet homme qui l'aimait, pour qui au fond elle a trahi ses vœux...

La haute cathédrale sévère et froide est chaude à son cœur affolé qui s'apaise. Quelques personnes prient, silhouettes immobiles, figées dans leur ferveur. Un homme s'en va allumer un cierge et chuchote à un enfant à côté de lui qui l'écoute attentivement puis soudain explose la majesté de l'orgue qui emplit le vaste édifice. Est-ce une répétition, un entraînement avant une cérémonie importante ? Agnès ne le sait pas. Les sons éclatent, s'enchaînent. Un thème revient dans cette multiple abondance, cela l'exalte et apaise son angoisse.

Elle se relève, rentre d'un pas posé. Demain ou les jours suivants, quand Louis reviendra, elle obéira à ce qu'il faudra bien décider ! Si leur mariage devait être une erreur, elle accepterait son sort... Elle revoit cet homme auprès des cierges et l'enfant, avec son visage innocent et ravi, dans la lueur diffuse des flammes ; Dieu était là, dans la cathédrale, présent, palpable. Elle se conformera à Ses commandements. Probablement, la vie conjugale avec Louis n'aura pas lieu, alors elle rejoindra sa patrie et se consacrera aux siens.

Elle resonge à l'accueil de Louis lorsqu'elle s'est sauvée, aux efforts qu'il a dû fournir pour s'adapter à la religieuse qu'elle était, et est encore, à sa situation impossible de nonne défroquée, et lui, en homme intègre, attiré par elle, a montré réserve, patience, retenue. Et elle, qu'a-t-elle fait en retour ? L'embarrasser, compliquer son existence ! Elle se sent inutile et fautive, elle est une charge pour lui. Alors, elle réunit chez Mme Monnier le peu d'habits qu'elle possède, qui pour la plupart ont été offerts par Louis, mais elle se résigne et prépare son départ. Elle a envie de pleurer.

* *
*

Louis erre dans les rues ventées de la capitale charentaise, perchée sur son piton, entre ses anciens remparts et la cathédrale dont l'architecture est quasiment orientale avec son dôme. Poitiers lui manque, avec ses rues si semblables pourtant à celles-ci, mais dont les nombreuses églises romanes, Notre-Dame, Saint-Porchaire, Saint-Hilaire et, plus près de chez eux, Montierneuf ou bien Sainte-Radegonde, sont autant de repères de piété et de gaieté comme des visages amis qui scandent ses allées et venues dans son métier.

Il a effectué son travail avec ses compétence et conscience professionnelle habituelles, un chantier important dans un établissement public qui ne le paiera que dans plusieurs mois étant donné la paperasse de l'administration. Tant pis ! C'est pour lui l'occasion d'une pause, un moment de retrait, de réflexion sur lui et sur l'avenir du couple qu'il envisageait avec cette religieuse… S'ajuster l'un à l'autre s'avère moins facile que prévu. Ce n'est pas la différence d'âge, c'est la différence de leur existence respective de ces dernières années. Pourtant, il l'aime… Pourquoi a-t-il désiré qu'elle s'intègre à l'ambiance familiale chez ses sœurs ? Elle est trop différente.

S'il avait eu le temps d'expliquer, il lui aurait dit :

– Tu crois que je suis comme elles, mais pas tout à fait non plus, et puis elles se sont montrées exubérantes et superficielles, car elles sont contentes pour moi. Pense à ta famille, dans ton souvenir du moins… une famille, c'est toujours compliqué ! À cause de l'affection… malgré l'affection !

Avec Magali, il avait été trop pressé physiquement. Avec Agnès, il est trop pressé qu'elle s'habitue à la vie contemporaine. A-t-il raison de vouloir en faire sa femme ?

Chaque soir, avant d'aller se coucher dans un petit hôtel qui accueille ses collègues ouvriers électricien, plaquiste, menuisier, il se promène dans le centre de cette ville attrayante dont les vitrines des magasins élégants restent éclairées. Rien de spécial ne l'attire. Ah, tiens, si ! Une vitrine de bijoutier : sur du velours bleu, éclairées par une rangée de spots, il admire des bagues qu'il ne pourra jamais offrir… Il remarque aussi la brillance des bijoux en or, colliers, bracelets. En connaisseur, il apprécie la courbure du métal et ces soudures parfaitement invisibles… Tiens, une croix en or suspendue à une lourde chaîne admirable en elle-même.

Une croix pour Agnès. Cadeau d'engagement ou d'adieu ? Il se rappelle celle qu'elle portait sur son habit de religieuse, une banale croix argentée claire contre le noir du tissu sévère. Elle l'avait agrippée lorsqu'il lui avait demandé pourquoi elle était entrée au couvent. Bien sûr, elle l'avait laissée avant de quitter son couvent… Une croix en or serait un vrai bijou et une référence pour elle…

Dans deux jours, le chantier serait terminé. Il faudrait qu'il s'arrange pour se libérer aux heures d'ouverture des magasins.

Le lendemain, à la pause, il demande à un jeune collègue électricien s'il accepterait de le remplacer.

– Ça m'arrangerait, ce sera l'affaire de une heure ou deux… Tu t'y connais en plomberie ?

– Un peu, mais qui fera le boulot à ma place ? rétorque Lionel Penicaut.

– Ben, toi également !

Lionel soulève des sourcils sans répondre. Louis sent qu'il voudrait bien, par simple curiosité, savoir à quoi il passera cette heure ou deux, Lionel est coureur et imagine…

– J'ai vu un bijou que je voudrais offrir à ma… fiancée.

Lionel l'interroge aussitôt :

– Amoureux d'elle ?

– Oui, répond Louis avec simplicité.

– Depuis longtemps ?

– Deux mois.

Lionel siffle et remarque d'un air narquois :

– Tu as quelque chose à te faire pardonner, alors !

Tiens ! Louis remarque que Lionel, qui est de Limoges, a cet accent chantant de l'oc. Agnès, elle aussi, conserve son accent slave, et cela aussi, passagèrement, l'avait gêné chez ses sœurs…

– Va acheter ce bijou pour regagner ses faveurs ! lance Lionel en riant.

* *
*

Louis soupèse l'objet, une forme calculée pour suggérer une croix, avec deux branches courtes et brèves, suspendue à une chaîne. Ce bijou s'appuiera sur la douce peau d'Agnès si tout se passe bien ! Si tout se passe bien… Oh, il ne sait plus ce qu'il doit penser. Alors, un cadeau d'adieu parce qu'ils se sont appréciés, ont sympathisé, se sont aimés à leur façon, cadeau pour lui dire qu'il ne l'oubliera pas, et une croix en souvenir de sa vocation et de ses années de couvent. Oui, c'est bien, c'est la bonne décision. Louis soupire. Son destin décidément est de se tromper dans ses choix matrimoniaux… Ce n'est pas une épouse pour lui.

Il l'a bien constaté chez ses sœurs, elle ne s'adaptait pas à l'ambiance, elle ne s'habitue pas à la vie moderne… Mme Monnier elle-même lui a confessé récemment qu'elle se trompe constamment pour payer au marché, donne trop ou pas assez et a l'air de découvrir les pièces de monnaie !

Louis arrive devant sa maison… Sera-t-elle là ? Pas plus qu'il n'a donné d'adresse où le joindre, il ne l'a pas prévenue de son arrivée… Huit jours déjà qu'il est parti.

Avec sa clef, il ouvre la porte d'entrée… Comme la salle est propre et rangée ! Avec une odeur d'encaustique… Agnès est là, bien sûr, assise près de la porte ouverte sur le jardin… « Comme son air est austère ! pense Louis malgré lui. Mon Dieu, qu'elle est mal habillée ! » Une jupe très longue d'un ton sombre, un pull-over de forme vague, on dirait aussi qu'elle est plus mince que dans son souvenir, trop mince, ses épaules qu'elle a carrées semblent ressortir sous cette laine rêche, son visage est pâle et ses cheveux, qui restent sa parure, sont tirés en un strict chignon…

Louis se souvient des paroles de Martine : « D'où tu l'as sortie ? On dirait une bonne sœur ! » Et c'est vrai ! Malgré ces deux mois de fiançailles, elle semble n'avoir jamais été ni courtisée ni caressée.

Louis s'avance vers elle.

– Me voilà… le chantier d'Angoulême est terminé.

Il ne trouve pas les mots qu'il faudrait pour exprimer émotions, regrets, réflexions. Agnès a lâché son ouvrage. Comme Louis est beau, habillé en homme de ville ! Elle qui était habituée à le voir en bleu de travail, avec ce visage au teint mat et ses cheveux sombres, courts, drus qui bouclent légèrement, elle comprend qu'elle l'aime éperdument, mais elle sait qu'elle l'a déçu ! Trop de différence dans leurs vies passées, elle n'a pas su s'adapter. Louis embrasse ses joues pâles puis va accrocher son imperméable et déposer son sac de voyage dans sa chambre. « Tout aussi impeccable ! » pense-t-il. Il revient dans la salle.

– C'est bien propre ! Tu as travaillé pendant mon absence !

Et il regarde l'armoire qui brille et sent encore la cire.

Agnès pourrait expliquer, raconter, mais elle reste silencieuse. « Elle garde une forme de rancune », se dit-il.

Bon, il est temps de s'expliquer, il fait des efforts sur lui-même.

– Je veux te dire que je regrette mon attitude d'il y a quelques jours. J'exige peut-être trop de toi ! D'un autre côté, nous sommes si différents qu'il vaut peut-être mieux ne pas s'engager.

Elle réplique aussitôt :

– C'est moi qui ai eu tort ! Je me suis jetée à… ta tête en allant chez toi, et tu as fait beaucoup d'efforts pour moi !

C'est un comble ! Elle se croit fautive ! Toujours cette habitude acquise dans le couvent de se culpabiliser !

– Je crois qu'il vaut mieux que je te quitte.

Il l'observe un long moment. Comme ses traits sont tirés et ses joues pâles ! Brusquement, il s'aperçoit qu'il ne supporte pas l'idée qu'elle ne soit plus là le soir, quand il rentre. Il s'entend dire, c'est plus fort que lui :

– Pourtant, je t'aime…

– Moi aussi, murmure-t-elle tout bas comme en se confessant.

Il se souvient alors du cadeau acheté à Angoulême.

– J'ai quelque chose pour toi.

Il fait quelques pas et prend le petit paquet qu'il avait laissé dans la poche de son imperméable.

« Quelque chose pour moi ? pense Agnès. Un légume français que je ne connais pas, ou bien un vêtement trop à la mode que je n'oserai pas porter… »

Non, c'est un petit paquet enrubanné bien présenté comme les Français en ont le secret… Elle ouvre une boîte élégante. Oh ! Malgré la faible lueur du jour finissant, elle voit une croix en or avec quatre branches épaisses, lourdes, magnifiquement façonnées, et une chaîne en or aussi. Elle ne bouge pas, mais dans son regard devenu limpide se glisse la joie d'une enfant qui a rarement reçu des cadeaux.

– Viens, dit-il, mets-la sur toi ! Oh, pas sur ce vilain pull-over, enlève-le !

Agnès obéit et apparaît dans un chemisier blanc aux manches courtes et au col échancré. Il attache la chaîne tandis qu'il sent sous ses doigts la peau douce et satinée d'Agnès, et sous le tissu blanc palpite son cœur, subitement. Comme il a envie d'elle ! Il la regarde longuement, essaie de deviner sous cette fluidité passive la véritable volonté de cette si jeune religieuse.

– Tu envisageais vraiment de partir ?

Elle baisse ses yeux.

– Oui.

– Pourquoi ?

– Tu ne voulais plus de moi…

– Mais je ne veux pas te perdre, je te veux dans ma vie !

XVI

La liberté

AGNÈS NE SAIT PAS DANSER, ne sait plus si elle savait.

– Mais si ! Mais si !

Ils insistent. Robert, sa femme, Nicole, et des amis ont entraîné Louis et Agnès pour fêter le succès de leur mission et le mariage proche.

Ils sont au bord du Clain, en contrebas de la ville et du magnifique parc créé et voulu par un intendant de passage à Poitiers, Paul de La Bourdonnaye, comte de Blossac, qui a laissé son nom au site. Le Clain, mince ruban, ceinture presque Poitiers puis s'élargit et forme une sorte de vasque dans la vallée, l'endroit où les citadins autrefois se ressourçaient dans la nature, où naguère on pouvait se baigner dans la rivière. De nos jours, le site accueille quelques auberges et une guinguette au bord de l'eau. Agnès, à des années-lumière de ces danses du samedi soir et ayant oublié celles de sa lointaine adolescence, se sent terriblement dépaysée, déphasée.

Robert et Nicole dansent avec plaisir. Les amis du couple, Marie-José et Claude, aussi. Lorsque Louis lui propose de s'essayer sur la piste, Agnès a vraiment envie de refuser, elle n'ose pas. Cette fête, cette sortie, c'est pour eux.

Louis danse bien, cela fait bizarre de danser avec lui, elle s'est habituée à sa présence presque constante puisqu'elle tient la maison, fait son ménage et sa cuisine, habituée à être assise à table avec lui, habituée à ses baisers, habituée à prier chaque dimanche avec lui à la cathédrale, mais là Agnès redevient touchante de gaucherie !

– Les pas n'ont pas d'importance, lui dit Louis, laisse-toi aller…

Elle se laisse guider, souple et fine, même une valse ! Elle a pu donner l'illusion qu'elle valsait !

Elle a mis pour la première fois la robe offerte par Louis le jour de sa fuite, une robe avec une jupe en forme et un haut qu'elle trouve trop décolleté d'une couleur ni bleue ni verte qui convient à sa carnation de slave. Quand ils reviennent s'asseoir, elle est applaudie.

– Elle est ravissante dans cette robe ! dit Nicole.

– Ah ! chuchote Robert à Nicole. Si elle est comme ça au lit !

Nicole rit de bon cœur. Louis et Agnès n'auront pas l'explication du fou rire… Ils sont heureux enfin ! Le mariage est dans huit jours !

Louis et Robert ont comploté une surprise. Puisque Agnès avait gardé le numéro de téléphone de sa sœur Irena, Robert et Louis l'ont appelée ! Ça, c'était juste après avoir récupéré le passeport. À eux deux, en s'entraidant, ils ont demandé Irena. Puis, en détachant chaque mot en français, l'ont prévenue et invitée ! Pourvu que les autorités de là-bas acceptent de la laisser sortir de ce pays de l'Est !

Irena, par des lettres d'Agnès, bien sûr, avait appris sa fuite et semblablement des fiançailles avec un Français qu'elle avait rencontré au couvent ! Rencontrer un homme dans un couvent de religieuses cloîtrées, ça, c'est impossible ! Agnès a fait fort ! Irena, jamais prise de court, a déclaré qu'elle essaierait, qu'elle ferait tout pour assister au mariage de sa petite sœur, qu'elle prétexterait une raison majeure, qu'elle soudoierait les officiels…

« Dans les bals populaires, tournent, tournent, tournent aussi. »

Elle est loin des cantiques du couvent qui lui manquent parfois, lorsque ensemble toutes ces voix féminines entonnaient le *Tantum ergo* ou le *Salve Regina,* ces chœurs la transportaient, la confirmaient dans sa foi et son choix. Agnès soupire, déphasée dans ce bal populaire où cependant elle est avec Louis dont la présence la tranquillise, avec Robert et Nicole et leurs amis Marie-José et Claude dont elle voit bien qu'ils s'aiment vraiment aussi ; mais tous ces bruits autour d'elle, ces airs « braillés » plus que chantés, cette musique trop forte envahissent son esprit et la paralysent un peu. Elle a peur de tout mouvement, toute parole…

– Tu danses ?

Un jeune qu'elle ne connaît pas lui parle. Elle jette un coup d'œil à Louis qui lui fait un signe évasif. Elle se lève avec effort. Il faut bien obéir. Elle est vraiment seule dans ce vaste monde ! Ce jeune homme danse, la secoue puis la serre de près. « C'est qu'elle est fichtrement jolie ! » pense-t-il.

– Je ne t'ai jamais vue ici, s'étonne-t-il.

Elle ne lui répond pas, son accent la dévoilerait. Elle se contente de sourire et de danser. Il la prendra pour une muette, une muette peut bien avoir envie de danser ! Ce jeune homme est grand et sec, et brusque dans ses pas de danse. De plus, ses mains sont moites. Agnès étouffe, voudrait se sauver, et la main moite est posée sur son dos ! Il la tutoie, ce qui accroît son malaise. Ouf ! c'est fini. Il la raccompagne mais s'assied à côté d'eux ! Comme cette présence leur pèse un peu, Robert interpelle Louis :

– Tu ne fais pas danser ta fiancée ?

Le jeune homme les regarde d'un air perplexe puis s'en va enfin !

Aussitôt, Agnès reproche à Louis son attitude.

– Qu'est-ce que je fais, moi, si on m'invite ?

– Je ne suis pas ton garde du corps !

Agnès ne comprend pas l'expression.

– Ton surveillant.

Agnès réplique d'un ton véhément :

– Dans mon pays, explique-t-elle, on demande la permission à l'homme du groupe. Tu pouvais dire que non, que tu n'autorisais pas...

– Première querelle d'amoureux, dit Robert à Nicole.

Mais ils n'interviennent pas, ils ne connaissent pas assez la farouche Agnès et savent que Louis avait été affecté par l'échec de ses précédentes fiançailles !

Alors, Louis l'invite à nouveau pour s'expliquer loin des oreilles amies. Agnès hésite et le regarde d'un air où une trace d'incompréhension demeure...

Il la tient tendrement, c'est un slow, il met sa main sur le cou d'Agnès.

– Tu es libre, Agnès, tu n'es pas ma propriété !

– Mais si, justement je suis à toi !

– Oui, oui, mais si tu voulais danser ou parler avec un autre, je ne t'en empêcherais pas, tu comprends ?

Et il esquisse une caresse sur la nuque d'Agnès qui se raidit.

– Non, je ne comprends pas ! réplique farouchement Agnès. Tu pouvais expliquer que j'étais... à toi.

Louis soupire un peu. C'est d'avoir été tellement jaloux et exclusif qu'autrefois il avait perdu Magali... Par réaction, elle s'était précipitée dans les bras de l'ami, peut-être parce qu'elle s'était sentie ligotée, entravée par lui ! Il était trop possessif ! À présent, voilà qu'on lui reproche le contraire !

– J'étais très jeune quand... je me suis fiancé, et j'étais très possessif... trop possessif.

Agnès écoute.

– Très possessif, trop possessif, alors je suis devenu tolérant…

« Tolérant, ça veut dire quoi ? »

Agnès fronce les sourcils, son regard un instant égaré dans la déception… comme s'il l'avait abandonnée !

– Agnès, pardonne-moi, je réalise que toutes ces années, cloîtrée loin du monde, tu n'as plus l'habitude…

– Moi, j'ai besoin qu'on me protège. J'ai été obligée de danser avec cet inconnu, tu aurais pu l'éviter.

– Mais pourquoi ?

Retranchée du monde depuis si longtemps, Agnès s'est sentie brusquement livrée à tous, aux regards admiratifs, aux invitations indésirables, dans ce brouhaha incessant qu'elle entend à présent depuis son évasion. Agnès se sentait tellement à l'abri dans ce couvent, dans une quiétude, une atmosphère uniforme de silence qui malgré tout la rassurait… Ici, exposée au public, aux regards d'inconnus qui comme tout à l'heure sollicitent une danse, Agnès se sent sans défense. Elle s'est sentie trahie par Louis !

Elle lui explique ses griefs d'une voix contenue, mais ses yeux habituellement clairs et doux sont pleins de reproches.

– Je ne voulais pas danser avec lui. Pourquoi tu ne l'as pas empêché ?

– Mais Agnès, tu n'étais pas attaquée ! Au contraire, c'est flatteur d'être invitée.

– Dans les bras d'un inconnu ? Je n'ai jamais été, moi, avec un inconnu !

Non ! Ils ne se comprennent pas ! Louis est stupéfait de la réaction d'Agnès, et Agnès se sent de plus en plus déconcertée par ce qu'elle prend pour de l'indifférence.

Robert et Nicole ont continué à suivre de loin la scène, les mimiques sont éloquentes.

– Faut-il faire quelque chose ? demande Nicole.

– Oh, répond Robert, pas facile pour Louis d'épouser une bonne sœur qui a perdu tout contact avec le monde extérieur.

– Depuis combien de temps ? demande Nicole.

– Louis m'a dit qu'Agnès était rentrée en religion à seize ou dix-sept ans ! Tu te rends compte ?

– Mais je t'aime, Agnès, je n'ai pas voulu t'empêcher de danser, je n'ai pas... compris. Si tu veux savoir, je veux que tu sois à moi, rien qu'à moi !

Louis l'entoure de ses deux bras comme s'il voulait la garder prisonnière. Ah, elle se sent mieux ! C'est dans ses bras qu'elle redevient libre. Les yeux d'Agnès sont redevenus bleus et son regard doux. Louis retrouve sa pouliche effarouchée d'un rien, d'un regard, d'un geste...

– Mais quand tu vas faire les courses, quand tu vas au marché, tu es au milieu des gens !

– Je n'y vais pas seule, Mme Monnier m'accompagne, et c'est elle qui parle.

Louis ne peut pas imaginer les peurs, les craintes d'une si jeune bonne sœur, étrangère qui pire est !

Peur du public, peur de l'espace autour d'elle, peur de la foule, peur des gens qui l'invitent à danser !

Revenus de la guinguette – après leur presque fâcherie – et rentrés chez Louis, il pose ses mains sur le buste échancré de la robe bleu et vert. Agnès est immobile. D'une voix étouffée par le désir, Louis lui confie à voix basse l'envie qu'il a d'elle.

– Plus que huit jours, Agnès ! Dans une semaine nous nous marierons.

Elle est si pâle, si inaccoutumée à cette situation ! Elle fléchit et s'appuie à lui. Oui, sans doute, elle veut, tout comme lui, l'épouser, devenir sa femme, donc s'unir à lui. Non qu'elle ait peur de cela ou qu'elle le craigne, lui ! Oh, non ! Il lui a témoigné tant de preuves d'amitié et a démontré le contrôle absolu qu'il a de lui-même. Ce qui la déroute... c'est que son corps à elle, indépendamment de sa volonté, trahit des manifestations qu'elle ignorait ! On dirait qu'il aime les fugitives caresses de Louis et en voudrait plus ! Son corps se met à avoir une vie indépendante de sa volonté, elle sent une tension, des palpitations internes.

Lorsque Louis passe ses mains sur ses épaules ou ses hanches, ou comme ces derniers temps sur ses seins... son corps est transporté, elle en est consciente ! Non, elle n'est ni prude ni frigide, elle aime que Louis la caresse, elle aime que Louis pose ses lèvres sur les siennes et les entrouvre. Ce qui l'étonne est cette surprenante vie de son propre corps, c'est si subit après ces années au couvent où on était censé oublier l'enveloppe charnelle...

Heureusement, elle resonge à son enfance et à sa jeune adolescence : les bruits étouffés mais audibles des parents dans leurs échanges amoureux ne laissaient aucun doute sur les plaisirs physiques que l'un et l'autre avaient ensemble.

Pour elle, devenue bonne sœur, ces plaisirs sexuels étaient justement ceux auxquels il fallait renoncer. Non seulement elle y avait renoncé sans les connaître, mais encore à présent elle n'y renonce plus sans les connaître davantage !

– Louis, je suis si... inexpérimentée, si...

– Ma chérie, je te désire, bien sûr, je te veux, mais c'est parce que je t'aime !

– J'ai peur d'être... sans réaction, sans...

– Non ! Comme tu es, c'est bien ! Tu verras, nous serons heureux ensemble.

Il l'espère et en la rassurant repousse cette vieille crainte tenace qu'une religieuse reste marquée par son passé... Il suffit qu'il se remémore leur soirée à la guinguette !

XVII

Surprises

IRENA N'ARRIVE PAS SEULE, un jeune homme blond l'accompagne. C'est Antoni, aussi blond qu'Agnès. « À qui il ressemble », pensent Robert et Louis qui s'avancent vers une pancarte convenue d'avance qu'Irena tient entre ses deux mains. Irena est une beauté, brune, fardée, frisée, accompagnée de sa petite dernière, la demoiselle d'honneur !

Irena a suivi des cours intensifs de français et a su parler pour aller de la gare de l'Est à la gare d'Austerlitz. Antoni ne parle pas français, mais il est débrouillard et décontracté. Mon Dieu, la famille d'Agnès est là !

Robert fait quelques pas en arrière et pousse Louis.

– Voilà le fiancé, dit-il de sa grosse voix. Je vous présente Louis !

Irena, nullement gênée, embrasse Louis et Robert. Dans la voiture, elle a vite jaugé Louis : pas une force de la nature comme son copain, mais un beau type d'homme et un beau regard droit.

– Ah ! Louis, vous, tu permets… Faut-il dire « vous » ou « tu » ?

Elle pose la question, car en polonais, c'est comme en français, il y a la forme familière, le « tu », et le « vous » au singulier.

– C'est vous qui avez séduit ma petite sœur ? Que je suis contente pour elle, vous avez bien fait !

– Petite sœur, répète Antoni en français.

– Elle n'était pas faite pour le couvent, affirme Louis comme pour s'excuser.

Il faut alors expliquer que sa logeuse doit continuer d'ignorer qu'Agnès a été bonne sœur. Il faut aussi ménager la surprise, car Louis a peur qu'Agnès ne supporte pas le choc de les revoir.

– Mais pourquoi ? fait Irena. C'est une belle surprise, c'est beau !

– Oui, merci d'être venus, dit Louis.

Irena éclate de rire, elle observe Louis.

– Ne te tracasse pas, Agnieszka est ma petite sœur.

– Ma petite sœur, répète Antoni en français.

– Elle sera… comment dire ?

Irena cherche ses mots.

– Aux anges ! s'exclame Robert en riant tout en conduisant. Elle sera aux anges, c'est le terme approprié, pour une religieuse !

On explique aux Polonais le jeu de mots, et puis, oh ! eh bien, les voilà rue des Carolus. Pendant que Robert gare la voiture, Louis descend et aide ses invités.

– Où est Agnieszka ? demande Antoni.

– Chez moi, répond tranquillement Louis ce qui provoque un coup d'œil entendu entre la sœur et le frère…

Inimaginable ! Robert regrette que Nicole ne soit pas là.

Agnès était installée à la table, en train de coudre. Des boutons devant elle sont alignés, comme elle en a gardé l'habitude du couvent, des bobines de fil, une paire de ciseaux. Agnès est penchée sur son ouvrage. Sauf ses cheveux si blonds arrangés en chignon qui semblent éclairer la pièce, sa tenue est sobre, presque morose : une jupe grise et un joli chemisier vaguement rose mais qu'elle a caché sous un pull-over gris également…

Une jeune fille sage, songeuse, qui ne lève pas les yeux de son ouvrage lorsqu'elle entend une voiture se garer dans la rue. Ces bruits extérieurs ne l'intéressent pas, ce n'est pas encore l'heure où Louis doit arriver…

Lorsque la porte s'ouvre, en revanche, elle regarde et, justement, si, voilà Louis ! Puis, eh bien, tout se passe très vite, des cris, des exclamations, les sœurs se précipitent dans les bras l'une de l'autre, le beau jeune homme blond attend son tour, et là Agnès éclate en sanglots de bonheur pur, sidérée, stupéfaite, transportée. Émue, Agnès n'est plus sur terre ! Sa famille est venue ! Tous les trois se parlent dans leur langue natale tandis que Robert et Louis disposent des chaises et des verres sur la table.

Agnès alors se jette dans les bras de Louis et le présente à sa famille. Tous rient parce que Louis a déjà été présenté.

– Deux complices ! dit-elle en polonais à Irena et à Antoni, mais Louis et Robert comprennent.

* *
*

Saint-Benoît est une localité suffisamment tranquille pour que Louis ait pensé qu'il préférerait se marier là-bas plutôt qu'à Poitiers, même si avec prudence le couvent avait tu l'évasion de deux religieuses, on ne savait jamais, il y avait peut-être eu des rumeurs feutrées, des échos, Louis ne voulait pas d'esclandre et, quant à Agnès, elle craignait de ne pas pouvoir se marier !

– Mais Agnès, de quoi as-tu peur, enfin ?

À quelques jours de son mariage, elle est inquiète, anxieuse.

– Qu'une religieuse vienne déclarer que je suis une nonne qui s'est sauvée.

– La belle affaire ! En France, on se marie officiellement en mairie, les autorités ecclésiastiques n'ont rien à y voir.

* *
*

La présence d'Irena, avec ses rires et ses fards, donne un ton sacré à cette cérémonie civile. Sa présence est magique, c'est l'adolescence d'Agnès qui revient en force avec leurs fous rires et leurs commentaires partagés dans leur chambre lorsque les parents étaient un peu trop bruyants dans leurs transports amoureux. Irena le raconte à toute la noce, et Antoni, qui était trop jeune, rit beaucoup des confidences de sa sœur.

Avec le voile et la couronne de fleurs, Irena a apporté une missive des parents. Un mot du père fait écho à ce que Louis déjà avait dit :

« Agnieszka, ma fille très chérie, tu n'étais pas faite pour le couvent. »

Oubliées, les embûches de l'horrible mère Ferreau !

La nuit de noces, que Louis craignait un peu, appartient à ce même univers qu'Irena semble transporter avec elle.

Agnès a bu comme les autres ce délicieux vin de Champagne que Robert et Nicole ont apporté. Irena, très gaie, chuchote à sa sœur :

– Petite sœur, c'est une formalité pour toi ! Il y a combien de temps que tu vis avec Louis ? Deux mois ?

– Non, Irena, tu te trompes, nous avons attendu d'être mariés.

Ce qui provoque en Irena force éclats de rire.

D'avoir tant attendu par respect pour la jeune religieuse qu'Agnès a été, Louis est un peu paralysé lorsque, les gens de la noce continuant à rire et à plaisanter, ils se sont éclipsés et sont rentrés à Poitiers chez lui.

Robert avait proposé sa maison, mais Agnès et lui préféraient la petite maison rue des Carolus.

Ils sont dans la chambre de Louis, celle où Agnès il y a si peu avait quitté définitivement son habit de religieuse. Ils hésitent un peu, s'étreignent... Par les volets clos de la chambre, la lumière filtre déjà... Alors, ils s'en vont dans le jardin, où la rosée fait briller l'herbe. Agnès est pieds nus. Ils écoutent le chant des oiseaux qui, même en ville, célèbrent l'aurore. On est dimanche, tout est calme, pas un seul bruit de la ville. Une faible brise glisse au-dessus des murs, tout est encore blanc. Bientôt, le soleil viendra colorer des fleurs qu'Agnès a semées.

– Viens ! lui dit Louis. Rentrons dans la maison, tu as froid.

– Notre maison, murmure Agnès.

Bien sûr, il l'a déjà embrassée, câlinée et tenue dans ses bras... Il la déshabille doucement. C'est la première fois qu'il la voit dans sa nudité. Comme elle est belle ! Des jambes longues, un corps harmonieux, c'est une vraie blonde ! Les quelques rares touffes sous ses bras et sur le léger renflement qui porte le charmant nom de mont de Vénus sont également blonds, à peine plus foncés, se détachant sur sa peau nacrée.

Tout en s'abandonnant aux mains de Louis, des mains qu'elle avait tout de suite remarquées, Agnès songe à son improbable rencontre avec lui, au fin fond d'un couvent, alors qu'elle était cloîtrée ! Louis se dit que c'est bien la même jeune et fraîche religieuse directe et sans manières, si féminine et inconsciemment séduisante, qui l'avait tout de suite attirée.

Elle se montre étonnante de simplicité et de naturel. Elle se prête à ses gestes et se donne à lui avec joie, sans embarras ou fausse pudeur... Entre les bras d'un homme qu'on aime, c'est la chose la plus simple et la plus merveilleuse du monde.

Elle se souvient de ses parents, de leurs chuchotements et expressions de plaisir qu'avec Irena elles entendaient à travers la cloison, ses parents qui étaient heureux ensemble au lit et se sont toujours aimés...

Elle ressent une infinie satisfaction, un contentement profond, la justification qu'elle a eu raison de quitter le couvent et d'aller spontanément chez cet homme dont elle va dorénavant partager la vie.

XVIII

Scrupules

AGNÈS EST HEUREUSE. Chaque matin, la pensée qu'elle est Mme Darroux l'envahit, elle est à lui, elle est sa femme ! Dire qu'il y a moins d'un an elle était encore religieuse !

Son corps est satisfait. Elle se meut avec étonnement dans ce nouveau corps qu'elle vient de découvrir grâce à Louis, elle sent ses mains à lui sur ses seins, sur son ventre. Qu'elle marche, se promène ou vaque à la cuisine ou au ménage dans la petite maison de Louis, elle a la conscience physique aiguë d'un corps, le sien, qu'un homme caresse chaque soir, touche, tient, éveille, et ce plaisir physique l'envahit au point qu'elle ne pense plus qu'à ça ! Et elle guette chaque soir, parce que chaque soir elle sait qu'elle sera dans les bras de Louis, et que chaque soir il répétera ses mêmes caresses, les mêmes impressions sur toutes ces parties de son corps qui sont brusquement devenues sensibles, omniprésentes...

Elle est heureuse et en même temps un peu troublée... C'était ça, le vœu de chasteté, refuser les joies du corps qui se révèlent à elle avec une force et une intensité qu'elle était loin de soupçonner ! Elle s'y engouffre avec passion et en même temps remords. Est-ce bien cette absolue folie des sens, est-ce en conformité avec ce que Dieu permet ? Bien sûr, elle sourit à la pensée de ses parents si manifestement démonstratifs. Cependant, elle ne sent pas coupable mais confuse parce que brusquement la vie sexuelle qu'elle ignorait totalement devient trop présente, trop pressante…

Un soir, après leurs effusions, elle ose timidement en parler à Louis :

– Je pense à toi quand tu n'es pas là…

– Moi aussi…

– Et à ce que nous faisons le soir…

– Moi aussi, bien sûr.

Il la regarde en souriant gentiment, cela l'encourage à exprimer ses scrupules.

– C'est trop, ce bonheur… ce plaisir physique, c'est trop…

– Pourquoi ?

Agnès hausse les épaules.

– Je ne sais pas…

– Cela t'ennuie ?

– Oh non, au contraire !

– Tu penses que nous ne devrions pas coucher ensemble tous les soirs ?

– Non ! C'est moi qui dans la journée…

Elle rougit, elle est embarrassée de confesser que la perspective du soir l'excite à longueur de journée. Comment le lui faire comprendre ? Louis caresse doucement ses cheveux.

– C'est que ton corps n'avait pas l'habitude et que…

– J'y pense trop ! finit-elle par avouer.

– Oh, ma fille ! Tu ne vas pas avoir des scrupules idiots ! Nous sommes mariés, nous nous sommes donnés l'un à l'autre, nous avons parfaitement le droit de coucher ensemble toute la nuit.

– C'est ce que nous faisons parfois…

Il rit.

– Oui, parce que je suis fou amoureux de toi ! Parfaitement le droit de coucher ensemble toute une semaine sans s'arrêter, c'est que nous sommes très amoureux l'un de l'autre ! Où est le mal ?

Agnès ne répond pas.

– Tu laisserais un autre…

– Oh, non !

– Alors, c'est que tu m'aimes et moi aussi, bien sûr, moi aussi je pense à toi à longueur de journée. Ce n'est pas quand nous aurons quatre-vingts ans que nous serons aussi ardents !

– Mes parents, si, sûrement ! l'interrompt Agnès d'un ton malicieux.

– Tu es une merveilleuse fille. Laisse ton corps être satisfait et heureux ! C'est ça, la félicité conjugale.

Comme il est équilibré et droit ! Comme ce qu'il dit est clair ! Il a raison.

– Si c'est un excès de plaisir physique, c'est dans l'ardeur de notre amour… et c'est bien !

« Compliquée, pense Louis, compliquée ma petite bonne sœur ! » Mais sa réaction est inévitable ! Passer d'une existence où la vie physique a été quasiment gommée aux étreintes répétées de leur jeune couple, Agnès a fait le grand écart.

– Je t'aime ! lui répète-t-il. Je t'aime pour toujours, c'est normal que je veuille te le montrer.

Elle sourit et murmure :

– Moi aussi !

Quelques soirs plus tard, soucieux qu'elle soit à l'unisson de son point de vue, il aborde ce sujet sous forme de conseil :

– Alors, ma fille, viens ! Profitons l'un de l'autre. Quand nous aurons des enfants, nous n'en aurons plus le temps ! À voir Robert et Nicole avec leurs quatre enfants…

– Des enfants, répète Agnès, je voudrais des enfants…

– Moi aussi.

Des enfants, ils en désirent tous les deux. Les premiers mois, Agnès ne sait pas où elle en est, parce que son cycle a toujours été irrégulier depuis qu'elle est entrée au couvent, et parfois même, pendant des mois, elle n'avait pas eu de règles du tout. « Un organisme trop privé, pense Louis, étiolé par un excès de privations de toutes sortes. » Mais comme il la sait solide et d'une famille prolifique, il ne se tracasse pas, il faut laisser le temps à son corps d'enregistrer et de réagir à tant de modifications.

Le soir, Louis s'endort avant elle. Elle veille et le regarde. Il dort, il est nu, elle regarde ce corps solide et harmonieux, les jambes, le buste, le ventre et ce sexe endormi. Elle pense à Antoni, quand il était petit garçon et qu'elle admirait ce petit homme en miniature. Une onde de bonheur l'envahit. Finalement, elle est la femme de cet homme jeune qui la remplissait de joie chaque fois qu'il venait travailler au couvent, chaque fois qu'elle le voyait, et maintenant ils sont mari et femme, et bientôt ils auront des petits.

Un jour, lors de leurs effusions, Agnès prend un ton étonné et songeur :

– Le jour de notre mariage, qui était cette femme bouclée et fardée, un peu comme Irena ?

Louis cherche dans sa mémoire et ne voit pas.

– Tu veux parler de Martine, sans doute…

– Non, Martine, je la connais, je sais que c'est ta sœur. Celle-ci est venue, t'a embrassé, elle te tutoie. Puis elle m'a regardée et… embrassée aussi, qui est-ce ?

Et Agnès revoit cette jeune femme bien habillée, rieuse, presque provocante.

– Ah, fait Louis, c'était Magali.

– Magali ?

– Oui, elle est venue me féliciter, c'était sympa !

– Sympa ?

– Oui, amical.

– Amical ! Tu l'as reconnue ?

– Oui, bien sûr !

Louis regarde Agnès. Où veut-elle en venir ?

– Elle est… très jolie, très…

Agnès cherche le mot approprié, attirante, aguichante…

– Tu… tu l'aimais beaucoup.

– Oui, elle est jolie, mais elle ne m'attire pas du tout, si c'est ça qui te tracasse, rassure-toi !

Et il rit.

Mais il ne sait pas, ne comprend pas… Avec l'amour physique qu'Agnès découvre, elle entrevoit aussi sa toute-puissance, son emprise sur le corps et aussi sur l'âme, alors se donner à un autre… Oui, mais quelle foi cela suppose ! Et en contrepartie, quelle fragilité cela apporte…

Un jour qu'ils sont étendus l'un près de l'autre, Louis ne se lasse pas de la contempler, de la caresser. Bien des soirs de ces premiers mois, dès rentré chez lui, le dîner peut attendre. Ils ne se rassasient pas l'un de l'autre mais Louis a le souci de cette jeune femme si douce, si suave et secrète ! Alors il la scrute.

– Es-tu heureuse ?

Elle est là, immobile dans sa nudité, blonde et nacrée, elle ouvre les yeux.

– Oh, oui !

Il est vrai qu'à certains tressaillements involontaires il croit comprendre qu'elle partage ses impressions, ses sensations. Au bout d'un moment, il l'interroge :

– À quoi penses-tu, ma chérie ?

– À mes parents.

– Ils te manquent ?

– Je ne pense pas à eux parce qu'ils me manquent, je me souviens de leurs ébats amoureux…

– Agnès, si une fois enfuie du couvent tu avais tout de suite regagné ta patrie… serais-tu passée me voir ?

La réponse est immédiate, Agnès le regarde intensément :

– Oui.

– Pourquoi ?

Elle hésite, mais le ton implique une évidence :

– Pour te dire au revoir.

Il fait un signe d'acquiescement heureux.

– Je ne t'aurais pas laissée partir !

Et il lui sourit d'un air possessif.

– Ah ?

– Je n'aurais pas supporté l'idée de ne plus te voir.

– Qu'aurais-tu fait alors ?

Son sourire est mutin et taquin.

– Je t'aurais demandée en mariage. Et toi, alors, tu aurais dû choisir, ajoute-t-il en lui tirant doucement les cheveux. Tu te rends compte !

La réponse d'Agnès est presque inaudible, parce qu'il l'a enveloppée de ses bras comme s'il vivait cette mise en scène imaginaire.

– ... Rester avec toi, rester avec toi.

C'est ce qu'ils font, ils restent l'un près de l'autre, parce que cette rencontre inopinée dans le couvent d'Agnès aurait pu avoir une autre issue : la probable séparation... Louis redevient grave.

– Et si je t'avais demandé de m'épouser lorsque tu étais dans le couvent ? Et de me suivre ?

Agnès prend un air effrayé et fait signe que non.

Louis la rassure :

– Tu sais, je n'aurais jamais osé te faire une telle proposition, et pourtant, oui, j'étais tombé amoureux de toi ! Mais je respectais ta vocation, bien sûr.

XIX

Le dossier

Bien que le couvent n'ait pas désiré ébruiter la fugue de Margarita et d'Agnieszka, des nouvelles ont filtré dans les cercles catholiques de Poitiers. On sait qu'une religieuse aurait quitté son couvent.

– Ah, qui donc ?

– Je ne sais pas.

– Pas une religieuse, mais deux, paraît-il !

– Oh là là, il n'y a plus de foi !

– C'est grave ! Des religieuses, elles prononcent des vœux, vous savez !

Agnès comprend que sa vocation était d'appartenir totalement à un être humain. Non qu'elle renie Dieu et le Christ, parce que chaque dimanche ils vont suivre la messe à la cathédrale, et elle prie pour qu'un jour ils soient unis à l'église.

Par les journaux et la télévision, on commence à dire que le nouveau pape, l'ancien évêque de Venise, Mgr Angelo Roncalli, désire « dépoussiérer » l'Église catholique. Un homme issu de la terre, d'une famille de paysans, devenu prêtre, puis évêque, puis nonce apostolique en France (autrement dit un ambassadeur), puis pape. Les journaux ont raconté sa prodigieuse destinée. Voilà que ce pape jovial, à l'air tranquille et posé des paysans, dont il est issu, a révolutionné l'Église, certaines de ses coutumes, certains de ses statuts. Par exemple, la messe sera célébrée face au public pour que cela ressemble à un repas, et les prêtres et les religieuses pourront s'habiller en civil.

Plus tard, on apprend qu'il y aura moins de discriminations entre tenants des autres confessions, et la prière contre les Juifs sera abolie ! Le monde entier, stupéfait, assiste à cette réforme, à moins que ce soit un retour aux sources. C'est Vatican II.

Jean XXIII meurt, mais son héritage spirituel est immense, il a tracé un profond sillon de bonté, d'humanité, le monde chrétien après lui est changé, et le statut des religieuses considérablement assoupli.

Ainsi, Agnès et Louis apprennent qu'on peut à présent déposer une requête en vue de faire annuler ses vœux. Agnès est très déterminée à obtenir ce document afin d'épouser Louis religieusement. Comment se renseigner ? Comment procéder ? Auprès de qui déposer sa réclamation ?

Comme d'habitude, c'est Robert qui leur indique le moyen. Il n'y va pas par quatre chemins :

– Je serais vous, Agnès (il n'a pas réussi à la tutoyer mais le prénom vient spontanément), je retournerais au couvent voir…

– Merci bien ! l'interrompt Agnès avec pétulance.

– Voir non pas votre bonne sœur si revêche, mais cette femme grande à l'air digne et noble qui vous a obtenu votre passeport… qui est-elle ?

– La supérieure !

– Bon ! Allez la trouver et demandez-lui la marche à suivre !

– Non ! Je n'irai pas ! Je n'oserai pas !

Et Agnès prend son air buté. Louis cherche à la raisonner.

– Tu ne risques rien, tu es légalement mariée avec moi.

– Mais, que diable ! s'emporte Robert. Vous voulez ou non vous marier à l'église ?

– Oh, oui !

– Bon, alors ! rétorque Robert sans persister dans une discussion qu'il juge stérile.

Il remarque tout haut en se tournant vers Louis :

– Elle est têtue, ta petite bonne sœur !

C'est finalement Louis qui décide Agnès :

– Puisque, en fuyant ton couvent, tu t'es réfugiée chez moi, c'est normal que je t'accompagne.

Agnès lui fait une tendre caresse sur la joue en s'excusant :

– Mon Dieu, que de tracas je t'ai occasionnés !

– Nous irons, elle verra que nous sommes un couple solide.

Après avoir pris longtemps à l'avance un rendez-vous avec la supérieure, tous les deux se présentent à la porterie et sont aussitôt admis au parloir.

Agnès tremble un peu de cette confrontation, mais la mère supérieure se montre la grande dame que Robert avait si bien jugée.

– Les choses ont changé. Grâce à Jean XXIII, il y a une plus grande souplesse dans l'Église, et c'est ainsi que vos compatriotes Ilona et Zenia ont regagné votre patrie, où elles seront déliées de leurs vœux toutes les deux par la suite. Pourquoi votre démarche ?

– Je voudrais me marier religieusement, ma mère.

– J'estime ce scrupule. Je tiens à ajouter que le pape lui-même reconnaît la solidité des sentiments d'un couple qui, pour une raison ou pour une autre, vit hors du mariage à l'église.

Louis prend la parole :

– Je suis catholique pratiquant, je désire moi aussi me marier religieusement.

– Bien, revenons au dossier qu'il faut constituer pour qu'éventuellement vous soyez déliée de vos vœux. Dans ce dossier, on considère trois choses : la vocation, la vie de religieuse et les influences éventuelles. Venons-en au début. Aviez-vous la vocation lorsque vous êtes entrée postulante à Poznań ?

– Euh ! Mgr Michal Lewinski, le fils de madame la baronne, le pensait.

– Et vous ?

– Je ne savais pas.

– Si cet ecclésiastique ne l'avait pas suggéré, auriez-vous toute seule eu envie de vous faire religieuse ?

– Oh, non, pas du tout !

– Bon. Bien, donc pas de vocation, pas d'appel personnel. Le second point, je le connais, reprend la supérieure. J'ai là un élogieux rapport de votre ancienne mère assistante.

Agnès sursaute.

– Non, non, je parle de mère Tréport, à qui j'ai écrit et qui m'a répondu que selon elle vous étiez déterminée à prononcer vos vœux définitifs. « Très zélée, une grande foi », ce sont ses termes.

Agnès se dit que oui, pendant un temps, sous l'influence spirituelle de mère Tréport.

– Vous n'aviez pas de doutes sur votre vocation ?

– Non, pas de doutes, reconnaît Agnès.

– Permettez-moi alors de vous demander si toutefois vous pouvez les identifier. Quels éléments ont modifié votre désir de rester au couvent ?

Agnès répond aussitôt :

– Sœur Margarita, et aussi mère Ferreau.

– Margarita aurait… elle vous a poussé à partir ?

– Oh, non ! Mais elle m'a ouvert les yeux, et puis… (Agnès hésite) Surtout, mère Ferreau était très… sévère avec nous, presque… intransigeante.

Agnès a prononcé ce long mot en s'appliquant.

La supérieure regarde Louis. C'est un regard aigu bien que bienveillant.

– Monsieur Darroux, y a-t-il eu, à un moment ou à un autre… euh… une invitation ou plutôt une incitation sentimentale de votre part ?

Louis est un peu suffoqué, mais la question est si finement posée, et pour instruire le dossier il faut y répondre avec la plus grande honnêteté. Il parle lentement en réfléchissant :

– Au début, et pendant longtemps, j'ai trouvé la jeune religieuse qu'était Agnès sympathique, c'est tout. Et puis, comme je la voyais souvent, parce que mère Ferreau m'attribuait toujours la même religieuse…

– Mère Ferreau, je sais, interrompt la supérieure, s'est montrée d'un aveuglement insensé ! Continuez, monsieur Darroux !

– J'ai commencé à éprouver des sentiments de joie, mais sans prendre conscience que j'étais amoureux d'elle. D'ailleurs, je ne lui ai ni sous-entendu ni déclaré, puisque… elle était religieuse.

– Oui, je comprends.

Elle se tourne vers Agnès qui, tout ce temps-là, est restée muette, les mains sagement posées sur ses genoux, revoyant en pensée cette rencontre inouïe.

– Et vous, étiez-vous éprise de M. Darroux ?

– J'étais très heureuse de le revoir à chaque fois, mais c'est tout.

– Quand vous vous êtes sauvée, c'est pourtant pour le rejoindre !

Louis et Agnès en même temps s'écrient :

– Non !

Ils se regardent puis se taisent.

Alors, Agnès explique :

– Je suis allée chez lui parce que je ne connaissais personne d'autre dans Poitiers. Je voulais lui demander de prévenir ma famille, je voulais rentrer en Pologne.

– Et moi, alors, continue Louis, c'est moi qui ai fait les premiers pas. Oui, car je l'ai demandée en mariage dès que j'ai réalisé qu'elle venait de quitter son couvent. J'ai compris que... je l'aimais.

La supérieure hoche la tête.

– Mais qui vous a poussée à vous sauver, Agnès ?

Cela ennuie Agnès d'avoir l'air d'accuser Margarita.

– C'est sœur Margarita ?

Agnès reconnaît que oui, en partie.

– Mais pourquoi ne pas confier vos doutes ?

– À mère Ferreau ? C'était impossible !

– Oui, mais cette fuite va jouer contre vous ! Cela ressemble à un mauvais roman : « une jeune religieuse se sauve pour retrouver son prétendant » !

Louis et Agnès se regardent.

– Ce n'était pas prémédité, ma mère, affirme Louis. J'ai été le premier surpris !

– Je vous crois, monsieur Darroux.

« Les murs du parloir n'ont pas changé », se dit Agnès. Un beige clair, une pièce agréable, de belles proportions avec de hautes fenêtres donnant sur la cour d'honneur plantée de tilleuls et de lilas, avec, là-bas, après la voûte des arbres, le bâtiment conventuel aux fenêtres à meneaux. « Là-bas, songe Agnès, j'ai été heureuse aussi. La paix du travail bien fait, la joie des cantiques, l'atmosphère éthérée, un peu irréelle de la vie spirituelle... »

La supérieure l'a observée tout un moment puis se lève. L'entretien est terminé, mais non, semble-t-il.

– Voulez-vous que nous allions à la chapelle prier ?

Ils font signe que oui.

En suivant un long couloir, ils débouchent sur l'espace du cloître intérieur avec les deux gigantesques statues du Christ, et à l'autre bout celle de saint Bernard. Agnès se sent redevenir la petite nonne que le visage sculpté du moine effrayait un peu… Personne ne parle. Louis connaît les lieux, mais par une native courtoisie laisse la religieuse les emmener en direction de la chapelle et y pénétrer. Tous les trois prient, chacun dans ses pensées… La supérieure observe l'aisance de Louis dans ces endroits consacrés, on sent l'homme habitué à prier. D'ailleurs, elle le sait car même les religieuses cloîtrées ont beaucoup d'antennes et d'informateurs ; elle sait que ce couple va tous les dimanches à la messe à la cathédrale proche de chez lui. C'est la paroisse de ce M. Darroux.

– Nous allons prier, Agnès, pour que votre cas connaisse une heureuse issue. Je vous le souhaite à tous les deux.

Agnès, admirative et reconnaissante, se dit qu'avec des religieuses comme cette supérieure elle serait restée au couvent.

* *
*

La supérieure, plongée dans ses pensées, s'aperçoit qu'elle continue à songer à cette ex-novice, une vraie Slave, douce, suave. Quel dommage qu'elle ait quitté leur communauté ! Pourtant, si tout le monde était nonne et moine, la destinée humaine est « de croître et de se multiplier » selon les termes de la Bible. Elle-même aurait pu avoir une famille nombreuse et heureuse, mais sa famille, ses filles sont ces religieuses qui ont quitté le monde. « D'ailleurs, se dit-elle, il y a toujours eu allers et retours entre vie civile et vie conventuelle. Un certain acteur français adulé par les foules s'est fait prêtre, une célèbre danseuse est devenue carmélite. Inversement, des religieux comme Abélard ont goûté aux joies charnelles tout en conservant leur foi en Dieu, et actuellement de plus en plus de prêtres voudraient garder leur sacerdoce qu'ils exerçaient de façon exemplaire auprès des “démunis”, mais ne peuvent le faire car, dans l'état actuel de notre foi, l'Église catholique continue à exiger pour eux le célibat. »

Livre III

XX

Tumultes

AGNÈS ATTEND ENFIN UN BÉBÉ. Louis est heureux, elle aussi. Elle sent en elle-même cette lente métamorphose de son corps qui change et prépare la maternité, puis le bébé bouge faiblement, ensuite de plus en plus fort. Mme Monnier, qui n'a jamais eu d'enfants, couve Agnès et se prépare à être une grand-mère d'adoption.

Solide, musclée, jeune comme elle l'est, Agnès met au monde sans trop de difficultés un beau bébé qui, dès sa naissance, ressemble à Louis. Brun comme lui, avec des yeux qui promettent d'être sombres. Oh, il n'a rien d'un Slave ! Louis est décontenancé par cette réplique de lui-même en miniature. Ils sont heureux, les gens heureux n'ont pas d'histoire…

Grâce à Nicolas, Agnès s'habitue à son statut de civile. Seul au fond de son cœur demeure le regret d'avoir été privée d'un mariage religieux.

Nicolas est un bébé sage, souriant, un amour d'homme en miniature. Épaules carrées, longues jambes, buste puissant, il ressemble à Louis.

Ils sont fous de ce petit bonhomme. Louis, marié tard, découvre les profondes joies de la paternité, et Agnès se sent encore la jeune religieuse qui avait accepté le sacrifice de toute vie de famille, s'était retranchée du monde, des jouissances terrestres, et soudainement, parce qu'un homme l'a aimée, découvre les joies très charnelles et humaines de partager la vie et l'intimité d'un homme qui vous aime, celui exaltant, magique, d'avoir un enfant et d'atteindre la plénitude de la maternité. Nicolas est leur bien, leur être, leur but, leur raison d'être… et lorsqu'il leur fait son premier sourire, sa première caresse, qu'il émet son premier son – est-ce « maman » ou « papa » ? –, ils sont au comble du bonheur !

Le petit garçon, bien campé sur des jambes solides, gambadera bientôt. Il rit, gazouille, enchante et, lorsque Louis rentre de son travail, Nicolas lui tend les bras… Agnès joue avec lui, lui montre des jouets qu'il attrape, examine et jette, mais aussi avec des mots, des expressions que Nicolas, dirait-on, imite à la perfection ! Parfois, elle lui parle en polonais et il répète aussitôt en reproduisant le son juste. Que dit-il ?

– Tu es mon petit homme ! s'exclame Agnès en le tenant serré contre elle qui la regarde avec des yeux brillants d'excitation et de bonheur.

– Ah, tes yeux sont de la couleur de ceux de ton papa ! Comme tes cheveux !

Et elle les caresse et les tire doucement pour le taquiner encore, et Nicolas répète les sons de la maman.

Chaque après-midi, Mme Monnier sort de sa maison et vient la voir, les voir. « Louis a bien choisi, pense-t-elle, cette jeune fille du Nord, grande et blonde, même beaucoup plus jeune que lui, est ce qui lui convenait ! Bien élevée, propre, discrète, polie, et à présent la maman de ce merveilleux petit garçon pour qui je suis la "mémé". »

Pour profiter de l'air de la campagne, ils vont voir la famille de Louis et, surtout, dans l'esprit de ce dernier, montrer à Claudine, la sœur aînée, qu'Agnès s'est intégrée à l'univers français dont elle parle à présent la langue parfaitement. Mais c'est chez Martine, dans cette ferme entourée des vastes plateaux, de la campagne autour de Loudun, que Nicolas joue dans son parc avec ses cousins et sa cousine. Il glousse de rire et essaie de se lever comme s'il voulait marcher.

Puis, l'impensable, l'injustifiable arrive... Nicolas est retrouvé mort dans son petit lit, immobile, sans vie. Le médecin de Louis, appelé en urgence, ne peut qu'avec beaucoup de tristesse constater le décès. Pas d'explication ni de cause connue ; c'est ce que les Américains nommèrent pendant des dizaines d'années « la mort subite du nourrisson ».

– Mais Nicolas n'était pas un nourrisson, il avait huit mois !

– Oui, c'est vrai, rétorque d'un air las le Dr Martin. C'est l'arrêt du cœur.

– Mais pourquoi ? Quelle cause ?

Il répond en haussant les épaules d'un air las :

– Malformation cardiaque, peut-être...

Et il pense : « On ne va tout de même pas faire une autopsie ! »

Peu importent les raisons et les causes, le fait est que Nicolas est mort dans son sommeil, oui, immobilisé à jamais, on a cru qu'il dormait, on ne l'a pas dérangé...

Ni Louis ni Agnès ne savent comment ils ont traversé ces moments... Oh ! pas surmontés, mais survécu.

Sa voix... elle entend sa voix vibrante, insistante et pleine d'appels... cette voix récurrente, les sons encore si réels, actuels, qu'elle en est à chaque fois bouleversée... Oui, elle sait qu'il est en paix à présent, heureux au sein de Dieu avec les anges, les archanges et les séraphins, lui-même un petit ange qui n'avait pas encore un an. Elle se cache pour pleurer, parce que Louis supporte mal ce malheur injustifié. Elle, Agnès, malgré ses pleurs, accepte ce coup du destin, c'est la punition de Dieu qu'elle a abandonné pour Louis, elle a préféré l'amour humain à l'amour divin ! Alors Dieu a exercé sa justice...

Elle se calme lorsqu'elle jardine. Faire pousser des fleurs, les semer, voir leurs jeunes tiges sortir de terre, former des boutons, s'épanouir. Ensuite, elle composera un bouquet qu'ils iront porter à Saint-Benoît, sur la tombe de Nicolas. Il aurait un an à présent, enlevé à huit mois par une impossible maladie ou Dieu sait quoi. Elle a accepté la justice immanente, accepté, mais cette soumission n'est pas sans larmes et sans désespoir. Lorsque Louis part à son travail, elle tourne en rond dans leur maison. Nicolas était fasciné par le feu de la lampe à souder, la flamme bleue vacillante, hésitante puis, sous la pression du gaz, vive, sifflante et rouge, alors Nicolas battait des mains. Agnès médite : le feu, c'est la chaleur ; les flammes, la lumière. Nicolas était attiré par la lumière, il est devenu cette lumière. Cette pensée la console. Un peu comme un cierge dans la nuit, son souvenir luit... Elle prie : « Mon Dieu, c'est une sanction que... j'ai tant de mal à supporter. »

Louis a-t-il accepté ? Elle sait que non, il endure comme elle, il le faut bien, mais il a enfermé sa peine dans un endroit secret de son cœur. Il ne parle jamais de Nicolas, il ne le mentionne jamais. Pour Louis, la mort de Nicolas est incompréhensible. Contrairement à Agnès, il n'y voit pas une punition du ciel mais un horrible événement. Oui, certes, Louis croit en Dieu, sa foi est restée directe, simple, un Dieu existe et gouverne l'univers avec le Christ comme intercesseur.

Pour Agnès, pas de trêve ! Elle n'a plus rien à faire, il n'y a plus d'enfant dont il faut s'occuper, alors elle reste prostrée et demeure des heures entières hébétée de douleur. Quand vient le soir, elle se secoue pour nettoyer la maison et préparer un repas décent, mais elle tourne à vide. Les repas sont bons, la maison bien tenue, mais il n'y a plus ni joie ni plaisir à effectuer ces tâches ménagères, il y a le vide...

Les dimanches se succèdent, vides et trop longs. Après la messe, Louis va bricoler dans son atelier, Agnès reste à la maison. Robert et Nicole s'ingénient à les inviter, ainsi que leurs amis rencontrés à la guinguette, Claude et Marie-José. Agnès fait un suprême effort sur elle-même pour parler normalement tout en évitant les enfants… Même Daniel, le maire de Saint-Benoît, les a priés de se joindre à eux lors d'une fête municipale. Agnès, droite et élégante, y a erré comme une somnambule. Chaque bébé entrevu, chaque enfant qui gambadait, Agnès pâle s'en est détournée en trébuchant. Depuis que Nicolas est parti, Agnès ne peut avoir aucune relation d'intimité avec Louis, aucune. C'est trop lié à une naissance, à un bébé perdu, c'est trop de souffrance, trop d'épreuves en perspective. Louis respecte son désespoir, respecte ce retrait physique, il attend… sans espérer d'amélioration. Tous les deux figés, chacun dans leur univers séparé. Il aurait pensé qu'elle aurait recherché ce réconfort et cet apaisement dans ses bras, mais non. Même après des mois, Agnès est paralysée. Comme Louis, comme les fleurs qu'elle met sur la tombe ou dans des vases à la maison. Louis et Agnès s'étiolent. Le soir, quand ils se couchent, il l'embrasse sur la joue. Un jour, il avait instinctivement esquissé des caresses, mais elle s'était raidie. Il n'avait pas insisté, mais cette contrainte ne fait qu'amplifier leur deuil.

La douleur d'Agnès est telle, cette absence, ce manque définitif, irréversible est si immense qu'elle devient souffrance physique.

Louis aussi souffre énormément, intensément. Il s'est replié sur lui-même et n'en parle jamais. Il se rue sur son travail quotidien, qui au moins l'oblige à évacuer les problèmes que son métier présente. C'est un dérivatif et, tout le temps qu'il s'absorbe dans ces détails techniques complexes à résoudre, il ne pense plus à son chagrin, au moins cela l'empêche d'y rester enfoncé.

Avec sa pondération habituelle et sa profonde bonté, Louis laisse Agnès tranquille. C'est que ces gestes amoureux, enveloppants, qui détendent, les élans ardents n'existent plus, c'est fini, elle ne peut pas, ce n'est pas une volonté, ce n'est pas une décision, c'est une impossibilité !

Agnès est anéantie.

Avoir un bébé et le perdre est en dehors de la norme et de la régularité d'une vie. L'enfer existe bel et bien ! C'est ça, l'enfer ! Cette séparation de l'être aimé, de celui qui vous manque plus que tout ! Mais Dieu exerce sa punition, son âme et son esprit doivent s'y soumettre.

Dans la journée, le silence de la petite maison ressemble au silence du cloître et la met face à elle-même. « Qui suis-je ? J'ai fui le couvent, j'ai trouvé ma véritable vocation grâce à Louis, celle d'être épouse et mère, puis Nicolas a été mon unique préoccupation, mon obsession. Oh, Nicolas, le mystère de ce sourire plein de sagesse qu'il m'a fait un jour, comme s'il savait qu'il n'était là que de passage, comme si déjà il appartenait à un monde vers lequel nous irons ou duquel nous venons ! »

Nicolas parti, Agnès pense que son existence est négative. Après l'amour de Dieu abandonné, l'amour de l'homme à qui elle ne se donne plus, l'amour de l'enfant disparu...

Elle se sait coupable d'avoir quitté le couvent sans permission et Dieu a appliqué son juste châtiment.

* *
*

– À quoi bon sortir Agnès de son marasme ? J'ai essayé, tu sais, confie Louis à Robert. Elle est comme une somnambule... Bof ! Je lui ai offert des fleurs pour fêter son anniversaire.

– Elle en a été contente ?

Se rappelant l'anniversaire d'Agnès, Louis en rentrant de son travail était passé chez le fleuriste et avait acheté un bouquet de roses d'un ton ravissant, ni vraiment rose ni franchement mauve.

– Ce sont, avait dit la marchande, les « Saint-Exupéry ».

Agnès l'avait remercié mais avait laissé les fleurs sur la table sans s'en occuper, sans les déballer. Le bouquet était resté là, et il était encore là le lendemain matin, lorsque Louis était reparti ! Le soir suivant, cependant, Agnès les avait mises dans un vase.

– Je ne sais pas, je ne sais plus rien ! Oui, elle jardine un peu parfois.

– Elle est en pleine dépression !

– Peut-être.

– Un médecin peut soigner ces cas ! Nicole en connaît, je lui en causerai…

– Oh ! à moins d'un miracle, Agnès est brisée. Je me demande parfois si elle ne ferait pas mieux de retourner dans son pays, elle se sent encore étrangère ici et doublement depuis… (Louis hésite à employer le mot « mort ».) Notre malheur !

Robert l'interroge :

– Mais alors vous divorceriez ?

Louis hausse les épaules d'un air fataliste.

– Oui, sans doute, je ne sais pas, je ne sais plus !

– Regrette-t-elle son couvent ?

– Oh, non ! Le couvent la reprendrait sûrement, mais Agnès est comme un oiseau, comme un animal qu'on a enfermé trop longtemps.

– Un autre enfant ? risque Robert.

Louis lui lance un regard lourd.

– Il faudrait pour ça qu'elle se laisse approcher.

– Oh ! toujours pas…

– Non ! (Louis hausse les épaules.) C'est comme ça.

Il ajoute d'un ton désabusé :

– J'ai cessé d'y croire, elle n'en a pas envie, je ne veux pas l'ennuyer avec ça !

Et il se dit surtout qu'il n'aurait peut-être pas dû épouser une bonne sœur.

* *
*

Agnès, obligée de sortir pour les inévitables courses, se trouve malgré elle confrontée à des gens qu'elle aurait préféré ne pas rencontrer. Notamment un couple qui laisse son chien dans sa voiture avant de faire quelques courses.

Les gens se tournent vers elle, lui les yeux d'un homme las, elle bavarde et prête aux confidences.

– Mais vous savez, il comprend tout, il sent qu'on va le laisser !

Tandis que ce chien étroit, mince, nerveux, jappe continuellement, la femme continue :

– On va le laisser dix minutes, une demi-heure au maximum !

Il renchérit :

– Il a tout, il est intelligent, propre, affectueux.

Agnès ne peut s'empêcher d'ajouter :

– Mais il est mal élevé !

Le couple la regarde, interloqué.

– Parce qu'un chien bien élevé n'aboierait pas comme ça !

– Mais notre fiston sent qu'on va le laisser, c'est pour ça qu'il aboie.

Puis, s'adressant au chien :

– Trésor, à tout à l'heure, mon cœur !

« Notre fiston ! » Agnès connaît à présent suffisamment le français pour savoir que fiston est un diminutif affectueux pour fils.

Agnès sent ses mains se serrer, se crisper. Comment assimiler ainsi un chien à un enfant ? Mais la femme n'en a pas fini avec elle :

– C'est que vous n'aimez pas les chiens ?

– Euh… j'aime mieux les enfants, s'entend-elle répondre.

– Ah, dit l'homme d'un ton différent empreint d'une involontaire tristesse. Nous n'avons pas pu en avoir !

Alors, Agnès regrette d'avoir été si désagréable avec eux, mais que ce soit animaux ou enfants, sa réaction est la même, une révolte, une souffrance presque physique et intolérable. Et lorsqu'on souffre, on devient méchant !

Elle est méchante à l'égard des propriétaires de chiens ou d'enfants, elle a été agressive avec ce pauvre couple. Quel a été son tort ? Compenser l'instinct maternel, le reporter sur un animal, n'est-ce pas naturel ? Qui est-elle pour juger ?

Elle est en train de devenir mauvaise envers son prochain, le contraire du message du Christ : « Aimez-vous les uns les autres. »

Elle demande à Dieu de la pardonner.

Mais ce chien, pauvre animal fébrile, bruyant et laid, est vivant, alors que Nicolas, lui, était beau… et il est mort…

XXI

La vieille dame

– JE N'AI JAMAIS ATTENDU D'ENFANT !

Agnès la regarde, surprise que Mme Monnier parle d'un sujet aussi intime. Elle ne s'était jamais confiée, ni à Louis, qu'elle aime bien, ni à des voisines…

– Et je ne sais pas si cela venait de moi ou de mon mari.

Agnès bouge un peu sur sa chaise sans oser parler. Que pourrait-elle dire ? Elle est encore si lourde de chagrin, si abîmée par la mort de Nicolas… Est-ce pour lui montrer qu'elle ne peut pas se mettre à sa place que Mme Monnier lui fait cette étonnante confidence ? Elle n'a pas été mère, alors elle ne peut pas comprendre.

Le vent agite les feuilles du tilleul dans le jardin de Mme Monnier… Bientôt, il y aura des fleurs, sans doute… Pour le moment, les tiges raides s'entrechoquent un peu, mais les jeunes feuilles tiennent bon. Bientôt, il y aura une odeur de miel quand les fleurs seront épanouies.

– Mon mari en aurait voulu lui aussi, reprend-elle. Nous étions l'un et l'autre de famille nombreuse.

Sur ce visage paisible se lit l'étonnement de ce hasard bizarre. Agnès jette un coup d'œil à cette vieille dame, ridée mais solide, qui entretient encore correctement son petit jardin, où une allée gravillonnée divise nettement deux pelouses ornées de deux massifs de tulipes et de narcisses. Au fond du jardin, un coin un peu en friche est réservé aux légumes avec quelques arbres de rapport comme ce tilleul et un beau pommier.

« Pourquoi a-t-elle raconté ses espoirs de maternité ? » se demande Agnès. Pour la consoler ? Certainement ! Alors que Mme Monnier n'avait pas employé d'inutiles mots de condoléances, cette confidence est une forme d'affectueuse compréhension sans doute...

Puis Mme Monnier change de sujet. « Cette jeune femme est trop atteinte par ce deuil, pense-t-elle, pour que j'ose des mots d'encouragements... Et puis moi, je ne sais ni ce que c'est de perdre un enfant, ni ce que c'est d'en avoir ! Pourtant, Nicolas était si mignon, je l'aimais déjà comme une grand-mère... » Elle soupire. « Qu'ont-ils fait des habits de ce petit bonhomme ? Gardés, donnés ? » Elle n'osera jamais chercher à savoir ! Louis noie sa peine dans le travail et Agnès est très, très fermée, secrète, pourtant toujours bien élevée et aimable.

Alors, elle aborde des idées plus plaisantes :

– Il y aura beaucoup de tilleul, cette année. Je vois beaucoup de bourgeons. J'en fais de la tisane.

– Maman aussi, répond Agnès.

Elle aperçoit une jolie touffe dont les feuilles allongées et petites sont couvertes de fleurs violettes et la montre à la vieille dame.

– Oh, ça, c'est du romarin !

Agnès fait signe que oui et répète :

– Romarin, on en fait un plat chez nous avec du porc.

Dans le petit jardin, il y a aussi du fenouil et de l'oseille, qui supporte bien le gel, Mme Monnier raconte :

– Avec l'oseille, je préparais du poisson que mon mari me rapportait, parce que l'acidité de l'oseille ramollit les arêtes des poissons. À présent, me dit-on, il n'y a presque plus de poissons dans le Clain. Une usine s'est installée trop près d'une de ses sources...

– Votre mari allait à la pêche ?

– Oh, oui ! C'était une de ses manies. (Elle sourit.) Parfois, nous allions dans la campagne toute la journée, vers la Boivre, au pied des coteaux.

– Vous alliez à la pêche ?

– Oh, non ! Je l'accompagnais mais j'étais bien sage et restais silencieuse...

L'idée de cette vieille dame sage comme une petite fille arrache un sourire à Agnès.

– Parce que les poissons ne mordent que lorsque tout est calme...

Y a-t-il longtemps que cette dame est seule ? Agnès n'ose pas demander ; peut-être que Louis le sait.

– Alors, pendant que... votre mari pêchait, que faisiez-vous ?

Mme Monnier sourit.

– De la couture. Enfin, non, plus exactement de la broderie. Je brodais des nappes, des napperons, des chemins de table, des mouchoirs, des serviettes.

Agnès semble intéressée, tiens !

– Je vous montrerai des napperons, il m'en reste quelques-uns...

Agnès songe que, bien blanc et amidonné, le linge de maison brodé ou ajouré, comme elle en avait vu chez madame la baronne, est quelque chose de beau, de raffiné. En France, elle n'a pas eu l'occasion d'en admirer. Au couvent, on n'aurait pas admis ces frivolités, et les sœurs de Louis préfèrent les nappes en Nylon vite lavées et des serviettes en papier.

– J'en vendais aux magasins de lingerie, des boutiques spécialisées les écoulaient, continue Mme Monnier de son ton paisible et égal. Mais de nos jours, ce n'est plus à la mode.

La vieille dame se lève avec difficulté d'un des fauteuils en rotin beige et orange qu'elle avait sortis en l'honneur d'Agnès pour profiter des rayons du soleil et s'en va cueillir quelques brins de romarin. C'est comme un bouquet légèrement piquant mais très odorant.

Agnès l'aide à ranger fauteuils et chaises. Avant de les empiler dans une remise, la dame les brosse et en essuie les pieds.

Rien n'intéresse Agnès, rien ni personne ! Pourtant, aujourd'hui, chez Mme Monnier, elle l'a écoutée avec intérêt, et pendant quelques minutes elle a presque oublié sa peine.

* *
*

Avril est déjà là, une lumière plus vive entre dans la salle que, malgré la netteté et la propreté des lieux, Agnès trouve sombre et triste. « Il y a un an, Nicolas était là », pense-t-elle. Mais elle oblige sa mémoire à s'arrêter au bord du gouffre.

Elle range la vaisselle, réajuste les rideaux puis ferme soigneusement la porte d'entrée avant de se diriger vers la cathédrale, son refuge, un rite. Elle y prie pour apaiser sa peine.

En revenant, elle se retrouve presque automatiquement devant chez Mme Monnier. Elle y va de plus en plus souvent, ces temps-ci. Une forme de paix irradie de la vieille dame qui l'accueille sans exubérance, sans marque appuyée de plaisir de la voir. Cette réserve encourage Agnès qui, prudemment mais fréquemment, lui rend visite. On parle de beau temps après les giboulées de mars. Giboulées est un mot nouveau pour Agnès, un joli mot amusant. On parle des arbres du jardin, le pommier s'est métamorphosé en taches roses entourées d'une corolle blanche, c'est féerique.

Aujourd'hui, après le café pour Agnès et une tisane pour elle, Mme Monnier rentre dans la salle à manger et en ressort chargée d'un long carton blanc plat et rectangulaire qu'elle pose sur la table du jardin et entrouvre avec précaution en souriant d'un air mystérieux.

– J'ai là, conservés depuis longtemps, les quelques napperons dont je vous ai parlé l'autre jour…

Agnès voit d'abord entre les pans du couvercle un papier très fin, jauni, que Mme Monnier appelle « papier de soie ». Est-ce fabriqué à partir de ce textile ? Sans doute que non ! Et là, rangées côte à côte sur deux piles, Mme Monnier sort ses anciennes créations.

– Oh, voilà de simples ouvrages au point de tige avec des points de nœud pour figurer les fleurs.

Agnès voit de frais bouquets, tiges vertes et roses rouges. Cela pourrait être simplet, mais la netteté des points en fait des pièces de qualité.

Mme Monnier retire à présent du carton ce qu'elle appelle un chemin de table ; c'est comme une longue et étroite nappe recouverte de tons violet dégradé et d'un vert tendre avec quelques traces de brun.

– Vous voyez, c'est du raisin, violet, bien sûr, avec des feuilles de vigne vertes et quelques pampres.

Agnès passe un doigt léger sur les entrelacs sans sentir la moindre boursouflure. Comme c'est beau ! C'est lisse et sans raccord ! Et pourtant, les grains de raisin sont en relief !

– Là, j'ai utilisé un point délicat à réaliser, le passé-empiété, pour remplir les grains de raisin et le point jeté pour les pampres, parce que c'est une vigne que j'ai imaginée.

D'autres napperons, d'autres noms de point de broderie, Mme Monnier continue son monologue :

– Les bordures nettes sont au point de bourdon.

Agnès fait signe qu'elle connaît. Il y a aussi des nappes dont les bords sont festonnés.

– Le point de feston, raconte la vieille dame, est un point noué qui prend l'étoffe avec le fil, c'est pourquoi il permet les coutures qui ne lâchent pas et aussi ce jeu de découpe.

Agnès est admirative. Mme Monnier referme le carton comme on rangerait un précieux coffret à bijoux. Agnès se rend compte qu'en somme sa voisine lui a fait une grande faveur en lui montrant ses trésors du passé.

* *
*

Le printemps continue à dérouler ses fleurs, ses odeurs, ses saveurs. Agnès va au marché par devoir, pour trouver les produits des repas qu'elle prépare pour Louis, mais elle ne regarde pas les jolis étals de légumes ou de fleurs, puisque la joie n'est plus dans son cœur, tout est revêtu de gris… Chez elle, rien ne l'arrache non plus à sa mélancolie, et voir régulièrement Robert et Nicole, c'est aussi voir leur nichée d'enfants et ressentir un pincement au cœur.

Mais lorsqu'elle ne pense à rien, elle se rend compte que les jolies nappes et serviettes que Mme Monnier lui a montrées occupent son esprit. Elle revoit les couleurs, la finesse de l'ouvrage, la précision des points… « Si elle m'expliquait ? » Un jour, elle ose lui demander :

– Comment on exécute ces points ? Après tout, je sais coudre.

– Coudre ! Ma chère mignonne, ce n'est pas de la couture, c'est très différent !

Agnès, un peu dépitée, n'insiste pas, mais Mme Monnier la regarde.

– Vous voudriez essayer ? Je pourrais vous montrer, mais il y a longtemps que je n'ai pas brodé ! Il faut commencer par le plus facile, c'est enfantin.

Oh ! Mme Monnier réalise que dans « enfantin » il y a « enfant », alors elle remue sa chaise, cherche ses lunettes, s'active et parle plus fort :

– J'ai appris le point de tige, j'avais six ans. On a aussi le point de chaînette, qui en somme est son contraire, parce qu'on manie l'aiguille pour que le fil revienne en arrière. Chaînette, le point ressemble à une chaîne. Le fil… on utilise ou bien du coton, c'est le coton perlé, ou bien, et c'est là qu'on a la qualité et la variété des couleurs, de la soie d'Alger !

Elle entraîne Agnès, ouvre une armoire.

– Si vous voulez bien attraper cette boîte un peu trop haute pour moi… Oui, là, j'ai rangé depuis longtemps tous les tons et tous les numéros qui correspondent à la grosseur du fil.

Après plusieurs démonstrations, Agnès découvre que Mme Monnier, en dévoilant ses talents, est encore très adroite. À son tour, elle essaie, s'applique et réussit des points différents.

Cette occupation silencieuse et sage lui plaît tout de suite ! Il suffit d'être assise et de se concentrer, cela ressemble à la prière. Cela l'apaise, points de tige et de chaînette, Agnès a progressé rapidement vers l'exécution de points beaucoup plus élaborés qui tous, explique Mme Monnier, ont une raison d'être, une fonction bien particulière.

– Encore plus avant, du temps de ma grand-mère, toutes les jeunes avaient des coiffes ou des bonnets, et les fonds de bonnet étaient brodés, enfin ceux des fêtes ; un fond brodé « aux sept fleurs ».

Agnès sort de sa réserve.

– Ah bon !

– Les sept fleurs représentent les sept vertus : la foi, l'espérance et la charité, bien sûr, puis aussi la force, la justice, la prudence et enfin la tempérance.

– Qu'est-ce que « tempérance » veut dire ? demande Agnès qui n'a jamais entendu ce mot.

– Euh… (La vieille dame réfléchit.) C'est par exemple éviter d'être trop gourmand, c'est se modérer en tout.

Un soir, Agnès a rapporté chez elle des morceaux de tissu, ce sont ses essais. Elle les a posés sur un coin de la table. Dès son retour et avant de dîner, Louis s'empare de ces bouts d'étoffe.

– Tiens, de la broderie !

Agnès acquiesce.

– Mme Monnier.

– C'est Mme Monnier qui fait ça ? C'est joli !

– Mme Monnier me montre, c'est moi qui ai fait ça.

Et Agnès sourit faiblement.

Louis intérieurement se sent soulagé qu'elle sorte un peu de sa léthargie. Il examine attentivement les différents points, s'approche d'Agnès puis l'embrasse avec tendresse. Elle reste appuyée contre lui.

– Toujours aussi douée en tout, murmure-t-il.

Mais lorsqu'il commence à caresser ses cheveux et son cou, il sent qu'elle se raidit. Bon, il arrête ses pauvres effusions et, avec calme et maîtrise, s'apprête à passer à table, où le dîner préparé avec ponctualité l'attend. « Après tout, se dit-il, elle tient bien la maison, fait les courses, me prépare les repas, que demander de plus ? Rien sans doute, et sans doute pour longtemps… »

XXII

L'amie

– Une lettre d'Espagne ! Une lettre d'Espagne ! répète Agnès. Au dos, c'est l'adresse de Margarita ! Cela ne peut venir que d'elle, je ne connais personne là-bas, sauf elle !

– Et moi, je ne la connais pas, reprend Louis de son ton tranquille, mais tu m'en as souvent parlé ! Il ajoute en souriant : Surtout au début, votre… (Il hésite.) L'évasion et votre décision…

– La sienne ! Louis, la sienne ! C'est elle qui m'a entraînée.

Louis semble ennuyé un instant, Agnès continue :

– Entraînée, mais elle n'a pas eu à me persuader, je savais, j'avais compris que le couvent, la vie du couvent… c'était fini.

Tout en parlant, elle a gardé dans ses mains cette grande lettre comme si elle n'osait pas l'ouvrir. Quelles seront les nouvelles ? Pourquoi une lettre ? Cela l'inquiète.

La lettre est si grande et si lourde ! Voilà, tout est dit dans le faire-part cartonné : Margarita fiancée puis entraînée au couvent, reprise par le *novio*, veut célébrer son union avec Manuel, celle des cœurs, et elle invite tous ses amis ! Elle n'a pas oublié Agnès !

– C'est quoi, au juste ? demande Louis sans méfiance mais avec un désir de précision.

– Un anniversaire, une fête pour célébrer leur véritable engagement qui a eu lieu il y a cinq ans.

– Qu'en penses-tu ? demande Louis posément.

Agnès le regarde d'un air interrogateur.

– Je ne sais pas, Louis.

– Mais… je ne connais pas ton amie.

Il n'ose pas ajouter ce qui le préoccupe, car il suppose que Margarita a, comme eux, un enfant. Non, il n'ose pas l'interroger. Agnès répond comme si elle l'avait deviné :

– Margarita m'apprend qu'elle a déjà trois enfants.

Elle s'arrête pour ne pas s'effondrer.

Agnès explique :

– Elle est entrée au couvent parce qu'une tante à elle était religieuse et l'avait décidée à choisir cette voie lorsque Manuel l'avait plaquée. Margarita, si jeune, s'était laissée tenter… Fille de parents séparés… peut-être que malgré son assurance elle avait peur du mariage après cette déception. Mais lorsque son *novio* est venu en France, à Poitiers, exprès pour elle, pour la voir, il s'est fait passer pour son frère, alors qu'elle n'en a pas. Margarita a compris qu'il était sincère, donc pour elle le couvent n'avait plus aucun sens.

Louis observe Agnès. Elle est si belle quand elle s'anime, ses joues pâles sont légèrement rosées comme un fard, ses yeux bleus deviennent plus intenses, sa bouche si triste à présent redevient ronde et rose, et si attirante, oui, si attirante !

– Que veux-tu décider ? demande Louis.

– Moi ?

Agnès est surprise.

– Oui, toi, c'est, c'était ton amie ! Une amie, oui, et une partenaire en conspiration ! ajoute Louis.

Le lendemain, à midi, Louis, revenant de sa matinée de travail, constate que, contrairement à son habitude, Agnès est agitée, bouge sans arrêt, semble énervée et déstabilisée. Louis sait bien que la cause en est cette carte d'invitation reçue hier… Alors, il procède doucement, parce qu'il l'aime et qu'il connaît sa sensibilité et aussi ses entêtements :

– Cela te ferait plaisir de revoir Margarita ?

– Oui… oui, sans doute.

– Nous pourrions aller en Espagne, si tu le désires.

Agnès ne répond pas, Louis insiste :

– Tu comprends qu'elle a envie de te revoir ?

– Oui, elle a envie de me revoir, peut-être, oui ! Envie de me revoir.

– Alors, ma chérie, moi je suis prêt à y aller. Nous pouvons faire ce voyage en voiture, l'Espagne, ce n'est pas si loin !

* *
*

Louis s'est tout de suite senti heureux en compagnie de ces nouveaux amis, Margarita, l'ancienne sœur, et son mari, Manuel, un homme grand, un peu enveloppé, très jovial, très exubérant, fier de son épouse qu'il couve d'un regard d'adoration et fier de leurs trois enfants, deux ans, un an et un bébé de trois mois. Dans cette atmosphère chaleureuse, Agnès sent fondre le poids constant de sa peine, elle répond avec un certain enjouement aux plaisanteries de Manuel, et pour Margarita elle est la jeune religieuse qui l'avait aidée à quitter le couvent.

– Mais sans moi, taquine Margarita, tu serais encore au milieu de tes draps et serviettes ! Avec ce cerbère de mère Ferreau !

Agnès fait une moue dubitative.

– Sans moi tu y serais encore, reconnais ! insiste Margarita.

– Peut-être que non.

– Pourquoi ?

– À cause de Louis, murmure Agnès.

– Ah, ah ! s'exclame Manuel. Une idylle au couvent !

– Tout ce que je sais, raconte Margarita, c'est qu'après vos travaux de plomberie (elle se tourne vers Louis) à chaque fois Agnès était songeuse ou au contraire émoustillée, la belle !

Louis si peu démonstratif en public se tourne vers Agnès et lui caresse doucement la nuque.

– Moi aussi, déclare Louis, j'avais un grand plaisir que ce soit toujours la même religieuse chargée de m'aider.

– Chargée par mère Ferreau, reprend Margarita. En somme, c'est grâce à ce chameau que vous vous êtes rencontrés !

Tous rient aux éclats.

Ah, enfin ! Pouvoir parler librement de leur passé commun, de leur état de jeunes sœurs converses réunies là, dans un pays étranger, par leur seule commune foi et vocation religieuse...

– Vocation religieuse ! s'écrie Margarita.

Elle est brune, fardée, bouclée (c'est naturel, Agnès s'en souvient), en train d'allaiter son troisième enfant sans contrainte ni excessive pudeur. Le bébé suce bruyamment le sein de sa mère et, entre plusieurs tétées, prend un tel air repu et heureux qu'Agnès en a les larmes aux yeux... C'était il y a si peu de temps qu'elle aussi avait un enfant au sein... Nicolas. Où est-il à présent ? Au ciel ! Mais voir cette maternité lui fait mal ! Sans jalousie contre Margarita, mais c'est difficile d'avoir sous les yeux l'image de la félicité maternelle.

Son ancienne consœur a-t-elle perçu la crispation d'Agnès ? Quelques jours après, elle choisit d'être directe :

– *Cara mía !* Tu me vois avec mon troisième enfant, le chéri, le jésus, l'adoré de mon cœur... Tu verras, tu en auras d'autres, et tu les chériras d'autant plus !

Agnès fait signe que non de cet air si fermé et obstiné que Margarita lance un regard en direction de ce Louis dont elle a fait la connaissance et qu'elle trouve très sympathique, mais Louis refuse de réagir au message pourtant clair de Margarita. Non, il ne prendra pas parti ou, plutôt, s'il le faisait, ce serait pour expliquer la conduite d'Agnès et l'excuser !

Au menu, Margarita a préparé l'opulent et devenu classique poulet à l'espagnole, comme disent les livres de cuisine. C'est un genre de paella, une poule au riz si on veut, avec des légumes du Midi et d'outre-Pyrénées : poivrons, aubergines, tomates (préalablement desséchées au soleil, qui de ce fait ont conservé leur puissant goût). Agnès découvre qu'en ce moment elle a besoin de cette nourriture pimentée, exotique. Le vin que leur sert Manuel est également puissant et corsé.

À ce régime, pendant huit jours, le couple français fait honneur à la cuisine espagnole. On les promène, on les invite, on les régale, on les produit partout, et les amis des amis les invitent aussi.

Un soir, un bel homme et sa compagne sont invités.

– Agnieszka, content de vous revoir !

Il s'empresse auprès d'elle, tout sourires charmeurs et attentions galantes.

– Vous ne me reconnaissez pas ?

– Tu l'as vu quand on s'est sauvées, c'est mon cousin ! s'écrie Margarita. Celui que tu aurais pu épouser !

Tout le monde a entendu parler de l'escapade de Margarita, et on veut connaître sa complice. Les jours passent, Louis et Agnès se détendent au contact de cette chaude amitié.

Chaque jour, Margarita allaite son bébé, puis elle tient son nourrisson contre son sein qu'elle ne recouvre pas et dont tout un chacun peut admirer la rotondité, l'éclat de la peau.

Les hommes ont pu détailler le buste de Margarita, l'un avec l'orgueil du propriétaire, l'autre avec un sentiment partagé d'admiration pour toute jolie femme et de gêne qu'elle se dépoitraille si facilement. « Non, on ne dirait pas une ancienne bonne sœur, pense Louis. Ce n'est pas Agnès qui montrerait ainsi ses charmes, et pourtant elle le pourrait. » Et Louis réprime un soupir de nostalgie.

– Viens ! lui dit Manuel qui l'entraîne au-dehors.

Margarita pose brusquement son bébé dans le couffin, se réajuste, plante son regard dans celui d'Agnès et répète ce qu'elle a déjà proclamé quelques jours plus tôt :

– *Cara mía,* je sais, tu penses à ton bébé, mais tu en auras d'autres !

Agnès la regarde d'un air triste sans répondre.

– Je te montre mon bébé pour te donner envie d'en avoir un, tu comprends !

Agnès hausse une épaule et fait signe que non.

– Pourquoi ? insiste Margarita. Tu n'es pas malade, hein ?

– Non.

– Alors, qu'est-ce que c'est ? Dis-moi !

Parce qu'elles ont été complices au couvent et qu'elles ont comploté leur fugue, Agnès hésite et... s'entend répondre :

– Nous ne... nous ne...

– Vous ne baisez pas ? interroge crûment Margarita.

Tout en se demandant où elle a appris son français, Agnès fait signe que non.

– *Madre de Dios,* pourquoi ? Il ne veut plus de toi ?

– Au contraire ! C'est moi, depuis la mort de Nicolas. Je ne peux pas !

Margarita s'assoit de stupeur puis se relève et s'approche de son amie.

– Alors, tu es folle ! Agnieszka, folle ! *Loca,* tu es *loca* ! Elle continue : Tu as vu ton Luis ?

– Louis.

– Oui, Luis ou Louis, j'ai du mal à prononcer correctement, c'est pareil ! Il est beau comme un dieu, beau, une belle tête, des cheveux bouclés et du charme ! On dirait saint Jean-Baptiste, tu sais, sur un tableau de Murillo, notre peintre national.

Agnès ouvre de grands yeux stupéfaits.

– Saint Jean-Baptiste, épaules carrées, buste viril et dénudé, c'est ton Luis !

Agnès se met à rire malgré elle.

– Et tu l'obliges à être chaste !

Agnès ne répond rien.

– Tu es folle, Agnieszka, tu vas le perdre ! Un homme veut de l'affection.

– Il l'a ! réplique-t-elle avec fougue.

– Oui. (Margarita cligne de l'œil d'un air entendu.) Affection avec la chair, le corps, un homme en a besoin et, tu vois ! (Elle reprend le bébé qui pleurait.) Tu vois, c'est mal, ce que tu lui infliges !

– Je ne peux pas, répète Agnès.

– Force-toi ! C'est comme un grand saint qui a conseillé : « Agenouille-toi et tu prieras », c'est pareil ! Cela viendra tout seul, c'est pareil, Agnieszka !

Alors, dans son cerveau fertile, Margarita imagine un plan.

– On va les saouler ! déclare-t-elle un soir à Manuel.

– Hum ! Louis s'en apercevrait, il se méfiera, il est intelligent.

– Oui, lui, oui, mais c'est elle qu'on va enivrer un peu, alors elle ne saura plus, elle oubliera et elle cédera, tu verras, elle est si romantique et si docile !

Les prétextes sont nombreux, nombreux anniversaires ou fêtes religieuses, cela va être la Saint-Louis, la Sainte-Monique, la Saint-Augustin…

– On va faire une sortie, on dansera et on boira !

– Si tu veux, répond son mari, mais… non, il faudrait un dîner intime, seulement tous les quatre. Vous reparleriez du couvent, on vous écouterait et je m'occuperais de la boisson ! Tout en douceur et en finesse pour ton amie slave, il ne faut pas la foule, la danse et la musique fracassante. Pour les derniers jours, fais-nous un dîner intime !

« Grand et un peu lourd, se dit Margarita qui lui saute au cou, mais une grande finesse d'esprit. »

– Tu es psychologue, toi, et diplomate ; moi, je ne suis qu'une fonceuse passionnée. Un dîner calme et intime ; je ferai dîner les enfants d'abord, et le bébé, lui, est repu après chaque tétée.

Manuel regarde son épouse d'un air aussi aimant mais légèrement critique.

– Tu lui montres trop le bébé ! Tu l'exhibes !

– Mais je le fais exprès ! répond Margarita avec feu.

– Pourquoi donc ?

– Pour lui donner l'envie d'en avoir un !

Manuel s'accoude au plan de travail de la cuisine et, tout en caressant les hanches de Margarita, répond :

– Ce n'est pas comme ça qu'elle fonctionne, au contraire... comme tes jeux de séduction avec Louis. (Il se penche et embrasse sa femme sur la bouche et dans son décolleté.) Ce n'est pas comme ça qu'il fonctionne non plus.

Et il rit.

– Ça, oui, je l'ai vu !

– C'est un type bien, continue Manuel.

– Toi aussi !

– Je ne l'ai pas toujours été, tu sais bien !

Allusion au fait qu'il l'avait plaquée et que, de déception, elle était entrée au couvent.

* *
*

Au dîner intime, les amis espagnols se confient et Manuel parle librement de ses frasques passées.

– Une fille du tonnerre... (Manuel boit une gorgée du cocktail d'entrée, fait une pause, ses yeux ne sont pas songeurs mais malicieux.) Des jambes, des seins, une allure, un ventre plat, j'étais fou d'elle.

– Une *guapa*, résume Margarita d'un ton impatienté.

– Où est le mal ? interroge Louis.

– J'étais fiancé !

– Ah !
– À Margarita… Manuel ajoute : Fiançailles de jeunesse.
– Amis d'enfance ?
– Vous n'aimiez plus Margarita ? demande Agnès en tournant son regard bleu vers lui.
– Euh, si ! Oui ! J'étais ensorcelé par l'autre… si belle ! si attirante !
– Un mannequin, quoi ! résume Margarita d'un ton énervé.
Manuel continue :
– J'ai rompu nos fiançailles, et je me suis mis avec Francesca, j'étais envoûté.
– Et moi, je suis rentrée au couvent ! déclare Margarita d'un ton furieux.
– Pourquoi ? demandent en même temps Louis et Agnès.
Tout en rajustant sa robe verte qu'elle a remise ce soir et dont le décolleté est si avantageux, Margarita répond :
– Plus confiance en un homme ! Alors, ma tante religieuse m'a fait miroiter un couvent en France !

Agnès, qui connaît la suite, se demande si Louis à son tour va raconter son expérience avec son ancienne fiancée. C'est un peu la même histoire de l'homme attiré immanquablement par la femme avec ses attraits, sa féminité généreuse, son absence de réserve… Elle tourne vers lui ses yeux si bleus et intenses, parce que les anecdotes de Manuel la distraient, mais s'abstient par discrétion de solliciter Louis qui, à travers la table, lui fait un amical sourire.

Margarita a mis une nappe et des bougies roses, ton sur ton. Éclatante de vitalité dans sa robe verte, elle a placé Louis à côté d'elle. En face, Manuel. « Un bel hidalgo », pense Louis. Et Agnès, en robe bleu-vert. « La robe que je lui avais achetée à sa sortie du couvent, se remémore Louis. ». Mise rarement. Un haut ajusté d'un ton plus soutenu fait ressortir ses merveilleux cheveux blonds et l'éclat de ses yeux, la jupe en corolle est faite de tons alternés bleu et vert.

Après les cocktails dangereusement doux, Manuel en propose d'autres.

– Encore un ! Mais si ! insiste Manuel auprès d'Agnès qui se laisse tenter.

Comme c'est agréable, les vrais amis, et d'autant plus vrais qu'ils racontent volontiers leur romance et les ratages du début.

Agnès, que la série de cocktail a un peu décoincée, rappelle à son amie la visite du prétendu frère.

– Tu te rappelles, Margarita, quelques jours après... (Elle se tourne vers Manuel, qui a mis un bras généreux sur ses épaules.) Après la visite de ton frère, tu m'as dit que c'était ton ancien *novio.*

– Vous compreniez l'espagnol ? demande Manuel.

Agnès sourit.

– Non, mais, à voir Margarita, j'ai... j'ai saisi.

Et elle lui lance un regard taquin.

Margarita reprend le récit avec fougue tout en servant un poisson en sauce avec du riz. Manuel l'accompagne d'un vin blanc sec de Jerez. Agnès commence à se sentir un peu partie, elle revit la scène du couvent. Margarita reprend le récit avec tant d'animation qu'Agnès s'y croit encore.

– Bien sûr, Manuel s'est fait passer pour mon frère, mais je n'ai pas de frère, ah, ah ! Quand je l'ai vu là, devant moi, au parloir des visiteurs, j'ai cru m'évanouir !

– Et pourquoi était-il là, hein ? Tout ce voyage d'Espagne jusqu'à Poitiers ? Il a simplement dit : « Je veux t'épouser, je me suis trompé, c'est toi que j'aime ! » Et moi, qu'est-ce que je fais, hein ? (Margarita se tourne vers eux trois.) Elle était là, mon amie polonaise, douce et si suave, et si bonne et mignonne, alors je lui ai dit la vérité ! Et de lui dire la vérité, j'ai décidé de partir du couvent, mais comment ?

Elle les regarde tous les trois, Agnès dont les joues sont roses de ces heureux souvenirs évoqués l'interrompt :

– Elle m'a demandé comment on faisait pour sortir du couvent, pour se sauver, et moi, je le savais !

– Pourquoi ? demandent les deux hommes en même temps.

– Ça, je ne sais pas ! répond Agnès avec cet accent qui la rend si ingénue. J'avais observé le plan du jardin, du mur de la clôture, j'avais remarqué que ce serait facile...

Elle sourit d'un air à la fois sage et espiègle, mais elle ajoute en se tournant vers Margarita :

– Sans toi, je n'aurais pas eu ce sursaut !

Louis se met alors lui aussi à relater le côté de leur histoire. Il se tourne vers Manuel.

– Pendant environ un an, la mère assistante me l'a littéralement collée dans les pattes ! À chaque intervention de plomberie, c'était toujours elle qui venait.

– Oh, ah ! font les autres.

– Bon, attribuée, si vous voulez, pour m'aider... cette jeune religieuse, toujours la même, toujours gaie et efficace.

– Ah, ah ! fait Manuel.

– J'étais sensible à son charme, je... j'étais à chaque fois très content de la revoir !

– Amoureux, alors ? demande Manuel.

– Non, répond Louis.

Agnès darde sur lui des yeux surpris.

– Non ! Si ! Amoureux mais sans me le dire, parce que dans mon milieu moral on n'est pas amoureux d'une religieuse !

– Ah, je comprends, dit Manuel, tu étais amoureux mais tu t'étais interdit de le penser !

– Oui, en effet, c'est exactement ça ! conclut Louis.

– Et moi, reprend Margarita, je la voyais, mon amie Agnieszka, revenir tout émue à chaque intervention du plombier, à chaque rencontre ! Heureuse et songeuse, amoureuse et... scrupuleuse !

Elle s'interrompt pour servir le dessert : un assortiment de gâteaux très moelleux aux amandes. Manuel a sorti le champagne, espagnol, bien sûr, mais personne ne rechigne, il est très effervescent comme leur conversation.

Manuel se tourne vers Louis.

– Et alors ? Je veux connaître la suite !

Louis sourit et regarde Agnès avec émotion.

– Quand j'ai ouvert ma porte, que je l'ai vue là, devant chez moi, j'étais... j'étais stupéfait de sa... présence, là, sur mon seuil ! Elle m'a aussitôt dit qu'elle venait de se sauver du couvent.

– Alors ?

– Je l'ai fait entrer.

– Oui, oui, ensuite ! demandent ensemble Manuel et Margarita. Tu l'as embrassée ?

– Oh ! non, je l'ai demandée en mariage.

Un silence recueilli entre les quatre, tant d'émotions évoquées, réactivées.

– C'est le ciel qui te l'envoyait ! conclut Manuel, conscient de son jeu de mots équivoque.

Après le champagne, un ou deux verres de jerez moelleux, puis des cigarettes, puis plusieurs verres d'eau, ils sortent dans le jardin, sous la voûte sombre et piquetée d'étoiles, et tous les quatre, un peu trop gais et légèrement éméchés, se taisent devant la mystérieuse majesté du ciel.

XXIII

Ébriété

Lorsqu'ils se retirent enfin tous les deux dans la paisible chambre d'amis, Louis et Agnès sont encore sur leur lancée de joies remémorées. Agnès sourit aux anges. Bien sûr, Manuel et Margarita les ont fait boire un peu plus que de raison ! Louis se sent un peu gris, il garde le contrôle de ses gestes et de ses paroles, il s'approche de sa jeune femme, l'entoure de ses bras, caresse ses épaules, son dos et, pour la première fois depuis si longtemps, elle se laisse faire sans se replier sur elle-même. Elle a l'air de sortir d'un long sommeil, elle s'appuie à lui, un sourire paisible sur les lèvres. Naturellement, elle a trop bu ! Soudainement, rien n'est inaccessible ! Louis la touche, la palpe, et Agnès, poussant un profond soupir de soulagement, le laisse faire. À son visage, à son corps qui attend, Louis comprend qu'elle est consentante et à nouveau peut-être attirée par lui.

En silence, ils retrouvent le chemin de l'amour physique. Alanguie, Agnès redevient l'amante douce et secrètement passionnée. Louis redécouvre avec ses mains et ses lèvres la femme aimée qui s'était refusée à lui depuis si longtemps. Non, il ne lui en veut pas, il a souffert de sa réaction sans se l'expliquer vraiment. À présent, il oublie. Elle ferme les yeux ou bien les ouvre pour lui sourire, elle accepte ses caresses, elle l'accepte lui, c'est une libération, il est ému puis la taquine :

– Tu as trop bu, ma petite bonne sœur, sinon tu ne me laisserais pas...

Elle sourit, elle semble heureuse, heureuse enfin ! Et probablement à moitié saoule.

Le matin, un calme étrange les saisit, ils se sentent comme après une maladie, convalescents, fragiles mais sereins. Louis s'approche d'Agnès. « Elle est dégrisée, pense-t-il, a-t-elle oublié notre nuit ? Peut-être va-t-elle se recroqueviller sur elle-même ? » Mais non.

Ils s'aiment à nouveau comme il y a quelques heures, avec la même douceur et une forme de joie qui les étonne. « Allons, pensent-ils tous les deux sans l'exprimer tout haut, le bonheur est-il encore possible ? » Louis la caresse doucement puis soudainement il s'arrête de l'embrasser et de la caresser, et d'une voix qu'elle ne lui avait jamais entendue, non pas rancunière mais comme peinée et encore lourde du passé, il l'interroge :

– Agnès, c'est pour de bon ?

Elle le regarde sans comprendre, et sans réfléchir continue à caresser les cheveux de Louis que leurs effusions viennent d'ébouriffer. Malgré elle, ses cheveux bruns coupés court mais presque bouclés l'ont toujours attirée. Il met gentiment sa main sur celle d'Agnès pour arrêter ses gestes :

– Pour de bon ? reprend-il. Tu ne changeras pas d'avis, tu ne retourneras pas à ta tristesse ?

Et il pense sans le dire : « Me bannissant de ton affection ? »

Brusquement, elle comprend, ces longs mois où, repliée sur leur malheur, elle avait abandonné Louis et l'avait exclu, c'était si inévitable pour elle mais si injuste pour lui !

– Pardon ! Pardon !

Et comme il la regarde avec une sorte de prudence qu'elle ne lui a jamais vue, elle secoue la tête :

– Pardon, Louis, je ne pouvais pas, je veux être avec toi comme avant !

– Tu m'as rendu bien malheureux...

Il pousse un soupir et ne reviendra plus jamais en paroles sur cet épisode lamentable, mais peut-être, comme elle dit, inévitable. Puis il lui ouvre les bras.

– Alors, nous repartons ensemble ?

Il la scrute encore, cherchant à comprendre sa petite bonne sœur qu'il a tant aimée, si compliquée, si vulnérable.

– Oh oui !

Agnès sent qu'elle lui a manqué. Non, elle ne veut pas perdre cette affection, cette chaleur revenue illuminer son cœur et son corps. Margarita a raison.

– Pardon, Louis, je te demande pardon, je n'ai pensé qu'à moi !

– C'est fini, lui murmure-t-il, c'est fini.

Louis se dit : « On peut critiquer l'alcool, c'est à la mode. Ce sont les orgies qui sont à prohiber. Quelques verres gomment les obstacles. Grâce à ma légère ébriété, j'ai osé les gestes d'élan vers elle, hier soir, et elle était un peu partie elle aussi, heureusement. »

Ils se lèvent, s'habillent, il va falloir descendre, prendre le petit déjeuner, affronter les amis qui, Louis s'en doute, les ont fait boire sciemment, volontairement, en se disant qu'il fallait les saouler pour que ce couple à la dérive se ressoude. Oui, Louis se dit que ce mot venu spontanément à son esprit est celui même de son métier, souder, c'est-à-dire unir en faisant fusionner deux éléments différents ou bien au contraire des éléments semblables mais momentanément brisés, alors le métier de soudeur est de se servir d'un liant pour faire tenir.

Et ça a marché ! Mais l'avouer gênerait Louis et Agnès. Ils veulent faire comme si de rien n'était. Descendus de la chambre, ils s'installent en bas, dans la grande salle, aussitôt accueillis par leur amie avec une table remplie, comme les jours précédents : café, confiture, pains de différentes sortes, brioches, orange, jus de fruits, et ce breuvage si typique de l'Espagne qui ressemble à du lait par la couleur et la consistance mais dont le goût exotique, plein, riche, évoque plutôt peut-être l'Orient, c'est la *horchata de chufa*. Comme d'habitude, les enfants embrassent, crient, jouent et mangent à peu près ce qu'ils veulent et Margarita les regarde avec adoration.

À la façon dont Louis et Agnès se tiennent assis côte à côte, sans parler, Margarita, fine mouche, se dit que son plan a fonctionné. Elle les regarde à la dérobée. « Oh, pense-t-elle, on dirait deux premiers communiants dans leur bulle de bonheur. »

– Agnieszka, *cara mía* ! s'écrie Margarita. Choisis ce que tu veux, mange et bois, tu as l'air d'en avoir besoin, ajoute-t-elle malicieusement.

Louis l'observe. Avec ses cils rimmelés du soir au matin, on ne dirait pas que Margarita a été bonne sœur ! Tandis qu'Agnès a légèrement rougi sous l'allusion moqueuse.

Manuel, éclatant d'assurance et de gaieté, arrive à son tour, bavarde sur des sujets de construction, isolation et chauffage de maison, non sans regarder de temps en temps Agnès d'un air si clairement curieux que Louis se décide à parler :

– Manuel, tu nous as tant abrutis avec tous ces cocktails, toutes tes boissons excellentes et fortes que nous avons dormi comme des loirs !

Personne n'est dupe. Après un silence stupéfait, tous les quatre éclatent de rire.

* *
*

Le retour se fait par petites étapes. Conscient qu'Agnès connaît peu son pays, Louis a choisi un itinéraire buissonnier. Agnès se fait expliquer le terme.

– J'étais un élève sage, l'école buissonnière, non, je ne l'ai jamais faite, mes parents étaient bons mais stricts, je n'ai pas eu envie de les tromper.

Louis roule vite, le plaisir de revenir dans son pays, de le montrer à sa femme, de l'avoir à ses côtés, peut-être pas absolument heureuse, non ! Mais pacifiée, souriante, posant de temps en temps sa main fine sur son bras qui tient le volant qu'il lâche alors parfois pour lui caresser les cheveux ou la joue. Cette fille à côté de lui, celle qu'il a bien cru perdre, emmurée dans son désespoir, oui, on dirait une jeune fille avec ses cheveux longs blonds qu'elle a laissés libres et que le vent fait voltiger, avec ce teint si clair et uni que le soleil madrilène a non pas bronzé mais hâlé.

Avec cette fille, sa femme, qui redevient amoureuse, un monde auquel il ne croyait plus, et la joie de leur intimité charnelle irradient autour d'eux ; qu'il lui réajuste ses cheveux ou l'aide à enfiler une veste, ses gestes à lui sont prévenants, caressants, ses attitudes à elle sont plus féminines et très conscientes de sa virilité ; elle se sent disponible à nouveau, offrant chaque soir sa blondeur, sa fraîcheur, sa réceptivité à celui qui l'a aidée à sortir de son marasme.

– Ma fille, ma chérie, mon amie…

Louis murmure tout bas des mots oubliés, il a envie d'ajouter « ma petite bonne sœur » tant elle le fait songer à la jeune religieuse qu'elle a été.

Chaque soir, à l'étape, ils ne cessent d'exprimer cette fusion retrouvée. Louis est aussi caressant mais plus vigilant, comme soucieux que cette entente physique dure.

De son côté, elle est suave et douce et totalement abandonnée à lui. Bien sûr, elle n'a plus l'exubérance et la gaieté taquine disparues avec Nicolas ! Leurs échanges physiques sont différents, plus graves, plus attentionnés à l'autre, moins amoureux, plus amicaux.

* *
*

La France, en remontant, c'est Collioure, avec son port coloré et son phare que l'église s'est approprié.

Agnès regarde longuement cette eau vivante qui bouge sans qu'un courant l'emporte, comme c'est le cas dans une rivière. Non, c'est un mouvement incessant, les vagues avancent doucement puis semblent changer d'avis, reculent de quelques mètres pour à nouveau revenir sur la grève. Médusée, les pieds dans l'eau, elle contemple ce flux et reflux.

– Tu n'as jamais vu la mer avant ?

– Non.

Louis cherche dans sa mémoire si la Pologne possède un rivage maritime…

– La Baltique, répond Agnès en le devinant. Non, de chez nous, la Baltique, c'était trop loin.

Ils ont fait une halte en remontant d'Espagne dans ce port méditerranéen envahi par les touristes. Louis tient fermement la main d'Agnès, sachant sa crainte de la foule et du bruit, et ils se dirigent vers l'église vers laquelle Agnès est comme aimantée. L'intérieur surchargé de dorures la fait songer aux salons de madame la baronne, la lampe du sanctuaire brille faiblement ! Constant rappel d'une présence invisible malgré les touristes, la foule, le tapage…

Accotée à l'église, une partie de la plage accueille les peintres parmi les bateaux et les filets de pêche. Ils s'approchent et observent discrètement l'un d'entre eux, grand, blond, l'air étranger, qui leur jette un coup d'œil puis continue à couvrir la toile de touches vigoureuses… Il se retourne, dit quelques mots dont Agnès reconnaît immédiatement l'accent.

Les voici en conversation animée, étonnés de cette rencontre magique loin de leur patrie.

– Je suis Taddeus, je vis ici depuis dix ans. Si je gagne ma vie ? J'essaie ! Et toi ?

– Je suis Agnieszka, et voici mon mari, Louis, j'ai quitté la Pologne il y a six ans.

– Ah bon ! Pourquoi ?

– Euh…

Elle coule un regard vers Louis. Non, elle ne peut pas confesser son passé de religieuse. Elle pense à Ilona et Zenia, comme elle, sous la férule de mère Ferreau, et réprime un soupir de soulagement…

Le grand gaillard rit et fait signe que cela ne le regarde pas puis les invite à partager un verre pour continuer à bavarder dans leur langue natale…

Louis pense à leur mariage, quand Irena et Antoni étaient venus. Il admire cette langue slave douce et suave.

Une heure après, ils se quittent.

– Au revoir, Taddeus.

– Au revoir, Agnieszka ! Bonne continuation.

– Tu vois, murmure Agnès, son tableau, c'est la vie, des figures floues, un dessin qu'on ne discerne pas, mais une lumière l'inonde et remplit tout.

Louis sait que pour Agnès cette lumière est Dieu, invisible, présent, envahissant.

* *
*

Avant Poitiers, ils vont directement à Saint-Benoît le village de Louis. Directement en haut de la côte, dans un tournant, ils poussent la grille du cimetière. Louis maintient Agnès, il a peur qu'elle chancelle et s'effondre. Et il la tient tout le long de l'allée, au retour, après avoir déposé l'arbuste que Margarita leur a confié. Dans quelques jours, avec les outils adéquats, il le plantera au bord de la tombe.

Ce soir, ils rentrent chez eux ! Comme la maison est vide ! Louis pousse les volets, entraîne Agnès dans le jardin, le poids des souvenirs !

– Nous pouvons changer de maison, si tu veux, murmure-t-il posément.

– À quoi bon en chercher une autre ? Non, ton atelier est à côté, c'est pratique.

Louis acquiesce, hoche la tête. Alors, ce soir, ils parlent de son travail puis ils vont se coucher, blottis l'un contre l'autre. Ils ne bougent pas, ils pensent à Nicolas.

Ensuite, le vent se lève et fait battre un volet que Louis va réajuster. Puis il pleut, c'est comme des pleurs qu'ils ne peuvent plus verser, ni Louis ni Agnès ne s'ingénient à consoler l'autre, mais ils restent dans les bras l'un de l'autre, immobiles, encore empreints de l'intermède bénéfique des vacances en Espagne.

Puis ils reprennent leur quotidien, la routine de Louis, levé tôt, endossant son bleu de travail pour se rendre aux différents chantiers, et Agnès tenant la maison aussi méticuleusement qu'auparavant. Chaque soir, elle prépare un dîner savoureux, elle cherche à varier ses menus maintenant qu'elle est habituée aux marchés français, attentive à la tenue de la maison, attentive surtout dès le retour de Louis à deviner son humeur, ses besoins, elle s'approche, fait une légère caresse sur ses cheveux. « Il faut, se dit-elle, qu'il sache que je ne me reprendrai pas, qu'il sache que je suis à lui, qu'il peut comme dans le passé me démontrer son amour… » De même qu'elle varie les menus des repas, elle a modifié ses habitudes vestimentaires, pour porter des tenues plus jeunes, plus colorées, moins bonne sœur…

Rien ne sera comme avant Nicolas… mais ni non plus comme cette longue année de deuil, leur amour est différent, plus sage, plus prudent mais constant.

Dans la journée, la maison est vide. Agnès tourne en rond, ressent la tristesse prête à s'engouffrer encore en elle. Être la cuisinière de Louis, sa blanchisseuse et sa femme lui laisse de longues heures inactives, creuses, solitaires, elle n'ose pas se plaindre ni avouer à Louis quand il rentre qu'elle s'ennuie toute seule. Elle ne va pas ajouter à ses tracas professionnels, il a l'air débordé, si débordé pour rattraper ce mois d'août de vacances, bientôt les ramonages, bientôt les rallumages des chaudières en vue de l'hiver et les réparations en souffrance depuis le début de l'été. Mais un soir, elle n'en peut plus :

– Tu te souviens quand… au couvent tu avais besoin de mon aide parfois…

Louis répond distraitement :

– Bien sûr que je m'en souviens, tu penses !

– Tu… je…

Louis repose le journal qu'il feuilletait, la regarde de cet air profond et franc qu'elle aime tant en lui, alors elle se décide et prononce d'une voix timide :

– Je voudrais recommencer à t'aider, s'il te plaît, je voudrais aller avec toi…

Il la regarde longuement.

– Tu es sûre que tu veux travailler avec moi ?

– Oui, oui, s'il te plaît.

Il rit.

– Tu étais douée, tu sais !

– Ah bon !

– Forte et habile, mais cela ne va pas te fatiguer ?

– Non, au contraire…

Ah oui, sortie de son marasme de l'an dernier, il se dit qu'il ne faudrait pas que cette solitude la fasse replonger ! Autant l'occuper, la maison est si vide ! Son idée est peut-être bonne.

– Bon, je t'embauche ! dit-il d'un ton plaisant.

XXIV

Embauche

TOUS LES DEUX, BRONZÉS de leur séjour en Espagne, s'habillent avec des vêtements de travail bleus ou gris qui font ressortir que manifestement ils ont passé des vacances au soleil ! De toute façon, les clients sont habitués à Louis Darroux, ce Poitevin du sud du Poitou qui comme beaucoup ici ont la peau et le teint mat, les cheveux foncés. Souvenir de 732, dit-on par ici en plaisantant à moitié, car la mémoire des peuples est longue. Après son échec contre le rempart d'acier des boucliers francs, l'armée arabe a reflué en débandade, un sauve-qui-peut. Certains sont restés, dit-on, des moricauds, des mécréants, des barbares, des mahométans, mais la bonhomie naturelle des gens, alliée à l'indifférence native d'une région de passage qu'est le Poitou, qui en avait vu tant d'autres, faisait qu'on avait accepté ces pauvres vaincus, acceptés puis intégrés ; parfois on croise ces vivants portraits d'Arabes en Poitou et en Charente.

En revanche, Agnès, en bleu de travail, hâlée par ces semaines en Espagne et revivifiée par un élan vers Louis, et peut-être alors vers leur avenir commun, est une Slave elle, c'est criant de vérité !

Empêtrée dans cette combinaison bleue que Louis lui a trouvée, elle finit par décider de la reléguer.

C'est qu'Agnès, depuis leur retour, a justement besoin d'être libre dans ses vêtements, alors elle choisit un pantalon de travail gris-bleu avec un haut gris en gros coton qui la protégera en cas d'étincelles de soudure ou d'un léger choc dû à un effort.

Effort est le mot. Elle avait presque oublié l'effort physique pour soulever ou maintenir des barres de fer, des tuyaux en cuivre. Lorsqu'elle était l'aide attitrée de ce M. Darroux, elle luttait afin de rester dans les éléments stricts d'une vocation religieuse, et cependant à chaque fois était séduite malgré ses vœux et ses résolutions par le charme palpable, envahissant, débordant, puissant de cet homme jeune, solitaire, respectueux, délicat, attentionné dont elle se mettait à rêver après chaque rencontre ! À chaque fois lui se préparait au choc de revoir cette fraîche et jolie religieuse, en un sens il lui faisait un peu la cour en la complimentant.

Un foulard sur ses cheveux, les gants de travail qu'il lui avait offerts naguère, les voilà équipés pour rattraper ces semaines de congé ; pour certains travaux, Agnès réussit à s'en occuper toute seule, comme purger les radiateurs. En revanche, elle mesure le danger éventuel de certaines soudures spécifiques, elle avait vu, bien sûr, au couvent, la lampe à souder que Louis apportait, appareil simple et maniable et autonome. Il lui avait montré qu'il suffisait d'une petite cartouche de gaz butane jetable.

À présent, dans des chantiers plus conséquents, il utilise le chalumeau alimenté lui aussi par du gaz, mais c'est une grosse bouteille qu'il transporte dans sa camionnette, et là Louis fait des recommandations strictes :

– Attention, ne t'approche pas trop. La puissance de chauffe est à peu près de 2 000 °C, et puis en fonction de ce que je dois faire parfois la flamme au lieu d'être verticale est horizontale !

Elle remarque aussi qu'en certains cas il se sert non pas de gaz butane seul mais qu'il mélange avec de l'oxygène conditionné dans une bouteille, et alors il faut se protéger avec des lunettes de sécurité ! Pour certaines soudures, c'est un chalumeau spécial avec un mélange d'oxygène et d'acétylène !

Elle découvre que ce métier est varié, précis et presque scientifique, et potentiellement dangereux. Elle avait de l'estime pour Louis, à présent elle l'admire, c'est un professionnel compétent et consciencieux.

De son côté, Louis se dit que le travail réalimente en Agnès l'envie de vivre, c'est comme lorsqu'il était apprenti plombier et qu'il assistait au miracle d'une simple pompe à eau qu'un arrosoir rallumait, comme son patron disait.

Un mois se passe, Agnès l'accompagne chaque jour du matin au soir avec la pause de midi, où ils rentrent chez eux. Seul le mercredi, elle le garde pour la tenue de la maison, le ménage, les courses et l'entretien du linge.

Cela l'aide, d'aider Louis. Depuis leur séjour en Espagne, son chagrin, leur chagrin, est là bien sûr, comme une lourde pierre au creux d'eux-mêmes, mais elle sent qu'elle accepte de se tourner vers une forme d'avenir avec Louis, son mari, qu'elle aime énormément, qui s'est montré compréhensif et patient tout ce temps où ils ont vécu comme frère et sœur. Elle l'aime et l'estime, l'observant chaque jour dans ce quotidien parfois difficile et très technique, avec sa patience et son urbanité à l'égard de ses clients.

Dans sa tenue d'aide plombier, elle trouve de plus en plus que son pantalon la gêne, la serre. D'ailleurs, elle a un peu grossi. Elle décide d'en acheter un autre dès qu'elle aura le temps, mais en ce moment Louis a beaucoup de travail. Elle l'accompagne, le seconde, un peu effrayée parfois lorsqu'il lui explique les mélanges de gaz auxquels il procède ou bien les délicates manipulations ! Mais elle l'écoute sans broncher.

Un jour, un autre jour de travail où Agnès a tenu à faire sa part, Louis et elle s'attaquent à un chantier compliqué. Il s'agit de découper des tôles faisant deux centimètres d'épaisseur. Louis a hésité puis finalement opte pour l'utilisation d'un chalumeau oxyacétylénique qui fonctionne avec un mélange d'oxygène et d'acétylène qui dégage une puissance de feu de 3 000 °C. Cela tracasse Louis, il doit avertir Agnès que c'est un instrument dangereux, même si c'est lui qui le tient et coupe aussitôt la flamme entre deux interventions.

Que s'est-il passé ? Peut-être ces odeurs mélangées de produits décapants et les vapeurs de ces drogues qu'elle a respirées, Agnès a mal au cœur. Pourtant, elle s'empare de la lourde tôle qu'elle doit soulever et poser sur un trépied. Elle sent alors monter en elle une vague de sueur, elle trébuche et finalement s'affaisse.

– Maintiens la tôle ! hurle Louis qui a allumé le chalumeau.

Puis, comprenant qu'elle est tombée, il réagit avec promptitude, coupe le contact, redresse la tôle qui a basculé, s'agenouille devant Agnès qui ne s'est pas relevée et la scrute avec inquiétude.

– As-tu mal ? Tu t'es fait mal ? As-tu mal ?

Agnès ne répond pas, elle est évanouie.

– Qu'as-tu, ma chérie ?

Après un moment, elle revient à elle, elle ne comprend pas ce qui lui est arrivé, jamais encore elle n'avait perdu connaissance. Que fait-elle là par terre ? Louis la relève.

– Ces odeurs, ça sent mauvais, ces produits !

Anxieux, désolé, Louis s'en veut.

– Oh oui, et c'est toxique ! Viens, repose-toi, j'arrête pour aujourd'hui.

Mais Agnès ne veut pas en entendre parler.

– Non, non, ça va, ces odeurs m'ont porté au cœur, c'est tout !

– De toute façon, cette sacrée tôle est coupée ! s'écrie Louis en riant. Regarde ! En tombant elle s'est fendue le long de la rainure que j'avais tracée.

Mais il est bien décidé à la ménager désormais, il soupire, c'est une femme, ce n'est plus la très jeune religieuse très solide, depuis qu'Agnès a eu Nicolas peut-être sa santé n'est plus la même.

Robert était passé rapidement dans l'atelier de Louis tandis qu'Agnès était dans leur maison. Agnès est rentrée dans leur chambre, elle se lave puis décide d'essayer la tenue qu'elle mettra dimanche pour aller chez Robert et Nicole. Elle se sent mieux et ressent l'envie de bien s'habiller, mais elle se dit qu'elle a grossi !

Elle enfile une jolie robe légère, car cet automne est clément. Elle se sent à l'étroit, la robe la serre un peu trop… Que mettre alors ? Tout semble trop petit !

Agnès s'arrête brusquement au milieu de la chambre parmi le désordre si inhabituel des vêtements éparpillés sur le sol, elle s'assoit au bord du lit et réfléchit… Puis elle palpe ses seins… elle n'a jamais fait très attention au cycle de sa vie de femme, irrégulier lorsqu'elle était religieuse et depuis la mort de Nicolas et l'absence de toute relation ; avec Louis elle n'avait pas à s'en préoccuper…

Ses seins sont plus fermes, on dirait qu'ils ont légèrement grossi, son tour de taille aussi… Serait-elle enceinte ? Elle se lève, se dirige vers une image de la Sainte Vierge accrochée au mur. Enceinte à nouveau, mon Dieu, si elle avait un autre enfant ?

Quelle joie, bien sûr, mais quel fardeau d'anxiété et de crainte ! Voir grandir un petit et risquer de le perdre encore ! Elle a envie de pleurer. Non ! Elle ira à la cathédrale, elle ira prier avant d'être sûre de son état et d'en parler à Louis. Pour dimanche ? Cette jupe marron qui la serre un peu trop fera l'affaire et ce pull-over vert vif camouflera ses formes, parce qu'on ne regardera que la couleur…

Malgré elle, un sourire amusé éclaire son visage. Louis, qu'elle n'a pas entendu rentrer, la trouve ainsi au milieu de vêtements qui jonchent le sol, les joues roses, indécise, souriante et dévêtue… En quelques pas il est près d'elle, l'enveloppe de ses bras, l'embrasse, l'entraîne, elle se laisse aller contre lui… « Mon Dieu, que c'est bon de l'avoir à moi à nouveau ! » se dit-il.

Elle sourit mais juge prudent de ne pas encore confier à Louis ses espoirs.

Elle est là, étendue, dévêtue, Louis s'est montré tendre comme d'habitude, mais si ardent, si amoureux et toujours si prévenant ! Avec lui, elle vient d'atteindre un infini bonheur tout physique, très physique, fait de cet étrange contentement du corps lorsque le cœur et l'esprit sont à l'unisson.

Étrange contentement intérieur aussi, parce qu'elle se doute qu'elle est enceinte… A-t-elle le droit de le taire à Louis ? Surtout qu'elle travaille avec lui et que parfois l'aider représente de réels efforts physiques.

Elle réfléchit : « Il ne faudrait pas faire une fausse couche, c'est arrivé deux fois à ma mère… » Mais avant d'annoncer une nouvelle aussi merveilleuse et la fin de leur malheur, il lui faut la confirmation du médecin, alors elle se tait !

* *
*

Agnès, à l'ombre du pommier de Mme Monnier, étouffe de chaleur et se sent énorme. « Si ça continue, pense-t-elle, je vais exploser ! »

Elle est énorme ! Elle se sent déjà lourde, grosse, ankylosée et enchantée ! Heureuse de cette future progéniture pour Louis, qui tout autant qu'elle a souffert de la disparition de Nicolas.

Agnès sait que, là-haut, il les protège ainsi que ce futur bébé. Dans cinq mois seulement ils auront un autre bébé ! Ce qui l'étonne est qu'elle ait pris tant de poids.

* *
*

La clinique est située dans une ancienne propriété dont on a conservé le parc et les beaux arbres – le site domine Poitiers, ce lieu semble à l'écart et pourtant il est proche. Arrivée bien avant l'heure de son rendez-vous pour avoir le temps de garer précautionneusement la voiture et vérifier qu'elle n'avait rien oublié, ni le frein à main, ni le contact et remettre au point mort, c'est qu'Agnès a passé depuis peu son permis de conduire. Louis la rassure :

– Tu es naturellement douée pour la mécanique, ne te tracasse pas ! Tu prends la voiture, et le soir tu m'annonces qui ce sera ! Un garçon ou une fille ! Cela m'est égal, un bébé à nous deux, c'est merveilleux !

Louis l'embrasse tendrement, ce bonheur futur l'a transformé, lui habituellement réservé en parle volontiers à sa clientèle.

– Nous attendons un bébé, et Agnès avant la naissance a voulu passer le permis, nous serons plus autonomes, mais elle est encore novice !

Agnès, entendant cette parole, a sursauté devant les gens à qui Louis s'adressait.

– Novice ! a-t-elle chuchoté après, novice ! Pourquoi parler de mon passé à tes clients ?

Louis, interloqué, comprend la méprise de sa femme.

– Ma fille, ma chérie, c'est une expression française : novice dans l'art de la conduite automobile !

« Tout est immaculé de propreté », observe mentalement Agnès en pénétrant dans le bureau du médecin, en fait une femme médecin. Saura-t-elle expliquer son cas ? Parler de ce premier bébé mort depuis... Le médecin de Louis s'était contenté, il y a trois mois, de confirmer qu'en effet elle était enceinte, et alors lui avait conseillé cette clinique et cette gynécologue.

Celle-ci, après l'avoir examinée, ne semble pas avoir besoin d'éclaircissements. Le docteur de Louis a dû relayer les informations, car elle la fait s'asseoir et lui parle aimablement.

– Tout va bien ? demande timidement Agnès. Et le bébé aussi ?

La femme médecin fait signe que oui tout en étudiant le dossier, puis elle redresse la tête et regarde longuement Agnès en souriant à nouveau d'un air pénétrant.

– Hum ! Pas un bébé madame, mais deux !

Que dit cette doctoresse ? Deux bébés ? Un frémissement parcourt son corps... Elle attend deux enfants ! A-t-elle bien entendu ?

La gynécologue continue :

– Dans votre famille, y a-t-il eu des naissances gémellaires ?

Agnès ne comprend pas ce qu'on lui demande. Cette expression, elle ne la connaît pas.

La doctoresse explique :

– Des jumeaux dans votre famille ? Y a-t-il eu des jumeaux ?

– Oh non, je ne crois pas !

– Et du côté de votre mari ?

– Ça, je ne sais pas.

Bien sûr, le Dr Colette Joubert a lu le dossier, un enfant précédent mort avant un an ! Pauvre femme, une jeune étrangère charmante mais dont l'accent est révélateur. « Europe de l'Est sans doute, pense Colette Joubert, pauvre femme ! » Et elle entreprend de la rassurer sans non plus trop insister.

– Tout se passera bien, vous savez ! Oui, oui, vous avez pris du poids, c'est normal puisque vous avez deux bébés. Votre maman avait-elle d'autres enfants ?

– Maman ! Oh, elle en a eu…

Et Agnès se met à compter tout haut : Josef, Maria, Tekla, Irena, elle et trois petits frères… elle en a eu huit !

– Bien vivants ?

– Oui, pourquoi ?

– Bon, une naissance gémellaire, c'est-à-dire des jumeaux, ne vous posera donc pas de problème, félicitations.

Agnès sort et regagne la voiture sans être consciente de l'avoir fait. C'est une énorme nouvelle qu'elle médite seule installée au volant sans encore démarrer.

Des jumeaux ! Deux enfants d'un coup ! C'est pour ça qu'elle était déjà si grosse ! Oui, Nicolas là-haut a bien fait les choses.

Rentrée chez elle après avoir garé la voiture de Louis le long du trottoir, elle sent qu'elle ne peut ni s'asseoir ni préparer le repas, elle va et vient et se laisse, pour une fois, aller à ses émotions. Dans la commode de la chambre où elle a commencé à préparer le trousseau du bébé, elle remue les petites chemises, les brassières, les petits pantalons… Il va falloir acheter ou confectionner le double !

Lorsque Louis arrive et la trouve dans cet état, il ressent une horrible peur, le malheur va-t-il refondre sur eux ? Mais c'est une Agnès incohérente, énervée et pourtant rieuse qu'il observe, elle montre sa main droite.

– Qu'as-tu Agnès, dis-moi, que t'arrive-t-il ?

Son ton est brusque, exigeant, mais Agnès est incapable de parler. La nouvelle qu'elle doit lui annoncer est trop énorme, alors avec sa main elle pointe deux doigts, ce n'est pas le V de la victoire qu'elle n'a ni vu ni bien compris, c'est deux doigts comme si, redevenue écolière, on lui demandait de montrer qu'elle avait compris le signe, le chiffre écrit à la craie au tableau.

Enfin, Louis croit qu'il comprend :

– Tu me montres deux, c'est ça ?

Agnès sourit et pleure sans répondre.

– Tu... nous... c'est deux bébés que tu attends ?

Agnès fait oui en riant et en pleurant à la fois.

– Ma chérie, viens, viens contre moi, nous allons avoir des jumeaux !

Agnès articule :

– Oui, deux bébés en même temps !

Ce soir, pour la calmer et parce qu'Agnès n'avait rien préparé, Louis l'emmène dans un petit restaurant au bord du Clain. Là, paisiblement, il l'écoute relater sa visite et l'énorme surprise.

« Finalement, pense-t-elle, Dieu m'a pardonné. »

XXV

Confiance

AUSSITÔT ET INÉVITABLEMENT, dès qu'elle se sent libérée des vapeurs de la souffrance aiguë mais supportable, Agnès regarde cette forme sortie d'elle, un petit bout d'être humain, un garçon, c'était prévu… Les bras, les jambes, le cou, les épaules… Il va falloir mettre au monde, à la suite, un second petit garçon encore… Elle chasse l'image de Nicolas lorsqu'elle l'avait mis au monde… et regarde ce nouveau bébé, différent on dirait… On appuie sur son ventre, le placenta est expulsé, à peine le temps de souffler, à nouveau les spasmes annonciateurs de cette naissance jumelée l'envahissent, elle bloque sa respiration, pousse, pousse tout en s'étonnant d'avoir encore des forces ! Mais le bébé cette fois-ci sort tout seul. Oh, ce n'est pas un garçon, les prévisions se sont bien trompées, c'est une fille ! C'est une fille, elle ferme les yeux sous une onde de joie, mais on la bouscule, on la sort de sa torpeur, il faut passer à la seconde délivrance, on la presse et finalement enfin son organisme réagit, enfin elle va pouvoir se reposer, s'endormir. Non ! rêver, rêves de robes à volants, poupées, bijoux… et le petit garçon ?

Elle se redresse, on lui a mis ses deux bébés près d'elle puis on les place côté à côte dans un lit de maternité, ils sont ensemble… Comme ils sont différents !

– Ce ne sont pas des vrais jumeaux, vous comprenez ?

La gynécologue parle lentement.

Agnès fait signe qu'elle entend. En réalité, elle sait bien elle que c'est grâce à l'intercession de Nicolas de l'endroit inconnu où il se trouve et où elle le rejoindra.

Agnès acquiesce, elle a hâte d'être seule avec eux, elle veut les examiner et regarder s'il y a une trace de Nicolas… ce petit garçon qu'elle vient d'avoir, elle n'a pas le droit de le comparer à Nicolas, même fugitivement, ce serait injuste pour ce bébé tout neuf… Non, il n'y en a pas, le petit garçon est blond, un blond, un teint clair, un corps allongé, elle soupire de soulagement ! La petite fille est assez claire elle aussi, avec un air très différent de son petit frère, une bouche fermée, un front bombé et... c'est la fille de Louis ! Elle lui ressemble bien qu'elle aussi soit blonde.

* *
*

Louis contemple ces deux bébés, les siens ! Ceux qu'Agnès vient de mettre au monde, déjà potelés dirait-on, l'air sage et dispos. Il repousse en lui cette vague d'angoisse que ces vies soient brèves elles aussi ! Mais malgré lui, le bonheur s'engouffre en lui. Agnès qui s'était assoupie vient de se réveiller, il l'embrasse doucement, craignant de lui faire mal, mais elle semble remise de ce double accouchement et l'air de confiance absolue qu'elle pose sur les jumeaux est pour Louis la confirmation que le malheur est effacé.

– Comment allons-nous les appeler ? demande Louis tranquillement.

Le prénom ? Depuis deux jours, gentiment mais avec insistance, les autorités de la maternité ont demandé leur décision afin de procéder à leur déclaration... Louis, conscient du bonheur de sa femme, la laisse libre de choisir. Une Agnès belle, aux joues roses dans cette nouvelle fonction de maman. On ne mentionne pas leur petit Nicolas, même s'il reste présent dans leur esprit à tous les deux.

Brusquement, Agnès s'anime :

– Jadwiga !

Louis soulève ses sourcils et cherche d'après les sons l'équivalent en français.

– Ce serait... Edwige ?

– Oui, oui, répond Agnès en souriant, c'est une grande sainte polonaise qui a uni notre pays à la Lituanie en épousant le prince Jagellon et en le convertissant, car il était païen. Les Baltes de l'époque étaient des barbares ; Edwige était d'origine française, fille d'un Louis d'Anjou...

Louis l'écoute, amusé. Comme elle est jolie quand elle s'anime ! Les idées noires sont envolées.

Une Edwige, fille d'un Louis, cela lui plaît instantanément.

– Mais comment sais-tu tout ça ?

– Parce qu'on nous l'apprenait quand j'étais à l'école. Oh ! c'est une histoire très connue en Pologne.

– Un Louis ! répète-t-il.

– Oui, comme toi ! Un Français !

Et elle rit.

– Bon ! Edwige, alors. C'est un magnifique prénom.

– Et notre bonhomme ? demande doucement Louis.

Agnès regarde Louis d'un air indéchiffrable, on dirait un mélange d'attente et d'espoir.

– Tu te rappelles le joli port où nous sommes allés en revenant de chez Margarita ?

– Collioure, tu veux dire ?

– Oui, le...

– Et le peintre polonais avec qui tu as longtemps parlé ! Il était absolument enchanté de voir une compatriote !

Agnès sourit.

– Taddeus ! C'était Taddeus. C'est quoi en français ? Ça n'existe pas ?

– Je suppose que c'est Taddée.

– Tu aimes ? demande-t-elle d'un ton à la fois câlin et craintif.

– Taddée ? Oui, c'est original, oui.

– Tu voudrais bien ?

Lors du baptême, le prêtre de la cathédrale explique que Taddée est le Jude dont parle l'Évangile, un des douze apôtres.

Dès les premiers mois ces jumeaux sont différents, mais un lien invisible les unit, ils se regardent, se sourient sans paroles, plus tard rient des mêmes choses. Un mystérieux attachement existe entre eux et demeure comme si, même séparés l'un de l'autre, ils recevaient des messages instantanés et inexpliqués !

* *
*

Le temps a passé vite, les jumeaux ont déjà trois ans. Louis est heureux, Agnès aussi, mais face à leur progéniture leur attitude est diamétralement opposée.

Agnès regarde ses jumeaux, ses enfants, comme on regarde quelque chose d'incroyablement magique, bien que réel, qui lui est arrivé quand elle n'attendait plus rien !

Elle se montre peu sévère. « Pas assez ! » pense Louis. Ni possessive comme elle l'était pour Nicolas… Mon Dieu, non ! Ces merveilles ne lui appartiennent pas, elle en a la garde… momentanément… de passage dans sa propre vie…

– Alors, tu comprends, c'est une mère parfaite et douce, mais évasive, avec elle il n'y a pas de limites précises, mais je n'ai pas le cœur de le lui reprocher !

– C'est étrange ! décrète Robert à qui Louis se confie volontiers. Lorsqu'il y a peu de discipline, c'est peut-être finalement pas plus mal !

Il observe avec stupéfaction une Agnès infiniment paisible face à ce couple de diablotin et diablesse qui semble si turbulent mais pas désobéissant, car Agnès ne commande rien, elle les lave, les habille, les nourrit, joue avec eux, leur parle doucement. Ce calme est sans doute efficace ; cependant, dans toutes ces occupations maternelles, elle semble les observer comme de loin, comme d'une autre planète.

« Cette absence d'ordres fait que Taddée et Edwige semblent autodisciplinés. Oui, on le dirait, pense Robert, c'est étonnant ! »

Le Dieu pour lequel elle avait sacrifié sa jeunesse et ses espoirs de maternité est là, présent dans son âme, elle ne L'a pas renié, Il existe, Il a répondu à son appel lorsqu'elle était perdue dans ses doutes, Il lui a montré le chemin. Le Christ n'a-t-il pas dit : « Je suis la voie, la vérité et la vie » ?

Et c'est vrai pour elle maintenant, elle sert Dieu et obéit au message du Christ en aimant et respectant son époux, Louis, et leurs enfants. Elle est à eux, ils ne sont pas à elle et en chacun Dieu est présent, d'où cette douceur qui ressemble à de la passivité, d'où cet abandon aux événements et même aux volontés des jumeaux, forme d'abnégation parce que Dieu, le Christ, la grâce, les impondérables puissances spirituelles et occultes la portent, la soutiennent, et c'est une seconde façon de dire à Dieu ce qu'à dix-sept ans elle avait déjà promis : « qu'il en soit ainsi ».

Mais Louis, bien qu'aimant profondément Agnès, ne la suit pas dans cet abandon. Les enfants ont besoin de grandir dans un encadrement strict avec la notion précise de ce qui est permis, interdit, bien ou au contraire mauvais, mal.

Bien sûr, pour Louis, Dieu existe et le Christ aussi, sa foi est directe, logique : « Si des gens bien plus savants que moi comme Pasteur ou Ambroise Paré ont été croyants, c'est signe qu'ils ont eu raison. »

Mais tranquillement, à sa façon concrète et quotidienne, Louis veille. C'est lui le chef de la famille, il a mesuré la fragilité d'Agnès lors de leur épreuve, c'est lui donc qui doit être doublement vigilant pour éduquer les enfants alors que le bonheur est revenu, pour qu'ils reçoivent une structure « comme une plante a besoin d'un tuteur », car dans ce domaine Agnès semble ne se fier qu'à la Providence.

Nicole et Robert ont invité le couple avec leurs terribles jumeaux dans leur salle à manger puis dehors dans leur jardin. Taddée et Edwige sont à l'aise comme s'ils avaient déjà observé et maîtrisé les alentours : le massif de fleurs, la table de Ping-Pong sous le hangar et la piscine que Robert et ses employés ont créée récemment. Les quatre enfants de Robert et Nicole vont et viennent puis les aînés partent se balader à vélo.

– Fermez le portail ! leur crie Nicole

Les deux derniers, Denis et Claire, plus jeunes, sont censés s'occuper des jumeaux.

– Claire, Claire, Nis, Nis ! s'écrient Taddée et Edwige tout en courant avec eux...

Nicole observe que ces petits sont déjà solides sur leurs jambes. Taddée crie en étendant ses bras, s'imaginant être un oiseau ou un avion... Edwige, dont les longs cheveux flottent sur ses épaules, n'est pas la dernière à s'ébattre, excitée, les joues roses. Elle fonce elle aussi comme les autres vers le fond du jardin, vers la piscine qui à cause du beau temps n'est pas couverte...

Nicole se lève, prête à intervenir :

– Agnès ! s'écrie-t-elle. Tes petits courent vers la piscine !

Agnès, un sourire placide sur les lèvres, ne bouge pas... Arrivés au bord, Denis et Claire, essoufflés, s'assoient... Taddée et Edwige ont ralenti eux aussi et contemplent l'étendue d'eau, sans, semble-t-il, avoir envie de continuer... On dirait qu'une connaissance innée, une prudence les ont prévenus, ils essaient eux aussi de s'asseoir comme deux anges entre Denis et Claire.

– Vous auriez dû veiller sur eux, reproche Nicole à ses enfants, arrivée sur les lieux tout essoufflée.

– Ce n'était pas la peine ! proteste Claire. Ils ne sont pas fous, ils se sont assis comme nous, sages comme des images !

Denis se dit que les parents ont bien tort de faire tant d'histoires.

– Maman, ils imitent les grandes personnes, réplique Denis de sa voix enrouée.

Dans le local de maintenance, Robert, qui a embauché Louis, explique la température de l'eau, le nettoyage automatique. La pompe à eau a l'air de mal fonctionner. Ils étaient occupés à vérifier le fonctionnement de cette nouvelle machine tandis qu'un accident aurait pu survenir.

Ressortis de l'inspection, Robert est partagé. Faut-il critiquer ou partager la placidité d'Agnès ?

– Ma parole ! Ta bonne sœur a conclu un pacte avec les anges, elle ne les surveille pas, il pourrait leur arriver plein d'accidents, mais tout va bien !

Cette absence de vigilance tourmente Louis constamment. Même s'ils sont solides, en bonne santé et pas bêtes, Louis est obligé de constater qu'Agnès ne les commande jamais, les laisse faire ce qu'ils veulent !

On dirait qu'elle est inconsciente des dangers. Bien sûr, leur maison n'est qu'un rez-de-chaussée, bien sûr qu'autrefois, dans son enfance, son adolescence, elle a eu l'habitude d'une famille nombreuse avec des frères plus jeunes qu'elle, formée à une discipline innée qui fait qu'on veille aux casseroles d'eau bouillante et qu'on ne laisse pas traîner les couteaux. Mais Louis s'inquiète !

Au soir de leur journée chez Robert et Nicole, lorsque les jumeaux sont couchés, il explose :

– Mais Agnès, te rends-tu compte ! Tu les laisses s'ébattre et courir sans les surveiller.

Agnès le regarde de son air doux mais surpris.

– Il y avait Denis et Claire !

– Des enfants !

– Habitués à être en famille.

– Tu te rends compte qu'ils auraient pu se noyer !

– Claire et Denis...

– Ne les auraient pas sauvés, ils sont trop jeunes, tu es inconsciente !

Jamais, jamais, Agnès n'avait vu Louis dans cet état, jamais il ne s'était mis en colère. Il a l'air hors de lui. Comment lui dire qu'après le drame de Nicolas elle ne peut plus, ne veut pas, est incapable d'envisager encore le malheur ?

Elle le regarde, ses yeux bleus sont presque noirs. Agnès lutte pour éclaircir ses sentiments, les lui expliquer, mais à quoi bon ?

Puis, face au silence stupéfait d'Agnès, la colère de Louis se dégonfle. Il s'assoit, épuisé, et s'essuie les tempes. Que se passe-t-il dans la tête de sa femme pour qu'elle n'ait ni crainte ni peur du danger ? Comment cette si sage et mignonne ancienne bonne sœur fonctionne-t-elle ? « Bon Dieu, sage bonne sœur, songe-t-il, mais très volontaire puisqu'elle s'était décidée toute seule à s'enfuir du couvent. » Louis se calme et la questionne enfin :

– Tu n'as pas peur pour eux ?

– Je... si... mais...

« Et pourtant, pense-t-il, malgré tout, elle s'est bien débrouillée jusqu'ici avec eux... »

– Tu crois qu'ils sont à l'abri ? Des bondieuseries, tout ça !

Il se reprend.

– Excuse-moi, c'est une expression banale, cela veut dire sottises ou superstitions. Tu ne les grondes jamais ?

– Pour quoi faire ? répond-elle paisiblement.

– Quand ils sont désobéissants et insupportables, tu ne dis rien !

Agnès regarde Louis sans comprendre. Il lui semble qu'elle s'applique, qu'elle est toujours là avec eux, il lui semble surtout que Dieu ne va pas lui enlever ceux-là, mais elle garde cette conviction à l'intime de son âme.

– Louis, je ne peux pas les gronder. Tu comprends ? se contente-t-elle d'expliquer tout bas.

Brusquement, Louis entrevoit qu'Agnès ne le fera jamais, ni gronder ni punir. Elle les laissera pousser sans contrainte parce que la vie d'un enfant est une merveille et que Dieu lui a accordé deux merveilles.

Louis hausse les épaules, soupire. Cependant, Agnès a les larmes aux yeux.

– Pardonne-moi, ma chérie. C'est la crainte qu'il leur arrive quelque chose, c'est... pardonne-moi.

Il la prend dans ses bras, embrasse ses yeux mouillés, la tient longtemps contre lui, l'embrasse encore en la serrant très fort.

– Tu me fais mal, proteste-t-elle d'un air malicieux.

« Comme elle est belle ! Comme elle est attirante, pense Louis, avec cette réserve et cependant cette gaieté sous-jacente qu'elle avait déjà lorsqu'elle était jeune religieuse. Depuis la naissance des jumeaux, elle a grossi, s'est épanouie et ses formes pleines sont en accord avec cette sérénité. »

– Je ne rentre plus dans mes vêtements, se plaint Agnès.

– Nous irons t'en acheter d'autres, surtout ne maigris pas !

– Tu aimes les femmes...

Agnès cherche le mot.

– Épanouies... Oui ! je t'aime comme ça, ne change pas surtout !

XXVI

Mariage

Ainsi se déroulent leurs jeunes années… tout va bien ! Agnès a pris l'habitude dans l'après-midi d'emmener les jumeaux chez Mme Monnier dont le grand jardin, en comparaison de leur courette, est un espace à conquérir, un monde enchanté où Taddée et Edwige découvrent les légumes, les fruits, et la remise avec les outils…

Taddée commande, Edwige obéit mais souvent suggère.

– Si on faisait une cabane ?

Taddée sort une hachette et décide de couper des planches qu'on assemblera comme un abri en bois comme ce qu'on voit à la télévision…

Les arbres sont un autre lieu de prédilection, Taddée grimpe lestement au pommier et au tilleul, appelle sa sœur pour qu'elle aussi admire :

– Tous ces toits autour de nous, regarde là-bas, c'est tout près !

– C'est la cathédrale, répond Edwige, je la reconnais, elle est si immense avec la place devant.

Les deux enfants n'ont pas de mal à la reconnaître, car chaque dimanche ils vont suivre l'office divin.

Permissive, douce, calme, Agnès n'a eu qu'une exigence, avec obstination et détermination, celle que ses petits diablotins parlent et comprennent le polonais. Pour cela, chaque jour elle ne s'adresse à eux que dans sa langue maternelle, sauf aux moments du repas à midi, lorsque Louis revient, et le soir, lorsqu'il rentre.

Par la suite, malgré la télévision souvent tonitruante et présente parce que Taddée ou Edwige sont passionnés d'images, malgré ce bain constant en français, lorsqu'Agnès s'adresse à eux en polonais ils lui répondent aussitôt dans la même langue.

Arrive un beau jour au 12 de la rue des Carolus une enveloppe grande et lourde. Intriguée, Agnès attend Louis pour l'ouvrir, pourtant l'adresse est à son nom à elle !

Méthodiquement, Louis ouvre l'enveloppe timbrée de la ville qui en contient une autre déjà ouverte ! En termes clairs, c'est l'annonce qu'Agnieszka Majkowska est officiellement relevée de ses vœux, en considération du dossier que les autorités religieuses ont étudié. Un mot ajouté à la lettre s'excuse du retard à la faire suivre car le couvent ne savait pas où l'adresser, la mère supérieure qui s'était occupée de leur cas ayant été nommée dans un autre couvent et l'ayant quitté.

Agnès, le souffle coupé, se lève, marche au hasard, tourne en rond. Louis aussi se lève, craignant pour elle il ne sait quelle réaction ! Elle est si secrète, si fragile sous ses airs lisses. Il va vers elle, s'approche presque timidement. Où est Agnès en ce moment ? Prie-t-elle ? Remercie-t-elle Dieu et sa destinée ?

Elle s'est arrêtée de marcher, elle s'approche de Louis :

– Nous allons pouvoir nous marier, murmure-t-elle, nous marier toi et moi.

– Mais nous le sommes ma chérie ! Ah ! Oui, à l'église !...

A-t-il fallu qu'elle l'aime pour accepter ce mariage civil alors que Louis se sent son époux depuis si longtemps ; tout ce temps Agnès aspirait donc à une bénédiction religieuse de leur union.

– Veux-tu que nous invitions nos amis ? Et mes sœurs ? demande-t-il timidement.

– Oh ! non, rien que nous deux, et les petits bien sûr.

Louis accepte.

– Dès demain, j'irai fixer la date avec le prêtre de la paroisse.

Le prêtre de la cathédrale, qui connaît bien Louis Darroux, sa jeune femme ex-religieuse et leurs jumeaux.

Ainsi, dans la plus stricte intimité, le père Gabriel Bouillé va marier religieusement Louis Darroux et Agnieszka Majkowska, mais, comme il faut des témoins, ils font signe à Robert et à Nicole.

Agnès a repassé une jolie robe blanche pour Edwige, avec des manches ballons et une jupe volantée, et préparé une tenue de fête pour Taddée, même si leur mariage sera célébré tôt le samedi matin, entre deux messes, de façon à éviter les autres paroissiens qui forcément commencent à connaître M. Louis Darroux ainsi que sa charmante et ravissante épouse, et seraient peut-être étonnés… Ce n'est pas un mariage clandestin, mais cette célébration religieuse doit l'être. Ni Louis ni Agnès ne souhaitent que les gens réalisent qu'ils n'étaient pas mariés à l'église auparavant. Pour cette occasion, Agnès a glissé autour de son cou la chaîne en or où pend cette croix originale rapportée d'Angoulême par Louis. Cette croix avait été son cadeau de fiançailles.

Pour les jumeaux habitués à aller à cette cathédrale chaque semaine, c'est une cérémonie comme les autres, sinon qu'oncle Robert et tante Nicole sont également là. Ils essaient de rester tranquilles tandis que le prêtre parle et bénit leurs parents, qui, après une prière, signent un registre.

Dès la sortie, Taddée et Edwige galopent à travers la place en se pourchassant, puis Edwige a une idée.

– Nous allons faire comme papa et maman. (Elle saute sur place.) Nous allons nous marier.

Car elle a entendu des passants parler de mariage.

Taddée, qui aime les faits précis, se dit qu'Edwige se trompe puisque papa et maman sont mariés depuis longtemps.

Le lendemain, dimanche, au moment du déjeuner, il interroge son père :

– Hier, c'était votre mariage ?

– Oui, répond la maman d'un air émerveillé et recueilli.

– Vous n'étiez pas mariés avant ?

– Si, répond le papa.

C'est à n'y rien comprendre ! C'est ainsi que Mme Monnier en a des échos :

– Papa et maman se sont mariés avant-hier, déclarent en chœur les jumeaux.

La bonne Mme Monnier hausse les épaules, ces enfants sont adorables mais entretiennent entre eux une imagination débordante. Louis et Agnès se sont mariés il y a de nombreuses années. Elle ne sait plus, cela n'a pas d'importance, mariés avant-hier ! Ces enfants nous feraient croire que la lune est une crêpe !

* *
*

Au long des années, Agnès a pris de l'assurance, son aspect physique a légèrement changé, ce n'est plus la jeune religieuse au beau chignon blond dont la silhouette éthérée et juvénile se dissimulait sous des vêtements informes, presque ternes. Influencée par Edwige, Agnès s'habille toujours de façon sobre, mais sur elle les tenues ont de l'allure et font ressortir ses formes épanouies. Elle a grossi, son buste, ses bras, ses jambes, tout son être trahit la femme heureuse en amour.

D'ailleurs, Louis lui répète qu'elle a grossi, que c'est bien ainsi, qu'il ne faut surtout pas qu'elle change… En revanche, sous l'influence de sa fille, un beau jour elle a renoncé au chignon. Ses cheveux encadrent son visage et les mèches virevoltent autour de son cou lui donnant l'apparence d'une très jeune femme, avec son air sage et son sourire mutin. Pour Louis, elle incarne ce mélange subtil de la vierge sage et de la vierge folle.

Car Agnès, sous des dehors raisonnables, ne l'est pas toujours ! Par exemple, elle refuse d'imprimer une quelconque discipline dans son foyer et elle a toujours laissé ses enfants agir à leur guise, seul point de friction entre elle et Louis.

– Je ne comprends pas de ta part, toi, ancienne religieuse habituée à avoir une discipline rigide, ce laxisme à l'égard de nos enfants !

Agnès se contente de sourire et de protester faiblement.

– Mais je veille sur eux, voyons !

– Mais tu ne leur imposes rien, tu ne leur fixes pas de limites !

Agnès ne cherche pas à justifier son attitude, parce que Louis au contraire est strict et parfois autoritaire et sévère. Les jumeaux le savent, c'est papa qui dirige la moralité du foyer, ce qu'il convient de faire et ce qui est absolument interdit !

Avec leurs amis Robert et Nicole, une rare fois Agnès réussit à expliquer sa notion d'éducation :

– Louis me reproche, dit-elle de sa voix mélodieuse, de manquer de sévérité !

Trois voix répondent aussitôt :

– En effet ! confirme Louis en hochant la tête. Tu n'es pas assez sévère.

– C'est vrai ! renchérit Robert.

– Pourquoi ? interroge Nicole. Je me suis toujours demandé pourquoi ?

Et elle scrute le visage d'Agnès tandis que Louis hausse les épaules d'un air un peu désabusé.

Agnès, face à une question aussi directe, essaie de cerner sa pensée, d'analyser les raisons.

– Parce que, suggère Nicole d'un ton précautionneux, parce que tu as été si heureuse d'avoir d'un coup deux enfants à la fois ?

L'allusion à Nicolas est transparente mais délicatement abordée.

Agnès réfléchit et fait signe que non.

– C'est parce que, parce que... commence-t-elle tout en cherchant non pas ses mots mais sa pensée. Lorsque j'étais cloîtrée, tout était obéissance et discipline, bien sûr...

– C'est normal, disent-ils, c'est forcé !

Et ils rient.

– Oui, continue Agnès, mais quand on dirige les gens, quand on leur explique comment se comporter et quoi penser, je crois que cela peut supprimer le jugement personnel.

– Ah, je comprends, approuve Nicole, tu as trouvé que tu n'avais pas à penser par toi-même, qu'il suffisait de t'appuyer sur la règle du couvent, on obéit, on ne réfléchira qu'après !

– Oui, c'est exactement le risque.

Et Agnès pousse un soupir de soulagement.

Ils ont enfin compris pourquoi obéissance et discipline étaient devenues dans sa tête synonymes d'une forme d'absence de responsabilité.

Robert a suivi cet échange d'opinions sans paraître y appliquer spécialement son attention mais, typique de son genre de personnage, c'est lui et lui seul qui montre que le raisonnement d'Agnès ne l'a pas convaincu.

– Alors, Agnès ! Vous étiez obéissante, disciplinée, encadrée, c'est ça !

– Oui, répond-elle paisiblement, tout à fait.

– Et selon vous, cet excès de discipline entrave, empêche le jugement ?

– Oui, sans doute, je le crois.

– Et c'est cette jeune religieuse obéissante et disciplinée qui a conçu toute seule cette brillante idée de se sauver du couvent, conçu et exécuté !

Tous éclatent de rire devant l'implacable logique de Robert. Agnès est un peu confuse. Louis se lève et va tendrement poser ses mains sur ses épaules.

– Tu vois que la discipline ne t'a pas empêchée de juger par toi-même, hein ! Et heureusement. Il se penche et l'embrasse, tu ne serais pas là, avec nous.

Elle rit, sourit, un peu rougissante. La forte argumentation de Robert a l'air de lui « clouer le bec », comme il le professe, mais finalement au bout d'un moment elle rétorque :

– Justement, trop de discipline provoque la révolte !

– Ah ! là, Agnès, vous avez trouvé un argument valable ! réplique Robert.

Tous rient encore. Robert se lève et ressert les apéritifs en se disant que le couple que Louis forme avec Agnès est étonnant, détonnant, mais après tout chaque couple en soi est une unité mystérieuse où la raison apparente n'a pas ses lois.

L'autre point de friction entre Louis et Agnès est l'éternelle question de dire toute la vérité aux enfants ou pas, et en l'occurrence le passé de nonne d'Agnès. Louis s'y est toujours fermement opposé.

– Les enfants à l'école vont en parler entre eux ; tu sais, les enfants ne sont pas tendres !

– Mais, je n'ai rien à cacher ! Ce n'est pas honteux d'avoir été religieuse !

– Ce n'est pas honteux, c'est même bien ! Mais si tu veux, nous leur expliquerons plus tard, ils sont trop jeunes, ils bavarderaient avec les copains d'école et je n'y tiens pas.

Le ton de Louis n'admet pas de réplique. Agnès sent que Louis est beaucoup plus rigoureux sur les conventions et sur le qu'en-dira-t-on. Elle est pour l'absolue franchise, mais l'attitude de Louis l'oblige à s'y conformer. D'ailleurs, après tout, Mme Monnier par exemple n'a jamais su que la fiancée de Louis sortait d'un couvent et par la suite personne ne l'a détrompée.

– Par égard pour les inutiles commérages, Agnès ! Comprends-tu cela ?

– Oui, mais plus tard je veux leur dire !

– Il est inutile d'ébruiter ton parcours, ils sont trop jeunes pour comprendre, et dans la ville mieux vaut étouffer au maximum cette affaire. Déjà à l'époque les religieuses n'avaient pas officiellement déclaré votre absence, à Margarita et à toi, en tout cas pas auprès de la police.

Cependant, Agnès juge que c'est noircir une partie de sa vie qui a été bien et belle, et qui, lui semble-t-il, a été enrichissante.

– Mais on m'a relevée de mes vœux, je veux que nos enfants sachent qu'à tout moment ils peuvent et parfois doivent changer de direction s'ils s'aperçoivent que la direction prise a été une erreur.

– En son temps, je suis d'accord avec toi, mais lorsqu'ils seront plus mûrs, plus aptes à juger. D'ailleurs, ajoute Louis, toute vérité n'est pas bonne à dire.

Agnès constate en Louis cette veine de stabilité, de modération qui l'irriterait parfois peut-être, mais elle sait que c'est grâce à cet équilibre que Louis a su l'accueillir, la comprendre, l'attendre. C'est le socle solide sur lequel leur foyer s'est construit.

Elle conserve de son passé de crise une grande reconnaissance à cet humble plombier, tranquille, mesuré, réfléchi, c'est à cause de ces traits de caractère qu'il a pu l'aider et l'aimer et décider, contre toute norme, de demander en mariage une bonne sœur !

XXVII

Une revenante

La vérité qu'on cache ou dissimule ou qu'on travestit a le chic de resurgir. La vérité, dit-on, est cette femme nue qui un beau jour réapparaît alors qu'on la croit au fond du puits où on l'a jetée.

Edwige aime se déguiser. En cela elle tient de sa tante Irena. Elle entraîne Taddée dans ses élucubrations...

Un après-midi de pluie, tous les deux s'en vont fouiner au grenier de Mme Monnier, depuis longtemps décédée mais dont certains objets ou habits et possessions sont restés bien rangés dans des malles. Au moment où Louis avait hérité de cette maison, Agnès y avait aussi rajouté des affaires personnelles, entreposant un trop-plein et libérant ainsi la petite maison trop exiguë. Agnès avait tout bien rangé, tout bien plié puis n'y avait plus songé...

Mercredi après-midi, Agnès coud ou brode dans la grande salle. Les adolescents, après le goûter, ne désirent pas ressortir, alors ils sont montés au grenier, où leur mère sait qu'il ne peut rien leur arriver. Ils sont grands à présent, quinze ans ! Le mercredi en général est plutôt un jour pour les copains, mais à cause de la pluie personne n'est venu.

Là-haut, Agnès sait aussi qu'il y a quelques livres d'histoire ou des romans en français d'une lecture très convenable. Agnès est tranquille. Au dîner, ce soir, elle fera un plat polonais, parce que ce mets de porc et sauce sucrée plaît à tous. Elle pense aussi à leurs études. Comme ils comprennent le polonais, bientôt, en vue du bac, ils prendront l'option de russe qu'on peut présenter à Poitiers. Russe et polonais, des cousins en langue sinon en sympathie ! Cela la fait sourire un peu.

Entre la grande salle et la maison voisine, anciennement celle de Mme Monnier, Louis a percé deux murs et fait communiquer entre eux les bâtiments par un couloir éclairé par des fenêtres donnant elles-mêmes sur le jardin.

La porte du couloir s'ouvre, Taddée apparaît dans l'ombre, affublé de rouge, qui s'annonce comme Mgr Darroux, évêque, et introduit à sa suite une ombre toute vêtue de noir au contraire ! Avec voile et cornette !

Agnès, qui s'est retournée au son de la porte, lâche sa broderie et s'accroche à la table. Dieu du ciel, mon Dieu ! Sa fille a déniché ses propres habits de religieuse et s'exclame :

– Maman, maman ! Regarde ce qu'on a trouvé dans les malles !

– À qui ça pouvait bien appartenir ? demande Taddée de sa voix rauque qui commence à muer.

– Une vraie cornette ! s'exclame Edwige qui pirouette devant la glace de la salle de bains.

Agnès est muette, elle se rend compte qu'elle est toute tremblante. Comme cet habit de religieuse est encore réel, bien vivant, le tissu de bonne qualité, cette serge dont la trame est serrée garantit un usage durable, c'est presque inusable ! Et la cornette et le voile noir qu'elle n'a porté, celui-ci, que deux ans semble tout neuf ! Cela pourrait être hier ! C'est le souvenir qui l'assaille. Cette existence passée qui vient de resurgir si soudainement l'impressionne, la saisit d'autant qu'Edwige, de la même taille qu'elle et svelte comme elle-même était alors, est moulée dans cet habit de religieuse. C'est elle que, sans le vouloir, sa fille incarne, c'est son propre fantôme qu'elle contemple. Elle cherche à nouveau sa chaise et s'y effondre.

Que vont-ils demander ?

Mais les adolescents ne posent pas de questions, Agnès se rend compte qu'ils supposent que ces frusques appartenaient à Mme Monnier, qu'une lointaine religieuse apparentée à elle lui avait légués...

Agnès, muette et transie, ne leur apporte aucune contradiction. Comme elle voudrait que Louis arrive ! Elle le consulterait sur la démarche à suivre, puisque sur ce sujet ils sont plutôt en désaccord. Elle tenant à tout dire et Louis voulant s'abstenir... Mais, elle vient d'en prendre conscience, elle a été incapable d'avouer que cet habit de religieuse était le sien ! Non, c'est trop loin, c'est trop lourd, c'est trop dur.

Pour une raison ou une autre s'était établie une zone de silence, de non-dit concernant son passé. Mme Monnier l'avait toujours ignoré, les sœurs de Louis aussi, et la famille polonaise, voyant si peu les enfants d'Agnès, n'avait pas eu le loisir de l'évoquer ou par délicatesse s'était abstenue ; quant à Margarita, engouffrée dans sa vie d'épouse, elle l'avait volontairement gommé et c'était comme si elle n'avait jamais été bonne sœur.

Au dîner, Agnès apporte dans la cocotte fumante un des plats préférés de la famille. Edwige a mis un joli couvert, des assiettes bleues assorties à la cocotte en fonte émaillée, bleue elle aussi. Oh ! mais la viande a attaché et la sauce sucrée n'est pas aussi réussie qu'habituellement.

Louis, trop délicat pour commenter, n'en reprend pas cependant.

– J'ai raté ce plat, ce soir, murmure Agnès.

– C'est parce qu'on a troublé maman ! déclare Taddée.

Louis relève la tête et scrute son fils d'un air légèrement soucieux. Il craint, sans réels fondements, que son fils ne fasse des incartades.

– Mais non ! s'écrie-t-il. C'est qu'Edwige s'est déguisée en bonne sœur !

Louis se tourne vivement vers sa femme qui se lève sans parler et va s'activer dans la cuisine.

– J'ai trouvé une vraie cornette, explique Edwige, et un habit et un voile ! (Elle rit.) Alors on a joué à être une religieuse que Taddée, évêque, présentait à maman !

Sans malice, ils rient encore puis passent à un autre sujet. Agnès est revenue avec les fromages et le dessert. Louis la regarde, elle est encore émue. Il comprend qu'elle ne bronche pas et finalement n'a rien révélé. Il se sert du vin, soupire un peu. Elle a raté son dîner, c'est certain, mais il sait pourquoi à présent.

Le soir, au lit, il faut bien qu'ils parlent.

– Je n'ai pas pu avouer et ils ont cru que c'était une parente de Mme Monnier.

Louis, toujours aussi modéré, la rassure :

– Plus tard, ma fille, plus tard. Ils ne se sont pas posé de question, ne les troublons pas !

– Tu avais raison, Louis, parce que je me serais trouvée incapable de révéler ma vie passée s'ils avaient montré de la curiosité ou des soupçons. Tu avais raison, je ne suis pas prête à expliquer… mon choix et ensuite ces revirements. Cela me gêne, cela m'afflige.

Elle ajoute en chuchotant :

– Tu sais bien pourtant que je n'ai jamais regretté d'avoir couru chez toi.

– Et dans mes bras, ma chérie, ajoute-t-il.

En elle-même, Agnès prie très fort pour savoir ce qu'il convient de faire ; ne rien dire, c'est un péché par omission, et parler trop, une faute. Elle s'accroche à la phrase de Louis qui résume si bien sa pensée : « Ne les troublons pas ! »

Dans la nuit, Agnès bouge tellement que ses soubresauts réveillent Louis.

Agnès a revêtu son habit de religieuse qu'elle sent raide, empesé, collé à elle ; la mère assistante, mère Tréport, est devant elle, lui parle avec douceur et compréhension :

– Vous n'êtes pas faite pour le couvent !

La phrase de Louis, celle aussi de son père...

Agnès se réveille en sueur, elle va se laver. L'eau chaude gomme l'impression d'étouffement, d'oppression. Louis la rejoint, passe la serviette en gros tissu-éponge sur son dos, ses épaules, son cou, puis ils s'étendent l'un contre l'autre. Elle est blottie là, contre lui, il sera toujours là, c'est son appui.

Dieu restera son fil conducteur mais celui de l'amour est Louis.

Le lendemain, elle monte à l'étage ranger son habit de religieuse qu'Edwige a remis en désordre dans la commode avec le voile mal plié. Non, ce voile noir en mousseline de coton n'est pas défraîchi. Elle songe au voile blanc de novice qui était en semblable tissu simple et résistant... puis une pensée traverse son esprit... dans son existence elle a donc eu trois voiles ! Car le dernier, le plus beau, conservé dans une boîte à part, est son voile de mariée en léger tulle blanc.

* *
*

Les jumeaux ont toujours su qu'ils avaient un grand frère, un frère aîné en tout cas, mort bébé. Agnès sait qu'on l'aime, ce petit frère qui a rejoint le Créateur. Agnès est apaisée à présent, baignant dans le bonheur d'avoir eu deux autres enfants, turbulents, impossibles mais vivants !

Mimétisme ? Edwige ressemble tellement à la jeune religieuse qu'elle était… il n'y a pas si longtemps… dix-huit ans et cette crainte de ce système scientifique ou psychologique qu'on appelle le mimétisme faisait qu'Agnès finalement hésite à simplement dire que cet habit, ce voile, cette cornette étaient à elle.

Le déguisement des jumeaux, ce jour de pluie, était-ce il y a un an ou davantage ? Agnès ne le sait plus… Le fait est que ce fantôme d'elle-même incarné par Edwige la hante depuis… et que… malgré les conseils de Louis, modération, réflexion, attente, Agnès au contraire sent qu'une ébullition se développe en elle, inévitable, à laquelle elle ne peut pas échapper ! Omniprésente, débordante, elle y pense à chaque instant de sa journée, elle a besoin de tout avouer, de crier sa vérité, lorsque les jumeaux partent au lycée, reviennent ! Lorsque Louis va à son chantier, et le soir lorsque tous les quatre réunis autour d'un bon plat reconstituant ils se racontent leur journée respective.

Edwige a eu un entretien avec la conseillère pédagogique qui lui reproche d'être, selon ses termes, « trop désinvolte et presque moqueuse dans son attitude avec les professeurs ». Louis sait que non !

– C'est faux ! On prend le sourire à la Joconde d'Edwige pour de l'ironie, mais c'est dû au visage d'Edwige ! Tu n'as pas l'intention de te moquer des autorités, n'est-ce pas ?

– Cela dépend ! répond Edwige avec honnêteté, sachant que Louis a toujours une forme d'indulgence lorsqu'il s'agit de sa fille.

Taddée, lui, réussit avec une régularité due à sa diplomatie ou bien au charme palpable de son visage et de son caractère à passer inaperçu dans les sanctions professorales ; ses notes ne sont jamais époustouflantes mais jamais non plus en dessous de la moyenne !

– Bof ! dit Taddée d'un air blasé. Les professeurs veulent toujours qu'on leur ressorte ce qu'ils nous enseignent.

Les adolescents se regardent. Oh ! il suffit d'un regard, ils sentent immédiatement le message. Ensemble, ils expriment à leur façon maladroite et juvénile leur commune interrogation face au couple de leurs parents dont finalement tout en les ayant toujours connus ils ne savent pas grand-chose ! Ils ignorent leur enfance, leur adolescence respectives.

XXVIII

L'aveu

C'EST UN TOURNANT comme il y a dix-huit ans, lorsqu'Agnès avait compris que la vie religieuse ne lui convenait plus, un tournant ! Vivre avec ses enfants et dissimuler une partie de son passé... ce n'est plus possible ! C'est une forme de malhonnêteté morale.

Elle regarde Louis et ses enfants, puis elle se lève, mais au lieu de se diriger vers la cuisine, nous sommes la veille de Pâques et en vue de la fête tous savent qu'elle a préparé beaucoup de surprises et des œufs peints. Pâques est une grande fête religieuse, c'est l'idée de la résurrection donc de la vie après la mort, en harmonie avec le printemps et la résurgence des plantes, fleurs, arbres ; c'est le renouveau.

Tous constatent qu'elle ne revient pas de la cuisine, où elle avait surveillé un énième plat. Elle est allée dans la chambre. Elle en rapporte une grande enveloppe, genre document officiel, administratif, non sans avoir jeté un coup d'œil à Louis, un regard éperdu, ému, une forme de message de quelqu'un qui s'éloigne et cependant reste proche... Tous les trois à table, immobiles, ressentent une onde, une impression indicible d'un événement imminent...

Agnès, d'un geste sec, pose la lourde enveloppe sur la table. Elle est aussi pâle que son chemisier blanc. Les enfants, classiquement vêtus de jeans et de vagues hauts artistiquement défraîchis, regardent leur père, celui qui est le chef incontesté de leur famille, mais justement ce soir comme eux il semble perplexe, presque décontenancé.

« Qu'a-t-elle ? se demande Taddée. Qu'est-ce que j'ai encore dit ? Pourquoi ce silence ? » Sensible à l'ambiance du moment, il cherche du côté de sa sœur la clef de cette atmosphère. Elle, plus positive, redemande du dessert puis comme tous examine de loin cette enveloppe jaunie que la mère n'a pas l'air décidée à ouvrir. Edwige, désinvolte à son habitude :

– Délicieux, maman, ton dessert de carême.

– Non, ce n'est plus le carême, réplique Agnès. Le Christ est ressuscité.

Edwige pousse du coude Taddée, le convaincu d'avance, le frère absolu.

– Demain matin, déclarent-ils ensemble, nous irons chercher les œufs que les cloches nous rapportent de Rome !

Taddée a envie de fumer… Son père lui fait signe que, puisque le repas est terminé, oui. Une cigarette fait digérer, et puis il vaut mieux la liberté en famille que celle illicite au dehors.

Agnès s'est levée, ouvre l'enveloppe, en retire son vieux passeport et un papier en gros vélin que Louis reconnaît. C'est le document officiel délivré par la mère vicaire de France qu'Agnès avait reçu lorsqu'elle avait demandé d'être relevée de ses vœux de religieuse.

« Où veut-elle en venir ? » se demande-t-il sans oser l'interroger.

Agnès cherche encore dans la grande enveloppe et en extrait enfin des photos que Louis a déjà vues. Immédiatement, il sait que le moment de vérité approche, inéluctable, et volontairement décidé par Agnès. Alors, il se lève et, de sa même démarche rassurante et calme, il va faire du café… Le café de Louis, on en redemanderait, c'est celui qu'il a proposé à cette jeune religieuse venue chez lui après sa fuite du couvent. Il dispose les tasses en faïence bleue sur la table puis, tandis que la cafetière glougloute agréablement, il se rassoit et attend la suite sans intervenir le moins du monde ! Sa tranquillité, son silence amical, le café rassurant créent l'atmosphère dont ces effervescents jumeaux ont besoin ; ça, il le pressent. Cependant, il craint il ne sait quelle réaction des adolescents !

Agnès se dresse comme si elle allait proférer solennellement un serment, mais c'est un aveu tout aussi solennel qui tombe là, au milieu du cercle familial, comme une lourde pierre dont on entend la chute ; pour elle, cette pierre libère un torrent trop longtemps contenu.

Elle a sorti de l'enveloppe jaunie deux photos, l'une en novice avec le voile blanc, l'autre en voile noir d'une très jeune religieuse telle que Louis l'a connue, et elle dit d'un trait :

– Voici deux photos de moi, j'étais religieuse, et l'habit que vous avez trouvé dans la malle était le mien.

Fait-il froid subitement ? Agnès a enfilé un joli gilet bleu qui fait ressortir son teint, ses cheveux, ses joues… « Comme elle est jolie ! » pense Louis pour la énième fois. Mais il regarde aussi ses enfants, ses jumeaux, qui pour la première fois sans doute de leur vie ne se montrent pas fusionnels.

Edwige a écarquillé les yeux de stupeur et semble plutôt ravie d'entendre sa mère confesser ce stupéfiant passé. Elle va se tourner vers son père pour lui demander où et comment, dans cette vie, il est intervenu. Le père reste la référence.

Mais Taddée, lui, s'est levé l'air mécontent, on dirait un juge.

– Comment ! Tu étais une bonne sœur ? Eh ben, dis donc, et c'est maintenant qu'on l'apprend ? Tu nous l'as bien caché ! Pourquoi ces cachotteries ?

Agnès rougit, regarde stupéfaite ce jeune homme courroucé, veut s'expliquer, se justifier…

– Alors, tu es une bonne sœur défroquée ?

Les mots explosent. Agnès veut raconter, présenter la pauvreté de sa famille, s'expliquer. Elle bredouille quelques mots, se tourne vers Louis, mais Taddée se rue vers la porte qu'il claque en sortant.

Louis à son tour s'est levé pour tenter de rattraper son fils, mais Edwige fait signe que non puis regarde sa maman.

– Moi, je trouve ça super, déclare-t-elle. Tu étais bonne sœur, et par amour pour papa tu as quitté le couvent, c'est ça ?

– Non ! disent en même temps ses parents.

– Mais alors, comment vous êtes-vous rencontrés ?

Les parents échangent un regard, puis Louis prend la parole :

– Écoute ! Puisque votre maman a choisi de vous révéler son passé… (Agnès à ses mots hausse une épaule.) Je considère qu'il faut que nous soyons tous ensemble et nous vous raconterons tout, mais il nous faut Taddée.

Agnès hoche la tête, approuve Louis. Dans le silence qui suit, tous les trois se disent qu'ils ont besoin de Taddée. « Où ce fougueux adolescent est-il parti ? » se demande Louis, toujours irrité par son fils. Mais Agnès ne bronche pas, attend paisiblement, on dirait, que le jeune homme revienne. Elle retourne dans la cuisine, en rapporte des œufs durs, une palette, des couleurs, et peint méthodiquement les œufs durs de Pâques. On y voit une église au toit bleu, des étoiles sur un fond jaune vif.

Tous les trois, silencieux, voudraient bien que Taddée revienne. Après une longue attente, Edwige, qui connaît bien son frère et ses habitudes, déclare alors du ton désabusé qu'elle affecte souvent de prendre pour cacher sa profonde affection pour Taddée :

– Oh ! il est parti dans un café à la sortie de la ville, vers le stade de football, où ils se réunissent parfois entre copains.

En effet, la Mobylette de Taddée est là, accrochée à un poteau et solidement cadenassée. « Le café n'a pas tellement changé », pense Louis en entrant. Lui aussi le fréquentait parfois avec des camarades, pour écouter des disques ; on mettait une ou deux pièces et on choisissait son chanteur ; maintenant la télévision semble marcher en permanence et les sièges éventrés en moleskine ont été remplacés par des fauteuils genre pub anglais ou américain.

Louis regarde autour de lui. Ah ! Taddée est seul, là-bas, à une table. En s'approchant, Louis craint de le faire fuir, mais non, l'adolescent semble amorphe et abattu. Ses yeux sont rouges, a-t-il pleuré ? Il est en train de remuer sa cuiller dans une tasse de café, le café dessaoule, c'est bien connu.

Louis s'installe carrément en face de son fils et lui demande s'il veut quelque chose. Taddée hésite.

– Deux pressions, commande Louis.

Puis il entre dans le vif du sujet :

– Mais enfin, que reproches-tu à ta mère ?

Taddée ne répond rien.

– Tu aurais voulu qu'elle reste religieuse ?

– Non !

– Alors ?

– Elle nous a menti ! Et pas que depuis qu'Edwige s'est déguisée ! Elle nous a menti tout le temps, elle nous ment depuis toujours ! C'est dégueu...

Il n'ose pas employer le terme, parce qu'il craint son père qui déclare :

– C'est de ma faute ! C'est moi qui n'ai pas voulu qu'elle raconte son passé, je le lui ai déconseillé.

– Pourquoi ? demande Taddée dont la voix s'étrangle de stupeur. Elle en a honte ?

– Bien sûr que non, j'ai craint que vous ne compreniez pas qu'elle ait changé d'avis.

– Moi, je m'en fous ! explose Taddée. C'est qu'elle ait menti qui me dégoûte, je n'aurai plus confiance, voilà tout !

Et il avale une grande lampée de bière.

Provocation, chantage ? Louis en est intérieurement presque amusé :

– Tu ne mens jamais, mon petit gars ? rétorque Louis en souriant légèrement. On ment toujours tous un peu, tu fumes parfois, peut-être pas la vraie drogue, mais une pincée de cannabis pour essayer, ne joue pas au petit saint !

Taddée sourit malgré lui, sourit un peu en rougissant aussi, son père continue :

– Moi aussi, tu sais ! J'ai... enfin j'ai... j'ai changé d'orientation.

– Tu étais curé ? demande brutalement Taddée.

Louis rit de bon cœur.

– Oh non, mon Dieu, non ! Mais avant votre maman, j'étais fiancé à une autre, j'ai même vécu avec elle... puis j'ai changé d'avis...

Stupéfait, Taddée regarde son père. Ça alors ! Son père volage et coureur ?

Louis continue d'un ton égal :

– On change, tu comprends, c'est ça que votre maman a fait, elle a eu un grand courage de quitter le couvent lorsqu'elle s'est aperçue qu'elle s'était trompée.

Mais Taddée l'écoute d'une oreille distraite. Il a retenu la confidence de son père qu'il voit si droit, rigide même parfois. Il a eu quelqu'un d'autre dans sa vie, il a vécu avec une autre ! Ça alors, quel soulagement !

– Longtemps ? demande Taddée hardiment.

– Longtemps, répond Louis pensant que le fils veut légitimement savoir combien de temps leur mère a été bonne sœur. Quatre ou cinq ans, je crois, postulante, novice, et elle venait de prononcer ses premiers vœux de religieuse lorsque je l'ai rencontrée...

Taddée fait signe qu'il entend, mais c'est plus fort que lui, il veut surtout savoir pour son père.

– Tu as vécu longtemps avec cette autre ?

– Euh !

Louis n'aime pas revenir sur cette époque, mais, puisque l'heure est à dévoiler le passé respectif de leur couple, il répond franchement :

– Un an.

Taddée regarde son père d'un air absolument ravi.

– Cette fille, tu l'as quittée pour maman ?

Louis fait signe que non.

– Non, nous nous étions séparés avant que je rencontre la jeune religieuse qui… qui est devenue votre mère.

Louis ajoute :

– Rentrons, mon fils ! Je t'expliquerai tout ça en famille, il n'y a rien de caché.

– Il est temps ! rétorque Taddée qui cependant n'est plus du tout abattu.

Ça alors ! Son père a donc connu le désir, la vie débridée, les tourments et hésitations du sexe. Son père n'est pas l'homme sans failles et sans tentations, quel soulagement !

Louis lui met la main sur l'épaule.

– Rentrons, mon fils !

Louis redémarre la voiture qui les ramènera tous les deux au logis après avoir chargé la Mobylette à l'arrière, jugeant qu'avant le café Taddée avait bien dû prendre un ou deux remontants.

C'est en fait déjà le jour de Pâques, et personne ne s'est encore couché. Les enfants ont voulu tout savoir, les parents ont essayé d'expliquer leur invraisemblable histoire. Edwige répète d'un air absolument enchanté :

– C'est super, c'est génial !

Taddée ne bronche plus, écoute sans s'offusquer, au contraire… La sympathie immédiate, un attrait réciproque, on n'explique pas l'amour, on le vit, les parents sont incroyables. Ça alors, une bonne sœur courtisée au couvent !

Chacun se retire dans sa chambre, les jumeaux s'étant appropriés le premier étage de la maison de Mme Monnier.

Ils discutent avec fièvre. Ah ! ils se souviendront de cette fête de Pâques de leurs dix-sept ans !

Edwige, l'air rêveur, insiste sur la fuite, l'évasion, et la proposition de mariage de leur père.

– Tu te rends compte ! Il a demandé en mariage une bonne sœur, c'est inouï ! Ça ferait un film !

– Oui, d'accord, répond Taddée, mais elle venait de se défroquer !

Décidément, Taddée s'accroche à ce terme. « C'est bizarre, se dit Edwige, depuis sa sortie Taddée semble calmé et même joyeux ! » Quand ils sont rentrés, le père et le fils, on aurait dit des copains !

– Tu te rends compte ! Papa m'a dit qu'avant maman il avait eu une nana !

Edwige écarquille les yeux.

– Hein ?

– On croirait pas, hein ! ajoute Taddée. Il fait si... (Taddée cherche ses mots.) Convenable, euh !... un an, je crois, si j'ai bien compris. Pendant un an au moins, une nana !

Ils rient.

– Eh bien, surenchérit Edwige, maman elle aussi avait un amoureux en Pologne !

– Non !

– Platonique. (Elle détache le mot avec application.) Un jeune, un Polonais, quand elle était là-bas... elle vient de me le raconter.

Bon, les jumeaux sont rassurés, après tout leurs parents sont des gens normaux !

Finis les secrets, cependant les jumeaux découvrent que leurs parents à leur façon ont eu une histoire mouvementée, très particulière et très pittoresque ! C'est génial !

Edwige se répète que c'est super un semblable roman ; Taddée, lui, s'interroge : entre les rébellions dues à son sang slave et le désir très français, et en l'occurrence poitevin, d'atteindre l'équilibre dans une vie modérée comme son père, saura-t-il y arriver ? Vivre avec une fille puis épouser une bonne sœur, ce n'est pas banal !

Vaguement mais définitivement, ils se sentent fiers de leurs parents et fiers d'être issus de ces gens-là.

Agnès, elle, a toujours préféré la chambre de Louis, « leur chambre », où présentement elle repose l'enveloppe et les photos. Mais Louis les regarde un instant.

– Tu n'as pas changé du tout, tu sais !

– Oh si, j'ai grossi.

– Tant mieux ! Tu étais trop mince après tes années de couvent.

Louis observe sa femme.

– Tu es une diablesse !

Le regard d'Agnès est-il ingénu ou est-ce une forme de provocation ? Il se le demande.

– Je n'en pouvais plus !

– Tu ne m'as pas consulté ! dit-il d'un ton taquin en lui soulevant les cheveux.

Elle sourit pour toute réponse. Louis embrasse ce cou dégagé, l'encolure de ce sage chemisier. Elle le laisse exprimer ses élans, elle-même se sent libérée.

– Edwige a été emballée par notre histoire, murmure-t-elle tous bas tandis que Louis continue à la caresser.

– Sous ses airs branchés, elle est romantique, tu sais bien, répond-il.

Ce soir ou plutôt ce matin, Agnès répond avec ferveur aux avances de Louis.

– Bonne sœur défroquée ! murmure-t-elle. Pourtant, c'est vrai ! Mais dans la bouche de Taddée, c'était une injure… il ne sait pas ce qu'il m'en a coûté !

Louis la regarde intensément et, pour une fois, une rare fois, reconnaît ses propres difficultés.

– À moi aussi, tu sais ! dit-il sobrement.

– Oh oui, il a fallu que je me réadapte après ces années au couvent ! ajoute Agnès tout bas.

– Ma petite bonne sœur ! Tout est clair à présent, ils savent tout.

Puis… Louis se rend compte que… oui, elle pleure. Cependant, un sourire demeure sur ses lèvres.

– C'est l'émotion, plus de zones d'ombre, tout est clair et limpide.

Épilogue

D'UN COUPLE AUSSI ÉQUILIBRÉ constitué cependant de deux éléments si différents, les jumeaux sont devenus des gens très positifs, modernes et efficaces.

Parce qu'Edwige, comme sa tante Irena, s'intéresse à l'esthétique des formes et des gens, finalement presque comme elle, elle a ouvert son propre institut de beauté, centre de soins du corps et du visage, mais après avoir auparavant obtenu son diplôme d'infirmière exigé par Louis.

Taddée a repris l'entreprise de son père avec les mêmes méticulosité, précision et désir du sens de l'amélioration de l'habitat ; il a fait d'abord des stages chez un architecte et puis chez un entrepreneur du bâtiment, mais finalement aucun métier ne le passionnant autant que celui de son père. Il a rejoint l'entreprise familiale qui s'est agrandie.

Inspirée par Mme Monnier, Agnès a repris ses travaux de broderie et, comme elle auparavant, elle écoule facilement ses œuvres d'art à de rares et sélectives boutiques.

Taddée et Edwige fréquentent leurs cousins polonais, surtout les enfants d'Irena et d'Antoni, et leurs amis espagnols, le duo dynamique de Margarita et Manuel.

La structure religieuse chez ce couple a évolué vers la notion d'entraide. En plus de la messe du dimanche, les jumeaux ont conservé l'essentiel, à savoir que toute norme morale est aidée par une religion ou une autre.

Tous les quatre à des degrés différents et formulés autrement ressentent l'empreinte d'un destin, d'un schéma directeur, d'un Dieu… en somme.

Comme le proclament tous les livres saints de toutes les religions, la condition humaine est encadrée et éclairée par cette phrase répétitive : « Le Seigneur ne désire pas la pesanteur mais la grâce. »

Note de l'auteur

MON HÉROÏNE EST POLONAISE puis française par mariage. Je connais la Pologne pour y avoir passé des vacances d'est en ouest et notamment Varsovie, la capitale, ainsi que Poznań, que je décris ; j'insiste sur le fait que c'était un voyage individuel... celui où on s'arrête lorsque le paysage vous attire, où on peut s'attarder à admirer, parler avec les gens du pays traversé. La qualité du voyage individuel est incommensurable par rapport aux tours organisés et souvent impersonnels !

J'ai donc vu des Polonais chez eux, j'en connais également en France, cette précision m'autorise à dire que mon héroïne est une sœur de celles et ceux que j'ai rencontrés, c'est l'âme slave qui les habite : comparés à d'autres peuples, ils sont unanimement courageux, généreux, romantiques, un peu flous, un peu fous...

Ce roman se déroule surtout à Poitiers et ses alentours : Ligugé, Saint-Benoît, Vouillé... On l'aura deviné, je connais bien la région, parce que j'y ai fait mes études, mais ce n'est pas cette ville aux sublimes églises romanes que j'ai cherché à décrire mais plutôt le quotidien des Poitevins, comme Louis, et à travers lui le caractère régional : pas d'envolées époustouflantes, pas non plus de farouches méfiances, sur cette terre de passage qu'est le Poitou. Le Poitevin est accueillant mais il a forgé un équilibre : les gens passent, lui reste ; les idées passent, les siennes restent sans obstination mais avec beaucoup de bon sens.

Le sujet de ce roman est le drame d'une erreur de choix, que ce soit celui d'un partenaire, d'un métier ou, comme c'est le cas ici, de la vocation religieuse. Cela n'a rien de grivois ni de ridicule ou de risible. Se rendre compte qu'on s'est trompé est une tragédie, y remédier demande beaucoup de courage et implique bien des bouleversements dans sa vie et des émotions.

J'ai personnellement connu trois cas de vocations religieuses erronées peut-être parce que trop précoces. Dans ces trois cas, la recherche de la vérité a été différente : le prêtre s'est marié, a eu des enfants, n'a aucunement renié sa foi, même s'il lui a été impossible d'exercer son sacerdoce ; une des religieuses a repris son métier d'infirmière ; l'autre a entrepris des études, s'est mariée et a eu des enfants. Pour ces trois personnes, ce n'est pas la foi qui est remise en cause mais la vocation et son appropriation.

Bien entendu, l'erreur de choix peut concerner un métier ; c'est Gauguin, agent de change à la Bourse de Paris, qui brise ses liens pour retrouver sa vérité, la peinture et l'aventure, ou bien Albert Naud, instituteur qui reprend ses études et devient un célèbre avocat. Savoir se raviser est le maître mot : il s'agit de retrouver l'authenticité de sa destinée après une erreur d'aiguillage.

Dans mon roman, pour des raisons d'insistance du drame vécu par Agnès, j'en fais une élaboration lente, longue, ce qui n'est pas toujours le cas ! Chacun a en mémoire la façon rapide avec laquelle Didier Long, essayiste et écrivain, a pu quitter l'abbaye bénédictine de la Pierre qui vire après dix ans de vie monastique, changement d'orientation certes mais persistance de sa foi. Ainsi, mon héroïne, bien qu'ayant fui le couvent, reste attachée aux valeurs de la religion chrétienne et cherche à maintenir ce fil conducteur dans son âme et son amour pour Louis.

Lorsqu'on désire rompre un engagement religieux, le processus est différent selon les ordres et selon le type de vœux prononcés : ainsi, les novices sont libres de quitter le couvent, il suffit d'en informer leurs supérieurs. Lorsque les vœux sont temporaires, ceux qu'on nomme « les premiers vœux », on doit remplir un dossier et l'adresser aux autorités religieuses compétentes. En cas de vœux définitifs, les dossiers doivent être adressés à Rome. D'ailleurs, on peut déduire de ces différents stades – postulat, noviciat, vœux temporaires, vœux définitifs – que les autorités religieuses sont prudentes et recherchent avant tout à aider et à accompagner les êtres humains afin de déterminer la solidité de leur vocation.

Le cadre de ce roman se déroule en partie dans un couvent ; j'ai eu la chance de côtoyer un ordre cloîtré, ce qui me permet d'en parler avec une certaine connaissance et un grand respect devant toute existence d'une haute et authentique spiritualité, atmosphère à rapprocher des lieux où travail et méditation sont mêlés, pas si éloignés de certaines autres religions comme le bouddhisme avec ses célèbres ashrams.

Cet ouvrage est basé, on l'a compris, comme d'ailleurs deux de mes précédents livres – *Les Longues Saisons* et *Une si longue absence* –, sur une histoire vraie. Souvent, dit-on, la réalité dépasse la fiction… C'est le cas. Pourquoi parfois inventer lorsque la vie nous fournit de superbes sujets de romans ?

Remerciements

QUE SOIENT REMERCIÉS chaleureusement ici toutes celles et tous ceux dont les noms suivent pour l'aide qu'ils m'ont apportée et l'amitié qu'ils m'ont témoignée.

Monika Golet, poétesse française qui a quitté sa Pologne natale à l'âge de sept ans, m'a parlé des traditions et des coutumes de son pays. Ses ouvrages sont disponibles aux Éditions Écrituriales.

Pierre-Philippe Collart, libraire, dont les grands-parents sont polonais, m'a fourni les prénoms et noms slaves usités.

Jérôme Drapeau, entrepreneur en plomberie, m'a exposé les finesses et techniques de son métier et vérifié mes explications.

Une religieuse de cet ordre où mon héroïne est entrée, que par discrétion je ne nomme pas, m'a fourni avec amabilité et grande précision les modalités actuelles concernant les vœux temporaires ou définitifs et comment s'en délier.

Les membres de la médiathèque de Saint-Benoît, dans la Vienne, m'ont retracé l'historique de son abbaye et l'origine de cette charmante localité.

Mon amie Micheline Domain, professeur de lettres en retraite, m'a accompagnée à Saint-Benoît. Avec elle, j'ai revisité la cathédrale de Poitiers et Notre-Dame la grande.

Enfin, Mireille Achart produit fidèlement les tapuscrits à partir de mes romans écrits sur des cahiers d'écolier !

Chez le même éditeur

Sagas familiales et destins singuliers sont au cœur des romans De Borée. Découvrez-les sans plus attendre.

ANGLADE Jean
Le Chien du seigneur

ARCES (D') Amicie
Les Noces blanches

ARTIGES Isabelle
La Demoiselle de Hautefort

BARDOT Thierry
La Fille aux chimères
La Rumeur du vent
Les Noces chagrines

BARRAL René
L'Enfant secret de la Borie
L'Été des enfants rois
La Colère des drailles
La Terre de Pauline
Ombres et lumières de Costebelle

BÉLARD Paul
Les Gamins de la rue Saint-Quentin

BÉNÉ Robert
Clémence, une vie ailleurs

BENOÎT Michel
Le Soleil de la Vallée noire
Les Moissons de sang

BERTHÈS Colette
La Mémoire des chemins
Les Amants de Borde Rouge

BERTHOD Michel
Monica

BONTE Pierre
Bonjour la France *
Bonjour la France **

BOUCHET Maurice
L'Inconnu de Roche Rouge
La Font de l'Ours
Les Eaux dormantes
Un bonheur perdu

BOUDOU Josette
La Maison d'école
La Nuit des abeilles
La Ronde des saisons
La Vallée des Bruyères
Le Secret de la Roselière
Les Chemins de toile
Les Craies de couleur
Les Feux de Bois-Colombes
Marie, fille des montagnes

CALLEROT Geneviève
La Demoiselle du Château

CASTELAIN Anne-Marie
La Chambre d'ivoire
La Dentellière de la brume
Les Raisins du pardon

CAVALIÉ Roger
Julien l'insoumis
Le Vieux Cartable

CHALAYER Maurice
La Ferme des silences
La Terre de la discorde
Retour à Rochessac

CHARMASSON Guy
La Basse Terre de Julia
La Blessure
La Main du maître
La Promesse de Nora
Le Sorcier de la combe
Noblesse de paille

COGNÉRAS François
Compagnon du rail
Les Enfants des hautes terres

COLLIN Yvon
Journal d'un instituteur de campagne

CORDOUAN Manuel
La Carte maîtresse
Les Amants d'Alger

CORNAILLE Didier
La Photo de classe
Les Compères
Les Indignés de Montservier

COSEM Michel
L'Aigle de la frontière
Les Soleils de la tourmente

COSSON Jean-Michel
L'Incroyable Énigme d'Anthelme Mangin – l'Amnésique des tranchées

CROIZIER Jean-Pierre
La Bonne Providence

DEBRIFFE Martial
La Fleur de l'ombre
Le Poison de la vengeance
Le Secret de la Villa Marianne
Le Serment de la Saint-Jean
Les Peyrie

DELAGE Alain
L'Étrangère de Collonges
L'Inconnu de la Saint-Blaise
Les Secrets de Fontvives

DELOMME Martine
Un été d'ombre et de lumière

DEMELLIER José
La Toquée

DESFORGES Jean-Louis
La Ferme des Solitudes
Les Deux Sœurs
Pierre des montagnes
Rivière amère

DOURIAUX Hugues
Les Collines de Jorance

DOYON Marilou et Martine
J'ai survécu au débarquement

DUCLOZ Albert
Julie bon pain
Le Chant d'Aurore
Le Violon d'or
Les Amours prisonnières
Les Jacinthes sauvages
Les Trois Promesses

DUPORGE Bernard
La Cabane du berger
La Fiancée des sables
Les Amants de la lagune

DUPUY Daniel
Le Pont du diable
Un brin de bonheur

ÉCOLE-BOIVIN Catherine
L'Enfant-Loup de Blanche

FABRE Jean-Luc
Le Serment des Justes
Les Semeurs d'espérance

FAINDT Roger
Bleuvent
Le Chant du loup
Le Dernier Soldat

FARNEL Joseph
À l'ombre du Carreau
Canou
La Ballade du petit Joseph

GANZ-MULLER Catherine
Anna Pencoat

GAY Marie-Claude
Faustine et le bel amour
Le Secret des Solignac
Le Vallon des sources

GIBERT Sylvie
Fleurs Bleues

GIMBERT Yveline
La Méprise
Le Crépuscule du loup

Le Retour de Rose
Une singulière prédiction

GLATT Gérard
La Chouette Idée d'Alexandre Pluche
Le Destin de Louise
Le Temps de l'oubli

GONZALÈS Daniel
Le Chemin des amandiers
Le Temps des cigales
Les Feux du printemps
Les Terres rouges

GOURÉVITCH Jean-Paul
Villa Maldoror

JEANJEAN Roland
L'Aven de la Dame Noire

JUDENNE Roger
La Petite Suzanne

LABORIE Christian
L'Appel des drailles
Le Brouillard de l'aube
Le Saut-du-Loup
Le Secret des Terres Blanches
Les Bonheurs de Céline
Les Drailles oubliées
Les Hauts de Bellecoste
Les Sarments de la colère
Terres noires

LACOMBE Michel
La Sauvageonne des Maures
La Vagabonde de Saint-Ours
Le Domaine des Rochettes

LEBERT Karine
Le Secret d'Emma
Les Brumes de Vouvray
Les Mystères de Camille
Les Sortilèges du Tremblay
Loin de Margaux
Nina et ses sœurs

LEMAIRE Philippe
Gus
Le Chemin de poussière
Le Crépuscule des chimères

MANSIET-BERTHAUD Madeleine
La Noblesse du cœur

MERCADIÉ Louis
L'Enfant du buron

MOSCA Lyliane
La Dame de Champbrise
La Fille de la Buissonnière
La Malédiction de Bois d'Orville
Les Amants du moulin
Les Gens de Laborde
Un parfum de trahison

MOUCHEL Jean
La Bonne Fortune de Sébastien

MULLER Christine
La Fille du régisseur

NAVARRO Christine
L'Éventail d'ivoire
La Chevelure d'ébène

NEGRI (DE) Gérard
Les Ruisseaux d'ombre

PALET (DE) Marie
Céline, une vie toute simple
La Demoiselle
La Tondue
Le Secret de Miette
Le Temps des aubépines
Le Vent sur la vallée
Le Village retrouvé
Les Brumes du causse
Les Femmes de Cardabelle
Les Terres bleues
Mademoiselle Fine
Sidonie des Bastides
Un chemin de rocailles

PARAILLOUS Alain
Le Bois des serments
Les Fleurs de pierre

PINCE Jacques
La Colline aux framboises
Le Dernier des Bourdignot
Tustou et Marie

PLAIT Annie
Le Serment d'Agnès

PLUCHARD Mireille
L'Étoffe des jours
La Tresse d'or
Le Mas de la Sarrasine
Le Moulin du Prieuré
Le Petit Bâtard
Les Diamants noirs
Les Sentes buissonnières
Un parfum d'amour éternel

POISSONNIER Bruno
Les Aventures extraordinaires de Gaye-Bordas

PROST Emmanuel
La Descente des anges
Les Enfants de Gayant
Un été 48

RAPET Judith
Le Disparu du bois de la Caillette

ROCHE Florence
Des monts de Résistance
L'Héritage maudit
L'Honneur des Bories
La Bastide du colonel
La Trahison des Combes
Le Dernier des Orsini

ROCHE Gérard
Gévaudan le Roman de la Bête

ROSSET Jean
L'Aube de la liberté
La Limousine d'Hautecombe
Les Derniers Porteurs de terre

ROYER Roger
L'Envol du Choucas
L'Or de Justin
La Bastide rouge
La Colline des Maures
La Dame de la Callune
La Main blanche
Le Médecin de Maurevers

SABOURIN Pierre
Les Fiancés de Saint-Laurent

SAND George
Les Contes d'une grand-mère *

SOYEZ Jean-Marc
Les Galoches de Julia

TAMAIN Louis
L'Encre violette
Le Temps de l'école
Médecin de campagne

TEMPÈRE Jean
Le Choix d'Émilienne

THIRAULT Nadine
À l'encre bleue

TOUATI Claude-Rose et Lucien-Guy
L'Ardoise du temps
La Ronde du destin
Les Rameaux d'argent
Quand le vent s'apaisera…

VAISSIÈRE Marie-Louise
Le Temps du pain noir
Les Carnets d'une institutrice 1931-1948
Marie, fille de cocagne

VALADE Corine
Léopoldine
Victoire

VALÈRE Katia
Le Destin d'Antoinette

VERRIER Michel
La Maison au bout du chemin
La Rivière aux secrets
Le Disparu des Grands Bois

VINCENT Claude
Le Pain de lune
Les Roses de l'hiver

WOUTERS Josette
L'Épingle de Fanny
Le Passage à canote

Table des matières

Livre I

Livre II

Imprimé en France
Dépôt légal : septembre 2016
ISBN : 978-2-8129-1861-2
www.deboree.com
livres@centrefrance.com

Achevé d'imprimer en juin 2016
sur les presses de l'imprimerie *La Source d'Or*
63039 Clermont-Ferrand
Imprimeur n° 14338

Dans le cadre de sa politique de développement durable,
La Source d'Or a été référencée IMPRIM'VERT® par son organisme consulaire de tutelle.
Cet ouvrage est imprimé - pour l'intérieur - sur papier "Munken Print White" 80 g main de 1.8
provenant de la gestion durable des forêts, des papeteries Arctic Paper, dont les usines
ont obtenu les certifications environnementales ISO 14001 et E.M.A.S.